Bertolt Brecht

Die Geschäfte des Herrn Julius Caesar

ユリウス・カエサル氏の商売《ビジネス》

ベルトルト・ブレヒト 著
岩淵達治 訳

EINSCHRITT VERLAG
あいんしゅりっと

Die Geschäfte des Herrn Julius Caesar

目次

未完の長編小説『ユリウス・カエサル氏の商売《ビジネス》』は一九三八年から三九年にかけて、デンマーク亡命中、スヴェンボリ近傍のスコウスボ海岸で執筆された。

第Ⅰ部　名門出の一青年の栄達

そこを行けと教えられた道は狭いうえにかなり急で、低い石垣に支えられて海辺の斜面に階段状に設けられたオリーヴ畑のあいだをうねうねと上ってゆく九十九折《つづら》りの小道だった。朗らかな朝だった。ちょうど二度目の食事休みの時間のようだった。なぜならばオリーヴ園にはちらほらとしか奴隷の姿が見えなかったし、二、三の小屋からは炊事の煙らしいものがあがっていたからだ。

やがて屋敷が見えてきた。少なくともオリーヴの茂みのあいだから、館の一部が鈍い輝きを放っているのが見えた。館は丘のほぼ中腹に位していた。

上ってゆくうちにわれわれは、例の老人がわれわれに、あのはかりしれぬ価値をもった手稿を検《しら》べることを果たして許可してくれるだろうかという懐疑に襲われた。わたしの下僕のセンプロニウスにもたせている推薦状の束は、それほどの重荷になるものではなかったのだ。彼が推薦状の重さに耐えかねて大汗をかいているというのなら、わたしも安心してそれを眺めていられたろうに。

いろいろな労苦や、結局はそれにともなう出費で腹の立ちすぎたときはいつもそうするように、わたしは自らを慰めるためにこう考えた。わたしが今その伝記を書こうと思っている大政治家は、意識的にも無意識的にも、自分の伝記を書かれにくくするために、こんな大変な旅行を何回かするぐらいではすまぬ、いろいろな障害を設けておいたのだと。すべての真相を曖昧模糊たるものにさせてしまうような彼にまつわる伝説がたくさんある。それどころか彼は、われわれ史家を瞞着《まんちゃく》するために自分でもいろいろの著書をあらわしているのだ。それに彼はそのために自腹を切って金も出している、それも少なからぬ額を！　偉人たちは、自分がなし遂げた偉業の本当の原因をつきとめられないように大汗をながすものなのだ。

館は二階建だが、非常に豪壮なものであることがわかってきた。簡素な様式で建てられてはいるが、わが国の大都市のにわか成金どもの恐ろしく悪趣味の建物とは似ても似つかないものだった。それに図書室でわれわれを迎えてくれたこの家《や》の主《あるじ》も、わが国の近ごろの元老院議員たちとはまるでちがった風采であった。

かつて執達吏であり、そののち大銀行家となったムムリウス・スピケルは、すこし灰色を帯びた顔の大柄な老人であって、とくに顔で目立つのは堂々と張りだした下顎であった。彼は心持ち前屈みの姿勢をしていたが、それは彼の老衰をあらわすしるしのようには思われなかった。

彼は窓辺に立ってわれわれの持ってきた推薦状に非常に念入りに目を通した。彼が書類を扱う手付からして、彼の本職を窺わせるに十分であった。金融業者は、読書家よりももっと眼光紙背《しはい》に徹する読み方をするものだ。彼らのほうが、雑に目を通すような読み方からどんな不利益が生まれるかをよく知っているのだ。

彼の無骨平板な顔の動きをいくら注意していても、彼がいろいろな推薦者をどう評価したのか、それらの人物の書いた推薦状にどれほどの価値を認めたかを探りだすことはできなかった。当時のわたしは、非常な努力家のひとりに数えられる帝国財務長官トゥリウス・ウァロの推薦文が、おそらく彼にはいちばん効き目があったろうと思いこんでいた。ところが後になってスピケルともっと昵懇《じっこん》になってから、わたしはその意見を変えて、彼にわたしの計画を援助する気を起こさせたのは、わたしが法曹界の実務をしていたことにも触れている、被解放奴隷カウエラの短い推薦状だったのだと思うようになった。スピケル自身は決してわたしにそういうことを話さなかった。推薦状をすっかり読み終ると、彼はそれを黙ってわたしに返し、相変らずわたしを出迎えたときの口調とまったく同じ調子で話を続けた。

推薦状のなかには、わたしの訪問の目的まで匂わせたものもあった。そこで老人はわたしから、わたしの研究課題や興味の対象を根ほり葉ほり聞きだした。彼の質問は短いもので、わたしの返答を彼は同意も拒否もせずそのまま受けとめた。彼はわたしがこれまでにもう本を出したことがあるかどうか知ろうとした。わたしは自著『ソロン』(ギリシアの政治家、アテネ没、前六四〇～五六〇)を挙げた。さらにわたしが党派に属しているかどうかをたずねたので、わたしはどんな党にも属していないと答えた。それから彼は話題を転じ、わたしの感じではかなり無遠慮に、わたしの私的な経済状態のことを尋ねた。そこでわたしにもおぼろげながら、彼が、わたしに何か資料を提供することに対しては謝礼をもらうつもりでいるらしいということがわかってきた。

　正直言ってそのときわたしは、これを知っていささか呆れてしまった。われわれの坐っていたところは、非常に裕福な男の家の図書室なのだ。しかし後になってわたしは、この図書室の蔵書はみな寄贈されたものばかりにちがいないと推察するようになった。個々の作品はお互いに何の関連もないものばかりであった。しかしそのどれもが、この金持の男に贈呈された貴重な本ばかりなのだった。わたしはまた、彼が莫大な収入になる財産をもち、彼がサルディニアの銀鉱から吸いあげている収益だけを考えても、この決して安普請とはいえぬ館はまだまだ質素なものといえるということも承知していた。わたしの計画、およびそのために彼に行なっているこの無理な要求は、純粋に学問的なものであった。こういう話から金銭的な利益を得ようとは考えられるはずがなかった。実際のところ什器《じゅう》類のように歴史的な回想録を買うということは、行なわれていなかったのだ。

　さすがに彼もわたしの態度の変化に気づかずにはいなかった。短いけれどもひどく気まずい沈黙の間があった。それから彼はずばりと口を切った。「あなたはわたしにいったい何の用があるんですか?」わたしはあのラールスの日記を彼が所蔵していると推測する人がいる、というような話をした。「それならもう手放してしまいました」と彼は落ち着き払って言った。わたしはふたたび黙りこんだ。わたしが十一日もかけてここまで旅をしてきたあげく、数巻の羊皮紙の巻物を、まるで果樹園か奴隷の商談でもするように彼と取り引きすると考えているなら、思い違いもはなはだしいというものだ。ところが彼はいささかも動じる気配をみせずに言葉を続けた。「それにあなたにはあんなものは利用価値がありませんよ。どうやらあなたは伝記を執筆されるおつもりとお見受けするが、あれは政治的なものでしてね」――「政治家の秘書のしたためたものですから、他にどんな点があるにしろ政治的なところはたしかにあるでしょう」とわたしはいくぶん激しい口調で言った。「かもしれませんな」と彼は部屋の一隅を見ながら答えた。「かもしれませんが、しかしもうわたしはそれを持っていない」

小柄なガリア人の奴隷が入ってきた。この男は見たところ、彼の農園の作業組長らしかった。老人は彼に、灌漑《かんがい》施設の修理に関して非常に事細かな点まで指示を与えた。この話し合いはおよそ十五分続いたが、この間彼は一度も私のほうを見なかった。ガリア人が退室してしまうと、この家の主人はまた会話を続けた。

「その代物は、詳しい注釈がなければ、まるで使いものになりませんよ」と彼は落ち着き払って言った。「その注釈をあなたにしてくれる人がいますかな。もちろん、あなたがただ二、三の私行を知りたいだけならそれはできますが……だいたいわたしはあの日記に、そもそも当のご仁が朝食に魚を食べたとかいったたぐいの、読者層が面白がるようなことが書いてあるかどうか疑わしく思っています。ラールスは、彼の事業のビジネス面だけを担当していましたからね。ところがこういう面にはわが国の歴史家たちはあまり興味をそそられないものです。あなたは投げ売りというようなことは皆目ご存じない。こういうたぐいのことはすべて、たいして重要ではないと思われてしまうのです」

「わたしはその手記に書いてあることが小麦の価格だけとは思いませんが」とわたしは答えた。「だとしてもどうだというのです?」と彼は言った。彼の顔付きは相変らずいささかも変ってはいなかったが、多少わたしに興味を起こしたことが読みとれたように思った。「だとしたら、それから何らかの事柄を読みとることができるでしょう」とわたしは急いで言った。「そうですかな?」と彼は返答した。

この男はどうやら、たいていの女性があっさりしたセックスを好まぬように、あっさりと取り引きすることが嫌いな性分なのだなと、わたしは考えはじめた。そこで彼相手には、気長な取り引きをしてやろうと決心した。「あなたがその日記を手放されてしまったのはまったく残念なことです」と私は残念でたまらない様子で言った。「いずれにせよあなたは、少なくとも、ローマ帝国《インペリウム》の設立という偉業にかかわりをもたれていたのですからね」

言葉を続ける前に、彼はかなり長いこと考えこんだ。

「あなたは、誰某が朝飯にどんな献立を食ったかということから、その男の性格を推測できるとすれば、その男の小麦価格に対してとった処置からも同じ推測ができると言うのですね。あなたはもうどこかに部屋を借りましたか？」この質問はまったく意表をついたものであった。しかしわたしは躊躇することなく、麓の湖畔に小さな家をまる一月借りてしまったと答えた。早まりすぎたと言われても当然の処置であった。ところがわたしがこれほどの準備をしていると聞いたことが、彼にあの常識では考えられない要求をもちださせる原因になったと思われる。

彼は、しばらくわたしの顔を注意深く窺っていた。それから彼は立ちあがり、壁ぎわに行き、紐からぶらさがっている真鍮製の丸いドラを手の甲で叩いた。彼はあまり高くない、みごとな書斎机に近づいて、革の紙ばさみから一枚の厚紙をぬきだし、入ってきた奴隷に、その厚紙の記述を指さした。それからわれわれは黙りこんだままむきあっていた。沈黙は例の奴隷がトネリコ製の小さな木箱をかかえて戻ってくるまで続いた。

老人は無造作に箱を受けとり、その箱を彼の椅子のうしろの書架に載せた。

「これがその手稿です」と彼は素気なく言った。「あなたにとってどれくらいの価値がありますか？」

わたしは笑った。

「それは正確な注釈をつけないと理解できないものじゃなかったのですか」とわたしは言った。

「注釈をつけなければ売り物にもなりませんよ」と彼はいささかも動ぜずに答えた。「あなたにお渡しすることにしましょう。しかしもちろんこの巻物をあなたのものになさることはできません。ただ目を通されるだけですよ」

「八千セステルチウス」とわたしは言った。

彼は明らかにためらっているようだった。

「あなたはこれを見るために二週間の旅行をなさり、一月も家をお借りになった。これで目的を果たさず引き返すなんてつもりはまさかおありにはならないでしょう」と彼は呟いた。

「一万二千セステルチウスでも決して高くはない。近ごろでは腕ききの料理人は十万セステルチウスもするんですからね」

わたしは腹が立った。この男にはまったく生活信条というものがない。こんな男相手には決して長い取り引きをしてやることはない。

「結構です」とわたしは手短かに言った。

「しかしもうご注意申しあげたように」と彼は用心深く言った。「この手稿には、あなたのような方がお使いになれるようなことはたいして載っていないかもしれませんよ」

「うかがいましたとも」とわたしはいらいらして言った。

一万二千セステルチウスは相当の金額だ。わたしにはまだ、この手記にそれだけの値打ちがあるかどうかもわかっていなかった。結局は、この家の主人が加えてくれるはずの注釈のことも、もう話題にはしなかった。やたらに腹が立ってとてもそんな気にはならなかった。しかし彼自身は注釈を加えることをこの取り引きにあたっての取り決めと考えているらしく、わたしに、その日の夕方もう一度訪ねてきていただきたいと言った。

偉大なるガイウス・ユリウス・カエサルが死んでからちょうど二十年経つ。わたしはこの人間の私生活を、多年彼の秘書であった男の手記をみれば細かいことまで知ることができるだろうと期待していたのだ。カエサルは新時代の一ページを開いた人物である。彼以前のローマは、各地に散在するいくつかの植民州をもった大都市にすぎなかった。カエサルに至ってはじめて帝国の基礎が築かれたのである。彼は法律を成文化し、通貨改革を行ない、暦法も科学的な認識と矛盾しないものに変えた。ローマの軍旗を遠いブリタニアのかなたにまで運んだ彼のガリア遠征は、商業と文明に新天地を開拓した。彼の立像は神々の像のなかに列せられ、彼の名をつけるようになった町々があり、ある月の名(七月のこと)は彼の名にちなんだものである。専政君主たちは、彼の高貴な名を、自分の名に冠するようになっている。ローマの歴史は、ついにアレクサンドロス大王に匹敵する人物をもつようになったのだ。彼が今後、すべての独裁者が足もとにも及ばぬ先例となるであろうことは、目にみえている。そしてたいして偉大でないたぐいの人間たちには、彼の偉業を記述する仕事しか残されていない。わたしの計画している伝記はまさにそのような仕事になるはずのものなのだ。この伝記の手がかりになる資料を今わたしは

手にしたわけである。（ブレヒトはガイウスをカイウスと表記しているが、ここでは普通の表記に従った）

日暮れ時になって、わたしの思慕する偶像カエサルの、かつての腹心の銀行家の館に姿をあらわしたとき、わたしはすでに金銭の問題を片づけるための処置には手をつけてあった。その日の午後、わたしは小船で隣の町に行った。そこの銀行は、わたしの信用状をすぐに改める約束をしてくれた。明日じゅうには一万二千セステルチウスの総額を現金で振り出してもらえることになった。

ムムリウス・スピケルは晩餐の仕度をしてわたしを待っていたらしかった。彼はただちにわたしを食卓に導いた。わたしが彼とふたりでとった夜食は簡単なものであった。この老人などは、イチジクをたった二、三個食べただけで、胃が悪いのでこれで失礼すると言い訳した。しかしわたしのためには、黒海でとれたいわしの小さな樽が開けられた。これは珍味といわれているもので、ローマでは千六百セステルチウスもすることをわたしはよく知っていた。

これほどの珍味でもてなされるとは、午前中のあの気色の悪い出来事のあとであっただけに、もちろんわたしにはいささか意外な驚きであった。話の順序をとばしてここでさきに言ってしまうと、この銀行家のわたしに対する物惜しみしない気前のよさは、わたしがこの地に滞在している間じゅう変ることがなかったのである。彼はわたしのために、こちらから払った一万二千セステルチウスの数倍の出費をしたにちがいない。彼がお別れにわたしに贈ってくれたホルテンシウス（平民出身の独裁者。前二八七、平民の反乱を収拾。ホルテンシウス法によって有名）の演説の生原稿だけでも、優に一万二千セステルチウスの価値はあるものだった。

しかしこの最初の晩は、スピケルはわたしの訪問の目的であるテーマについてほとんど話題にはせず、ただ歴史の記述について若干の意見を匂わせただけであった。しかも歴史記述をあまり評価していないような言い方であった。ラールスの手稿のことも話題にはならなかった。トネリコ製の木箱はもう書架の上においてなかった。

この老人がこんなに用心深い態度をとっているのは、われわれの取り決めた契約のなかで、金銭支払いがまだすまされていないことが原因だろうと考えることができた。そこでまたわたしは腹立たしくなってきた。別れを告げるとき、われわれはかなり冷やかな態度をとっていた。

翌朝、金が送られてきた。そこでわたしは昨日と同じ時刻に彼の家へ出かけた。老人はちょうど図書室に坐って、奴隷に口述筆記をさせていた。わたしが蔵書に目を通しながら待っているうちに彼は口述をすませた。それからわたしの出した金を受領し、額を改めると奴隷にそれをしまっておくように言いつけた。彼はまるで奴隷売買でもするときのように事務的に処理した。金を収めると、もう掌《てのひら》を返したように現金になり、すぐ奴隷に木箱を運んでくるように命じたのは、もう少しほかのやり方もあろうにと思われた。木箱は運びこまれた。そしてそれはふたたび書架の上に載せられた。

それから老人は、抑揚をつけぬさびた声で話しはじめた。まるで契約の条件を果たすのが目的であるように、単刀直入に本題を話しだしたのだ。

「多分ご存知と思うが、九〇年代（ローマ暦六九〇年のこと、前七五三年を起点とする）にはわたしは第四区＊原注で執達吏をしていました。その官職にあるものとしてわたしは、同じ地区に住んでいたCに対する、債務による差し押えの令状を受けとりました。債務はたいてい途方もなく高額なものでしたが、しかしたとえばパン屋や仕立屋の払いのような少額のものも夥しい数にのぼっていました。Cがカンパニア地方に所有していた領地では町なかの住居の家計に要する経費を賄うことができなくなっていたことが、これではっきりわかりました。領地ももう管財人の手に渡っていたのです。Cは、按察官《アエディリス》時代や財務官《クエストル》時代に自分が主催者となって大規模な催物（民衆の人気とりのために闘技その他の娯楽をやって人びとに見せたこと）をやったことで有名でした。貧しい人びとにとってはとほうもない額にふくれあがった彼の借財（クラッススの立替えた借金は邦貨に換算して六億円といわれる）は尊敬の念をよびおこすものでした。わたしがはじめて彼に会ったのは、記憶ちがいでなければ、彼の寝室で仕立屋に下着《トニカ》の仮縫いをさせていたときだったと思います。今でもよく覚えているのは、そのとき彼が襟ぐりの裁ち方の注文を非常に細かくしていたことが印象に残ったからです。彼は本当に仕立屋間の専門用語を使っていたのです。彼の家に行ったのはこれがはじめてではありませんでした。普段は、彼の秘書、つまり外ならぬこのラールスと会うように決められていました。それはCの母親をわたしと会わせないためでした。この家のものは皆その母親を怖がっていたのです。C自身も、まるで怖くないわけではありませんでした。母親というのは、気さくで小柄な老女でしたが、しかしすごいしっかり者でしてね。のちになるとわたしも彼女と親しくなったものですよ。

ところでCは、わたしにまったく胸襟を開いた態度で接しました。そしてちっとも皮肉を混じえずにいくつかの年代ものの家具を示し、これを差し押えたいかとわたしに聞きました。べつに仕立屋がいることも気にかけていないようでした。きっと仕立屋は、執達吏のわたしを見たら、Cの払いのほうは大丈夫だろうかととても心配したことでしょうにね。

たしかに彼は、はじめて会ったときにもう、わたしの暮しの経済状態を尋ねたと思います。わたしの暮しむきはあまり楽ではありませんでした。当時はわたしは、クラッススの持ち家の一軒である貸し家のフラットに妻と六人の子供と住んでいましたが、家賃を払うにも苦労して

＊原注
スピケルはカエサルのことをつねにただCとだけ言った。わたしははじめには、彼がこういう言い方をすることによってわたしの企てが見当違いだということを強調するつもりなのかと思った。しかしラールスも手記のなかでCとしか言っていないのだった。

いたのです。彼とかわした会話のほとんどすべての話題は、なんらかの形でわたしのこの苦労に関することでした。彼は椅子に坐ったまま、わたしにアドヴァイスしましたが、その椅子を差し押えないで彼のもとに残しておいてやろうなどという仏心はわたしにはありませんでした。

それ以後わたしはたびたび彼に会うことになりました。わたしは彼の家を訪れるのが好きだった、といっていいと思います。われわれの交遊はそれ以後彼の死まで途絶えることはありませんでした」


彼はそこで口を閉じた。人声がし、外の石畳の上を引きずるように歩くたくさんの人数の足音がしたのは、二度目の食休みが終ったからだった。昨日の小柄なガリア人が入ってきた。そしてスピケルは、奴隷のさしだした指令書に大きくSと署名した。扉越しにちょっと雲の出ている空がみえた。防風のために植えられている月桂樹の生垣は風をうけて震えていた。白塗りの壁と、その前におかれた感じのいい革製の本箱を備えた、細長いが天井の高いこの部屋は、とても気持のよい暖かさだった。大きな薪が何本もぱちぱち音をたてて燃えていた。わたしは老人の飾り気のない今の話をなおもゆっくり噛みしめていた。

わたしは、今より若い、しかしそれ以外のところはほとんど今と変っていないスピケルと——若いころから心配や苦労のせいで老けてみえるようなこういう連中は、年をとってもほとんど外見が変らぬものだ――借財を負っている、有名な貴族カエサルの対決するありさまを眼前にまざまざと思い浮かべた。下顎の長いこの無骨な男が、どんなにカエサルと打ちとけたあとでも、職務遂行のほうはやっぱり忠実に行なって、きっとカエサルの家から帰るときには、差し押えの椅子はもって帰ったろうと考えるとおかしくなった。わたしは例の一万二千セステルチウスの例を思い出したのだ。

老人は、運ばれてきたぶどう酒にちょっと口をつけると、話を続けた。「このころ彼は、わたしの知るかぎりでは実務から手を引いていました。彼は生涯のうちで一度は、ある職業について金を稼いでみようと試みたことがあります。民衆派の依頼を受けて、属州《プロウィンキア》において行なった恐喝と職権濫用のかどで、元老院の高官を告発した二件の訴訟で法律家としての腕をためしたことがあるのです。

財界《シティ》(ブレヒトは近代的なシティという句を使っているが、これはローマの実業にたずさわった財力のある騎士階級をさす)は、この訴訟をしてもらうためにこの良家の出身の告発者に、相当多額の金を払いました。これはかなり昔からの、例の財界《シティ》と元老院(貴族)の争いだったわけです。大昔から、ローマでは、三百の貴族の家系が、国内国外の高官の職を、自分たちだけでたらいまわしにしていました。元老院は貴族たちの取引所でした。ここで、貴族たちのうち誰が元老院議員になり、誰が裁判官になり、誰が司令官となって戦場にゆき、誰が領地に残るかということが話し合いできめられたのです。彼らは大地主で、他のローマ市民を自分の下僕のように扱い、市民の下僕は非人間のように扱いました。彼らからみると商人は泥棒で、征服した属州の住民は敵だったのです。その貴族連中のひとりが今いるカトーの曾祖父だった大カトーです。彼はわたしやCの時代には、元老院派（閥族派）の指導者でした。彼は、泥棒はとったものの二倍を、利子をとって金を貸したものは〈とった〉ものの四倍を返させるという、二世紀（ローマ暦でいっているから紀元前五世紀のこと）にできた法律をありがたがっていました。わたしたちよりせいぜい一世代前の時代に、彼らは、元老院議員は商売を行なってはならない、という法律を作りました。この法律ができるのはおそすぎました。すぐに抜け道ができました。まあ法律を作れば何でも禁じられますが、商売だけは法律ではとめられるもんじゃありません。おまけにこの法律のおかげで貿易会社がおおいに発展することになったのです。つまり、五十人の出資者がめいめい一隻の船の五十分の一を所有し、それによって誰もが一隻のかわりに五十隻の船を操作できるというような形の会社ですよ。しかしこういう貴族たちの目が結局はどこにむけられてしまうか、あなたにもおわかりのことと思います。あの連中は野戦の将軍としては優れていて、属州を征服するに十分な能力を備えていますが、ただ征服した属州をどうしたらよいかということはまるでわかっていないのです。

しかしわれわれの商業が揺籃《ようらん》期からだんだんに成長して、大規模に油や綿花やぶどう酒を輸出し、穀物その他の物品を輸出するようになり、とくに、金を海外に投資して属州でその金を働かせることを始めるようになったとき、この貴族たちは土地貴族らしく、時流にあわせる才能をまったくもっていないことを暴露しました。新興の財界《シティ》は、貴族たちには筋の通った指導者のいないことを確認しました。おわかりでしょうが、われわれは決して自分たちも駿馬にまたがって戦場を疾駆したり、時は金なりといわれる大事な時間を、黴臭い官吏の椅子に坐って浪費したりする希望はもっていませんでした。貴族たちは、昔通りの貴族でいてくれて一向にかまわない、ただ財界《シティ》の堅実な指針に従ってくれてさえいればいいのです。たとえばあのポエニ戦役のことを例として考えてくだされば、わたしの言うことがすぐ理解できると思います。われわれがあの戦争を行なったのは、もっともな理由があった。つまりアフリカにおける競争相手を倒すためだったのです。ところがその結果はどうだったか？ われわれの軍隊はカルタゴからその生産物と関税を取りあげないで、町の城壁と軍艦をとりあげてしまいました。穀物をとりあげずに鋤をとりあげました。われわれの将軍たちは得意になって、わが軍団の侵入したところには、もはや草一本も生えないであろうと高言しましたが、しかしわれわれの目的はその草のほうだったのです。ご承知でしょう。この種の草の、ある品種からパンを作ることができるのですよ。あれだけ巨額の戦費を使ったポエニ戦役で、われわれの征服したのはただの砂漠だったというわけです。あの地方を荒廃させないでおいたら、優にわが国の全半島を養うに足りたはずです。それなのに、ローマの凱旋式のために、カルタゴの連中がわれわれのための仕事をするのに必要な、農耕具から農耕奴隷にいたるまでのすべてのものを、一切合財彼らから取りあげてしまったのです。こういうやり方で征服したあとに、今度は同じような行政が行なわれました。総督たちは自分の家計簿に入った金高を書きこむことばかりしていました。将軍の上衣ぐらい袖の下用のポケットの多いものはない、ということはみんな承知しています。しかし総督の着物ときたら、ポケットだけでできているようなものです。貴族たちが総督づとめを終えて帰国するときには、鎧冑《がいちゅう》に身を固めてその地に赴いたときと劣らぬくらいたくさんの金目のものをがちゃがちゃ引きずってきたものです。若いCが告発したふたりの人物、コルネリウス・ドラベラとプブリウス・アントニウスのごときは、マケドニアの財産の半分ぐらいは船に積んで持ち帰ったものです。

こんな具合ではもちろん、われわれが本当に商業とよべるようなものを興しようがありませんでした。ローマでは戦争が終るたびに破産や支払い停止がありました。軍の勝利は必ず財界《シティ》の敗北を意味しました。将軍たちの戦勝は、ローマの民衆に対する勝利でもありました。ポエニ戦役の最後の決戦だったザマの戦いのあとにあげられた悲嘆の叫びには二通りありました。カルタゴとローマの銀行の苦闘の叫びです。元老院は乳牛を屠殺してしまったのです。この体制は徹底的に腐敗していました。

こういう話はローマの町なかでももちきりでした。どこの床屋でも、元老院の道義は地に堕ちたということが話の種になっていました。それのみか、元老院の内部でさえ、〈道徳的刷新を断乎として遂行する必要性〉が論じられるようになりました。小カトーは、三百の貴族の家系の将来を非常に憂えていました。彼は貴族の評判をよくしようと決心し、サルディニアの知事として赴任したときには、たったひとりの下僕を連れ、その男に彼の官衣と生贄の血を受ける盃盤を運ばせたものです。そしてイスパニアの知事のつとめを終えて帰郷するときには、その前に戦場用の馬を手放したものです。彼は、馬の輸送費を国費でまかなわせることは職権の濫用だと考えたからです。残念なことに彼の船が嵐に遭って難破したために、彼の収支決算書も失われてしまいました。彼は生涯を終えるまで、自分が実に清廉潔白に職務を遂行したことを、誰にも説明できなくなったことを嘆いていたものでした。彼の態度がとても信じられないものであったことを彼はよく承知していたのです。財界《シティ》は〈よき前例をつくる〉とか、こういったたぐいの道徳的なお題目を、ありがたがっていませんでした。財界《シティ》は、何が必要であるかをはっきり見抜いていたのです。それは官吏には給料を支払わねばならない、ということでした。

つまり貴族たちにとって官職につくことはただの名誉職だったのです。自分の仕事に対して金を払ってもらうなどということは、貴族たちからみればまさに唾棄すべきことでした。これほど理想が高かったので、貴族たちは、金を盗むより仕方がなかったのです。しかし元老院の貴族たちも、時がたつうちに、訴訟には慣れっこになってしまったのです（ローマには不当利益法廷があり、高官の不正の告発される制度があった）。ちょうど雨に慣れるようにね、雨が降ったら合羽を羽織ればいいのです。それ以後貴族たちは、小人数からごっそり盗むことをやめて、多人数から少しずつ盗むようになったのです。そして告発される恐れがあっても、彼らは一切のものを盗んでいました。訴訟をやっていくには金が必要です。そこで彼らはいままでも搾取していた連中から、訴えられたときの訴訟の分までよけいに搾取するようになりました。

そこでローマの金のある民衆派のクラブのいくつかは、元老院の強盗どもに対する訴訟の資金を出しはじめました。つまり元老のなかでもいっそう破廉恥な連中、属州において、自国ローマの商人のビジネスの運行をさえ妨害する連中に対する告発を援助しだしたのです。といってもこれらの訴訟は、相当な八百長でした。それよりもっと重要なことは、若い告発人たちが、資料を十分に検討できるという点でした。なぜなら、訴訟で重視されたのは、ただちょっと気のきいた演説をぶつことだったからです。告発に当る人は、証人を立て、彼らにせりふを覚えさせねばなりませんでしたし、また金をうまくあちこちにばらまかねばなりませんでした。裁判機構が潤滑に動くようにしたわけです。若い告発人のなかには、元老貴族の家柄出身のものさえいました。この連中が行政機構を勉強しようと思ったら、この方法によるのが一番よかったわけです。自分があとで本格的に収賄されるようになるためには、一度は自分が袖の下を出すことを経験しておく必要があったのです。

Ｃは二つの訴訟とも敗訴しました。あるものは、彼が無能だったからだといっていますが、どうして、わたしは彼が有能すぎたせいだと思っています。彼が敗けた直後に旅に出る羽目になったのがその証拠です。彼がわたしにむかって自分で言ったことばをかりるなら、人びとの間に巻き起こした反感の念から逃げたいためだったそうです。彼はロドス島に行きました。表向きの理由は自分の雄弁術に磨きをかけるためでした。しかし、いささかあわてて旅立った理由としては、若い法律家にとってはこんな原因はあまり名誉なものではありませんから、旅立ったわけはほかにあったと考えざるをえません。するとその原因はもっと不名誉なことだったということになります。

告発者は事情によっては、訴訟に勝つより敗けたほうが儲けが大きいということは正しいのです。しかし最初の幕開けの訴訟からすぐこういう手を使うのはいけませんでした。なんでも中途半端にすましておけないというのが、この若い男の弱点でもあったのです。彼はのっけから、一人前の法律家と同じ手口を使おうと思ったのです。戦争を行なうときでも、この男のやり口は変りませんでした。わたしなんかその苦労で白髪《しらが》がふえてしまいましたよ」

老人はこういう一切のこと、訴訟にまつわるすべての話を、一片のユーモアさえ混じえず、まったくのポーカーフェイスで報告した。彼があの偉大な政治家Cの最初の公式の登場について描きだしたイメージが、まったく肯定的なものでないということなど、彼はぜんぜん意識していないようだった。彼はほかでもないカエサルが、相手側から買収されたのだということをほのめかしているのであった。あのふたつの訴訟は、Cの伝記のなかでは、ともかくある種の役割を演じている。あの訴訟は決して成功を収めたとはいえないけれども、若きカエサルが保守的な元老たちの汚職に対して、若い民衆派的な旗印を掲げようとした最初の試みというふうに言われたものだ。Cは貴族の家庭の出であるが、その家系は民主制度（民主派の運動）に対して伝統的な関係をもっていた。民衆出の将軍マリウスの未亡人は彼の伯母であったし、反逆者キンナの娘が彼の妻であったはずだ。ところがスピケルは、カエサルの最初の登場ぶりをまったく否定的に評価していることをはっきりと悟らせてくれたが、その否定的評価は思いもかけぬ方向からなされたものであった。

「しかし彼は、民衆派ではかなり早くから、将来有望な男だと思われていたのではないのですか」とわたしはさりげなく言った。

スピケルは何を考えているのかわからないような表情でわたしをみつめた。

「そうですよ」と彼はまったく素っ気なく言った。「将来有望な男と思われていました。彼は金をすっかりなくしていて、民衆派の連中は看板になる名前を血眼になって探していました。

Cの家柄はこの都市《まち》（国）で十五か十六しかないもっとも由緒ある貴族のひとつでした」

わたしはこの会話にもう少し品位を取り戻させようと決心した。

「彼に対し、最初の妻コルネリアを、キンナの娘であるという理由で離別してもらいたい、と言ってきたスラの要求を彼がきっぱりはねつけたのは、彼の民衆派的な精神のあらわれだ、ということはあなたも否定なさらないでしょう。彼のあの行動も本気じゃなかったとおっしゃるおつもりですか？」

「あの行動がどうして彼にとって本気じゃなかったわけがありますか？」と老人は言った。

「キンナはヒスパニアでひと財産を作った男ですからね」

「でもその財産は没収されたのでしょう」とわたしは反論した。

「Cの分は没収されなかった。彼の分まで没収されそうになると、彼はその財産をかかえ、コルネリアを連れてアシアに行ってしまいました」（以下、アジアはローマ式にアシアと表記する。ただし、小アジアは現代風なのでアジアと表記する）

「それじゃコルネリアを離婚することを拒否したのも、彼の政治的信念とは無関係だとおっしゃるんですね。それじゃ彼女を愛していたからだという理由もとても考えられないというわけでしょうね？」

スピケルはわたしの顔を物珍しそうにみつめた。しかしわたしはそんなことは意に介さずに話を続けた。「たぶん、あなたのお考えじゃ、彼は人を愛するなんてことはできない男だったのでしょうね？」

「どうしてわたしがそう思わなくちゃいけないんですか？」と彼は平然と言った。「彼はちょうどその頃、愛していたんですよ。被解放奴隷だったシリア人の青年をね。その男の名は忘れてしまいました。人の噂を信ずるとすれば、コルネリアはそのことで相当アタマに来ていたようです。アシアにむかう船上でも相当派手ないざこざがあったらしいですよ。そしてそのシリアの男もCに離婚してくれと言い張った、スラと同じようにね（スラの要求は政治的な次元のものである）。Cはしかし彼にも譲歩しませんでした。これもあなたには幻滅かもしれませんが、Cは決して情を知に優先させたりする男ではなかったのですよ」

彼はこういうすべての話を、まったくまじめに、しかもある種の慎重な話し方で、聴き手のわたしのことも意識しながら話した。文章にしてしまうとひどくむきだしなので、ちょっとこんな態度は想像できないだろう。彼は、話す口調のなかに、これ以上話の先を聞くかどうかはあなたの自由にまかせます、という意味を含ませようとしているようだった。彼は「契約によってわたしが注釈としてしゃべることになっている話を、使おうが使うまいが、それはあなたのご自由だが、ともかくわたしは、あなたに聞かせるからといって、真実をねじまげたり、自分自身の意見を変えたりするわけにはいかない」ということを言外にほのめかしたいらしかった。とにかく、Cが真に人を愛することができたかどうかについての彼の意見は、六人の子を持ち、恐らくは一家のよき父であるにちがいないこの男の意見としては驚くべきものであった。わたしは、彼の話がこれ以上脱線されてはかなわないので、腹立しそうに彼の話をさえぎり、ただこう言った。

「それじゃ、彼がコルネリアや彼の伯母のために挙行してやったあの埋葬式の話はどうです?」

「あれは政治的な意味をもつものでした。彼は葬列にマリウスとキンナの蠟《ろう》のマスクをつけさせました。その報酬として彼は民衆派から二十万セステルチウスを受けとりました。彼の家族、とくに彼の母親、さっきもこの女《ひと》のことはお話しました、大変筋道の通った女性でしたが、彼の母親などは、彼がこんな行動をしたことをその後長いこと根にもっていました。二十万なんて、上等な料理人奴隷ふたりの値段ですからね。しかし民衆派クラブでは礼金はこの額で十分だと思っていました。その示威行動は、それ以上の危険はなかったのですからね。当時はもう法務官には民衆派の人間がなっていましたからね」

彼はそのあと、わたしがまた湖のほうにおりて帰ってゆく前に、彼の領地の経営ぶりの一端を示してくれた。領地は主としてぶどう山であり、いくらかのオリーヴ畑があった。われわれは、奴隷宿舎のほうに足を転じた。宿舎は高いところにたくさんの小窓の口があけられている、漆喰を塗った二軒の石造のバラックだった。

きちんと鋪石を敷きつめた中庭では二匹の驢馬《ろば》が、鎖をつけられていないひとりの奴隷に見張られて臼をまわしていた。もうひとりの奴隷はなにもしないで開いた戸口のわきの小さな木のベンチに腰かけていた。彼はもう中年で、ひどく不安そうな様子をしていた。彼の表情はうつろであり、何かに聞き耳を立てるように、頭をたえず左右に傾けていた。「あの男は今日の昼に引きとられるのです」とスピケルは説明した。「彼は麓の市場に連れて行かれるのです。もう四十を過ぎて使いものにならなくなったのですよ」「なぜあんなに落ち着かないのでしょう」とわたしは尋ねた。

老人は驢馬に臼のまわりをまわらせている奴隷に事情を尋ねた。それでわかったのはこういうことだった。彼は突然売りに出されると申しわたされた。畑から呼ばれてここに来てはじめてそう告げられたので、他の連中と別れを告げることもできないだろう。そこで彼は、他の連中が昼の休みに畑から帰ってくる前に、奴隷仲買人が今にも自分を連れにくるのではないかと心配でたまらない、というわけなのだ。

「きっと彼は仲間のなかに友人がいるのでしょう」とスピケルは言った。「息子さえいるかもしれない。ご承知のように、彼らの間では父親が誰かということは決して言えない。わたしは、奴隷小屋で性交渉が行なわれることには反対ではありません。それどころかおおいに奨励して

いる。女奴隷は子供を三人産めば解放奴隷になれるのです」

われわれはゆっくり歩いていった。例の男のところに監督の妻がやってきて、彼の旅行のための食糧である平たいパンと乾魚を渡してやっていた。わたしがもう一度ふりむいたとき、彼が食糧を小脇にかかえて、さっきよりもっと不安そうに、畑のほうを眺めているのがみえた。

「Cはいつも金に困っていました。一度なんかは奴隷売買に手をだして金を儲けようとしたことがあります」と歩き続けながら老人は言った。「あなたはたぶん彼と海賊の逸話というのをお聞きになったことがおありでしょうな？」

わたしはまた彼がCのことを話しだしたことに気づいたのでびっくりしてうなずいた。あの興味ある逸話は、どんな教科書にさえ載っている。

「あなたは、ご自分でご存じのことをここで復習してみる気はありませんか？」

「いいですとも」とわたしは言って、わたしの知っている話を繰り返してみた。この有名な逸話を引用するにあたって、わたしはギリシア人の教師の前で、習ったことを暗誦するときのような調子で言おうとしてみた。

「カエサルは青年時代に、ファルマクサ島の近くで海賊に捕虜にされました。海賊どもは相当の船隊をもち、また小船の群は海を蔽《おお》い隠すほどでした。はじめに彼は、自分の身代金として、二十タラントン以上を要求しなかったといって海賊どもを軽蔑しました。海賊どもはどんな男を捕虜にしたのかわかっていないのだろうか？　そこで彼はみずから進んで、自分は身代金として五十タラントンを支払いたいと申し出ました。そこで彼は何人かの従者をあちこちの町に送って金を調達させました。そして自分は、侍医、料理人、ふたりの侍僕と、平気でこの凶暴な小アジア人どものなかに残っていました。そして彼は海賊どもを相変らず軽蔑して横柄にふるまい、自分が睡眠をとるときには、必ず海賊どもに静粛にしろと命令するほどでした。こんな具合で、彼が捕虜なのではなくて、海賊たちが彼の用心棒になったような暮し方で彼は三十八日もそこで過ごしました。彼はいささかも恐れたりせず、彼ら相手に冗談をとばしたり、慰みごとをしたりしました。時には彼は詩や演説を作って彼らに読んで聞かせ、海賊たちがそれにあまり感心しないと、お前たちは間抜けの野蛮人だと言い、時には笑いにまぎらしながら、お前たちをそのうちに絞首刑にしてやるぞと脅したりしました。海賊たちはそういう彼のことを面白がって、愉快な冗談として彼の言いたい放題を言わせておきました。

しかしミレトス（小アジアの地名）から身代金が届き、自由の身になるやいなや、彼はミレトスの港で武装した戦士を数隻の船に乗船させ、海賊の討伐に出かけました。彼は海賊どもがまだその島に停泊しているのを見つけ、たいていの海賊たちをうむを言わさずつかまえてしまいました。海賊たちの財産を彼は合法的な戦利品と見做《な》し、捕虜の海賊どもはペルガモンの監獄にほうり

こんでおいて、それからアシア総督だったユニウスのところに出かけ、彼に捕虜の処刑の執行をせまりました。ところがユニウスは、海賊から没収された財産のことばかりに気をとられていました。もちろんこれは相当な額のものでした。とにかくそれでユニウスが目下海賊の件を扱う暇がないとかなんとか煮えきらぬ返答ばかりしていたので、カサエルはそれ以上彼のことに頓着せずさっさとペルガモンに帰って、自分自身の権限で、海賊どもをひとり残らず磔刑《はりつけ》にしてしまったのです。島にいたとき彼は海賊たちに、よく冗談めかして磔刑にしてやると言っていたのですが、その通りを実行したのです」

老人は、ほとんど、文章の一区切りが終るたびにうなずいていた。彼は、ダイコンの苗床のすき返された土のなかにその大きな足の一方を入れた。だが、それは、何か目的があって、自分の奴隷たちにわかるようにこの苗床に目印をつけておくためらしかった。さらに歩みを進めながら彼は言った。「彼の生涯のすべての出来事が、今ではそんなふうに見えてしまうわけですよ。その話の真相をこれからあなたにお話しましょう。あれは実は奴隷売買だったのです。このちょっとした事業をやったのは、Cが彼の最初の妻と彼の伯母の埋葬行列を、民衆派のデモンストレーションに利用したのとちょうど同じ時期に当ります。属州における元老貴族たちの越権行為を告発する訴訟をやった直後のことです。彼は、あるギリシア人について雄弁術を学ぶためにロドス島に旅行することになっていました。この若い法律家は、いろいろな仕事に同時に手をつけるのが好きでした。そして前にも申しあげたように、彼は非常に金を必要としていました。そこで彼は船一隻分の奴隷を連れていきました。わたしの記憶では、奴隷は年期を積んだガリア人の革職人たちだったと思います。こういう奴隷は南のほうに連れていって厄介払いすると結構儲かるのですよ。しかしこれはもちろん密輸ということになります。

小アジアの大奴隷商人たちは、わが国の諸港市とも、ギリシアやシリアの港とも古くから契約をかわしており、その契約によって、どちらの地方に対しても奴隷を供給する独占権を保証されていました。奴隷売買は、非常によく組織された、ローマの資本も含めた、いろいろな資本によってバックアップされている商業部門のひとつでした。デロスの奴隷市場では、時によるとただの一日で一万の奴隷が売られることがありました。奴隷商人と首都ローマとの関係も密接で、きちんとした秩序がありました。ずっと後になって、ローマの財界《シティ》が奴隷売買の業務にすすんで乗りだすようになってはじめて、小アジアの奴隷輸出トラストとのいざこざが起こるようになったのです。わが国の徴税請負人たちは、ローマの鷲の標章に保護されて、まったく安全に小アジアの属州で本格的な奴隷狩りを行ないました。キリキアやシリアの奴隷販売会社は、彼らからみれば理屈の通らない商売仇の事業に対してできるかぎりの抵抗を試みました。奴隷専売制度をめぐる闘争はやがて、本物の海戦にまで発展しました。どちらの側も相手側の奴隷輸送船を拿捕して、積荷である奴隷を押収するようになりました。ローマの会社は小アジ

アの会社を、小アジアの会社はローマの会社を海賊だといって罵りました。

Cは冬に出帆しました。この季節は嵐が多いので、小アジアの船隊に拿捕される危険はずっと少なかったのです。そこまで計算していたのに彼は捕まえられてしまいました。積荷の奴隷は取りあげられ、彼は拘留されました。あなたも歴史書で読んで知っておられるように、彼は非常に寛大な扱いをうけました。彼の主治医と料理人、それにふたりの侍僕まで残してくれたうえに、辛抱強く彼の詩まで聞いてくれたのです。気のいい小アジア人たちは、こんな心ないふるまえさえ我慢してやり、丁重な態度をとりつづけました。*原注 彼はただ、密輸した積荷の量に相当して計算された損害賠償額だけを支払えといわれました。それが二十タラントンだったのです。

わたしがこれから話すことは、当時南方で総督職にあった、のちの執政官代行ユニウスから

*原注
スピケルが使った海賊ということばを、善良なる市民である商人たちという意味に解さねばいけないかどうかはわたしには分らないが、しかしともかく昔の著述家の記録では、この人たちが非常に文明化した環境に暮していたことが立証されている。彼らはすばらしい文学も所有していたということである。引用してみよう。「地中海の沿岸地方では奴隷売買の最も栄えたあの時期ほどすばらしい歌声が響き、その空のもとに含蓄のある洗練された言葉が語られたことは、それ以前にも以後にも決してなかった」

きいた話です。わたしがユニウスと知り合ったのは、彼が老人になってからですがね。ひどい醜聞が起こったので、彼はこの事件の調査に当ったのです。

Cはまず使者を小アジアのいくつかの都市に走らせて金の調達を頼みました。奴隷売買の損害賠償金を要求されているということは伏せて、海賊からゆすられた身代金だと主張しました。しかも二十タラントンではなく五十タラントンを請求したのです。その金は調達されました。もちろん彼はそれを二度と返しませんでしたがね。釈放されて自由の身になると、彼はすぐミレトスに行って、そこで剣技奴隷を数隻の船に乗り組ませ、そして小アジア人たちから〈身代金〉と積荷の奴隷を取り返しました。おまけに彼は、小アジアの拿捕船隊の乗組員ばかりか、その船を派遣した数人の奴隷商人や、この商人の所有だった奴隷の在庫品まで一網打尽にしてペルガモンまで引きずっていきました。ユニウスから事情の釈明を要求されると、彼は小アジア人はどいつもこいつも海賊として扱ってくれと要求しました。そしてユニウスがそれを拒否して、この件の詳しい事情を根ほり葉ほり尋ねだすと、彼は、こっそりとペルガモンに帰ってしまい、そしてにせの命令書をつきつけて、小アジア人たちをみんな磔刑にしてしまいました。それもこの連中が、彼に不利な陳述をすることを不可能にしてしまうためでした。

ついでですが、Cは歴史書の著者の間では、彼が冗談に磔刑にするぞと脅かしておき、あとで本当に彼らを磔刑にするということによって、恐ろしい〈海賊〉に一撃を浴びせたというので、ユーモアの香気にひたされることになりました。これはまったく不当です。Cはひとかけらのユーモアももちあわせてはいませんでした。しかし彼は事業欲はもっていましたね」

「わたしは、彼がすでにそのころから、そんなに何でもできるような権力をもっていたということが理解できません」とわたしは言った。

「元老貴族出身の伊達男なら、誰だってそのぐらいの力はもっていましたよ。あの連中は何でも好きなことができましたよ」

われわれはそこで脇にどかなければならなかった。うしろから、がたごとと跳ねながら、牛車が道をおりてきたのである。あの中年の奴隷が、小さな箱を脇に置いてその牛車に乗っていた。彼は市場へ運ばれていくのだ。

彼は道の傍のぶどう山で仕事をしている奴隷の群に合図を送っていた。奴隷たちもその合図に応えてはいたが、何も叫び声をあげなかったのは、たぶん彼らの主人の姿をみかけたからだろう。別れてゆくこの男は、貪るように奴隷の群を目で探していた。しかし彼の探している男だか女だかは、その群にはみつからないようだった。

「お忘れになっちゃいけませんよ」とスピケルは続けた。「Cがこのとき商人たちの首を締めてしまったことを。これでユニウスがどれだけ困ることになったか考えてもごらんなさい。当時はまだ、小アジアの商社を公式に海賊ということはできなかったのです。今では歴史書にも海賊と書いてありますがね。その歴史書はわれわれの手で書かれたものだから、もちろんわれわれのものの見方を通用させることができたのです。

ところが今話にでた小事件の数年後になってやっと、ローマの商社は、自分の事業を国家の事業にすることに成功したのです。やつらはローマの穀物船を二、三隻、怪しげなギリシアの海賊に時々拿捕させることによって、民会の雰囲気をそっちへもってゆくように工作したのです。こうしてはじめて彼らは、国家の支援を求める叫びをあげることができ、海賊法の適用を要求できるようになったのですよ。財界《シティ》も自分の小アジアとの商業競争の戦いにローマ艦隊を手に入れるためには、戦わないわけにはいかなかったのです。ところでこの件にもCが一役買っていました。ごく目立たない役ですがね。

護民官のガビニウスが八七年（いわゆるガビニウス法、西暦紀元前六七年）に、財界《シティ》に依頼されて、〈海賊〉と戦うためにポンペイウスにローマの艦隊をあずけろ、と元老院に要求したとき、彼は高貴な生まれの大地主連中から危くリンチにあうところでした。この大地主たちは、小アジア人たちとは長期契約を結んでおり、奴隷の輸入が中絶したり、少なくなったりすることに我慢できなかったのです。彼らの広大な領地は、奴隷がいなかったら、とうてい管理してはいけません。彼らは財界《シティ》に奴隷輸入の専売権を与える気はなかった、彼らは、専売になった場合の価格の値上げを恐れていたのです。

財界《シティ》は民衆にアピールをはじめました。民衆派のクラブは行動に移りました。もちろんそれには多少の煽動をやらないわけにはいきませんでした。民衆には、民衆的に語りかけねばなりません。そこで弁士たちは（そのなかにCもいました）小アジア商社が奴隷を安価で売りつけるから、そのためにローマの職人が食えなくなるのだと言いました。

小農たちの間では、元老院の抵抗に対する怒りがひろがっていました。大地主の大農園で奴隷が使われることは、小農場の経営をひどく圧迫するからです。小農たちは、小アジアの奴隷商人たちをやっつけるのと同時に、奴隷売買制度そのものも廃止してしまいたいという希望をもっていました。元老院は、エトルリアでは、狂暴化した農民に軍隊をさしむけなければならなかったほどでです。

都市のプロレタリアも、企業家が安価な奴隷の労働によって、職人の賃金を滅茶苦茶に引き下げてしまうのでひどく苦しんでいました。しかし、この場合には、反対の材料も揃えられました。新たにできた資本主義的な奴隷輸入会社は、穀物をちょっと値上げして、海賊たちが穀物の輸入を妨害しているという噂をひろげたのです。そしてもちろん、金はじゅうぶんばらまかれました。ポンペイウスがゆくところ、いつも彼の前に先触れの儀仗士のほかに、金包みをふところにした連中が先行していました。そこで民会のときに元老院の老カトゥルスが、ポンペイウスの功績を美しく飾りたてて数えあげたあとで、このような人物を戦争に赴かせ危険にさらさせるつもりは絶対にないと断言すると、民衆たちはただ大笑いしただけでした。そこでカトゥルスが落胆して〈それでは諸君、このかけがえのない人物を失ったら、あとにどんな人物がいるというのか？〉と叫ぶと、民衆達は悪意のある笑いを浮かべながら〈あんたがいるよ！〉と叫んだものです。それから別の弁士が、たったひとりの人間にそのような全権を委ねることは危険だと警告したときには、彼らはものすごい叫びをあげました。そのすごさときたら、ちょうど市場から飛び立とうとしていた一羽のカラスが、そのために失神して、民会のまっただ中に墜落してきたほどです。たぶんこのカラスも、公金の分け前をせしめにいく途中だったのでしょうな。

しかしこうしたいろいろな騒ぎを起こしたけれどもまだその効果はなく、やっとその効き目があらわれたのは、十数人の元老院議員に奴隷輸入業の利益配当票（株券）を握らせてからでした。これでやっと、この事業は国家的事業になりました。そしてポンペイウスは、財界《シティ》の役に立つ艦隊を手に入れました。

穀物の値段は半分に下がり、三カ月で地中海から小アジアの経済競争者は一掃されました。そこで直ちに、これはいわば動機の単なる付帯条項のようなものでしたが、ポンペイウスはアシアの最高指揮権を手に入れました。彼は奴隷狩りをはじめました。

おわかりでしょう。貧乏人たちは、同じ男につづけて二回賛成したのです。しかしこの二回は同じことではありませんでした。彼の海戦は、奴隷売買に対する大打撃を意味しました。しかし陸上の戦いは、最大の規模の奴隷売買だったのです。半年後には、ローマの奴隷市場は、まさに奴隷が溢れるようになりましたが、今度はそれはローマの会社の商品だったわけです。ところでたしかキケロが処女演説をしたのもこの頃だったと思います。彼はポンペイウスに指揮権を与えることに賛成の演説をしました。その報酬をどこからもらったかは、推察がおできでしょうな」

われわれはしばらく無言のまま歩きつづけた。

告白すると、老人がこの権謀術策を描写した恥知らずな話し方に、わたしはいささか嫌悪を催したものだ。

彼はどうやらわたしの考えを推察したらしい。他人のこころのなかを読むという、銀行家の周知の才能は、彼の場合には非常に発達しているらしい。彼は、

「あなたは、わたしがこういうことを認めているので、びっくりなさっていますね。じゃあなぜだかあなたに申しあげましょう。わたしが、われわれの奴隷調達の方法を認めているのは、われわれが奴隷を必要としているからですよ」

わたしは彼に答えなかった。彼にとってはガイウス・ユリウス・カエサルよりもっと興味のあるらしいわが国の財界《シティ》の奴隷売買に関する意見は、わたしをまったく冷やかな態度にさせて

しまった。

われわれは湖のほうに下りてゆくあいだに、一群の奴隷のそばを通りすぎた。その奴隷たちは重い鎖につながれて、ぶどうの株の仕事をしていた。

「鎖につながれていては仕事がやりにくくないでしょうか?」とわたしはたずねた。

「いいえ」というのが彼の答だった。「ぶどう山の仕事ならたいしたことはありません。あれはみんな犯罪者だった連中でね。ぶどう山の仕事は耕作の仕事よりも頭がいります。この仕事にはもと犯罪人が一番むいていますよ。この連中は、ほかのやつらより才覚があるし、それでいて値段は安いんですからね」

彼に別れを告げる前に、彼は桜桃の若木をみせてくれた。これは彼がわざわざ外地から送らせた新種の果物の木だ。もう数本の株は植えつけられていた。ほかの株は藁《わら》づとに蔽われて、開墾したばかりの土地のそこここに転がっていた。

「ここではいろいろ新しいことをやってみています」と彼は言った。「わたしは十二パーセントの収益しかあげられないのです。コルメラは十七パーセントの利益と自称していますが、しかし彼はその見積りをするとき、ぶどうの木や棚や奴隷の維持費を算入することを忘れているのです」

ところでわたしは彼がもともとさして大きくない農園をやっているのは、儲けるためではなく、むしろ気晴らしにやっているらしいという印象をうけた。それにしても彼は、資本が利を生まないというようなことは考えただけで我慢できないのだ。

ともかくこの農園は模範的なものといってよかった。


自分の小さな仮寓《かぐう》に帰ってみると、わたしの奴隷のセンプロニウスは、顔がいやに大きい、小柄で横幅のあるぼろをまとった男と台所で話をしていた。わたしが家に入ると、彼は手短な別れの挨拶をしてその男を送り出した。

聞いたところでは、その男がうちの薪を運んできてくれたのだそうだ。

例のごとく、二、三時間のうちに隣近所の情報を一切手に入れてくるセンプロニウスは、立板に水のようにわたしに報告した。この丘のもう一方の斜面で数町歩の広さのオリーヴ畑をもっているその男を探しだして、うちに燃料を届けさせるようにしたが、それは彼が昔カエサルの軍団兵《フーフェ》だったからである、と彼は言った。

この情報を聞いてとても嬉しくなったので、わたしはすぐにその男から話を聞いてみようと心に決めた。彼の話を聞くのは、あの老人の話しているあいだに襲われたこのいささか憂鬱な気分を忘れるためのいいチャンスかもしれない。

カエサルとあれほど多年にわたっての知己であり、のみならずガリア遠征の全期間にわたって彼の財政的な顧問であったムムリウス・スピケルから、真実のカエサルの姿について、ほとんどろくなことも聞きだせなかったという事実は、まったく一驚に値することだった。わたしは除隊兵のひとりであるこの一介の軍団兵のほうがわたしにはるかに多くのことを語ってくれるだろうと確信して疑わなかった。除隊兵たちがあの偉大な司令官に対して、偶像のような尊敬をはらっていたことは彼に関するさまざまな論文のなかの無数の感動的な筆致からも読みとれる。

わたしはすこし休息をとってから、センプロニウスを同行して出かけた。

今にも崩れおちそうな小屋のたったひとつしかない部屋で、かつてのカエサルの軍団兵は奴隷といっしょに石のかまどの前に腰を下ろしていた。漆喰もぬっていない、大きな不揃いな石を重ねてつくった石の壁は、かまどの煤《すす》でまっくろだった。片隅には大きな網がかかっていた。たぶん彼は時には下の湖でかなり漁もするのであろう。

われわれが入っていくと男は無言でわれわれに会釈した。彼はちょうど夜食をとっているところだった。奴隷がわれわれのために古ぼけた木のベンチをとってきてくれるあいだ、奴隷の主人であるこの男は鍋からブリキの匙でパンの塊を食うことをやめなかった。奴隷というのは淡い赤毛をした中年の男であったが、また彼のそばに坐り、匙で自分の食事を食べはじめた。センプロニウスは、このへんにツグミがとれるかどうかというようなことを質問して話のいとぐちをつくった。

その答が返ってきたので、彼は話題を、彼の主人であるわたしが、偉大なるガイウス・ユリウス・カエサルについて書こうと思っている本の話に転じた。小柄な男は一瞬彼のもじゃもじゃの灰色の髪をした巨大な顔をわたしのほうにむけ、ちらりとわたしを一瞥したが、なにも言わなかった。空っぽになった皿の底に指でつまんだパンをこすりつけ、底に残った糸を引くチーズ料理をすっかりパンに浸して洗ったように片づけてしまってから、ようやく彼はゆっくりと言った。

「わたしは彼を十年間に二度見ましたよ」

赤毛の男が敏速に皿と匙を片づけ、後ろにもっていって、食器を桶のなかで洗いはじめると、その主人である男は木の床几《しょうぎ》に坐って背中を壁にもたせかけるほどそっくり返り、そして信じられないほど厚い胸板をつきだし、わたしからセンプロニウスのほうに目を移して目配せした。

「彼のことについてなにをお知りになりたいのです？」と彼はかなり無愛想に言った。

「あなたは、ガリア遠征に従われたのでしょう？」とわたしはきき返した。

「そうですよ、旦那」と彼は言った。「いっしょでした。三軍団の兵士がね」

わたしはいささか鼻白んでしまったので、次に愚かな質問を呈してしまった。

「彼をそばからごらんになったことがおありですか？」

「一度は五百歩、二度目は一千歩離れたところからね」というのがその答だった。「一度目は、正確にお知りになりたいのなら、あれはルークスの閲兵式のときです。閲兵式というのは四時間も演習をやらされることなのですがね、もう一度はブリタニア行の船に乗りこむときでした」

「彼はとても愛されていましたか？」とわたしは尋ねた。

彼はわたしをほとんど疑わしそうにみつめながら長いこと黙っていだが、やっと口を開いた。

「やり手だといわれていましたな」

「しかし、一兵卒まで彼を信頼していたんでしょう？」

「給与はわるくありませんでした。その点は気を配っていた、ということです」

「あなたは内乱のときも従軍なさいましたか？」

「ええ、しかしポンペイウス側でしたよ」

「いったいどうしてまた？」

「わたしはカエサルがポンペイウスから借りた軍団に属していたのです。そして内乱になる前に彼は借りた軍団を返したのです」

「ああ、そうですか」とわたしは言った。

「損しましたよ」と彼は言った。「わたしは退職手当をふいにしました。しかも彼はいい手当をだしましたからね。しかしわたしにはどちらかを選ぶ自由はなかった」

　わたしは考えた。この男からどうやったらいろいろ聞きだせるだろうか。わたしはやり方を変えてみた。

「なぜあなたは兵隊になったのです？」

「もうずっと昔のことでさ、旦那」

「もう覚えちゃいませんか？」

　彼は笑った。隆々と張った胸板は、この小柄な男に強者のような印象を与えた。しかし笑いは決して悪意をこめたものではなかった。わたしもいっしょに笑った。

「あなたもしつこい人ですね」と彼は言った。「わたしが軍隊に入ったのは徴集されたからです。わたしの生まれはセイタでしてね、こう言えばおわかりでしょうが、わたしはラティウム人（ローマ人ではないイタリア人種族）です。そしてローマの市民権を得なかったら、徴集もされずにすんだところでしたよ」

「お故郷《くに》にいたほうがよかったとお思いですか？」

「そういうわけでもありません。うちには男の兄弟が四人もいましてね。これじゃ数町歩《フーフェ》の畑ではとても足りませんでした。それにどこかの農園に雇ってもらうこともできませんでした。農民いや解放奴隷のほうを雇ってしまいます。この連中は兵隊にとられることはありませんからね。おまけに農園には奴隷もいましたしね」

「あなたのご兄弟たちはまだ故郷の畑においでなのですか？」

小柄な男は肩をすくめた。

「わたしが知っているはずがないじゃありませんか。まずいないでしょうな、旦那。この穀物の値段じゃね。イタリアにはシシリアの穀物が入っています。これはまたひどく安値でね、軍隊の糧食もシシリアの穀物を使っていました。わたしのいたころももうそうでした」

「そしてあなたご自身は、この年になってやっと、畑仕事をおはじめになったのですか？」

「そうですな、わたしの年じゃもう兵隊というわけにはいかんでしょう。農地の問題は決して解決されなかったし、今後も解決されることはないでしょう。できない相談ですよ」

「今あなたの経営なさっている畑もそう大きくはないんでしょうか？」

「オリーヴ畑がいくらかです。しかしわれわれ貧乏人はとても追いつけやしません。これをやっていくには奴隷が必要です」

彼は桶をもって外に出ていった赤毛の男のほうを見た。しかし男は次の言葉までも聞いてしまったろう。かつての軍団兵はそれからこう言ったのだ。「あれはラエティア（現在のチロル付近）人でしてね、もうほとんど値打ちのない、穀潰しのようなものです」

会話は途切れてしまった。そとも暗くなってきた。

「あなたは若いころに、民衆派のクラブのことをお聞きになったことがありますか？」と突然わたしは尋ねた。

「たしかあります」と彼は言った。「わたしが首都にいたころのことです。しかしそれは民衆派の法務官《プラエトル》の選挙だったかどうか、もうよく覚えちゃいないが、わたしは五十セステルチウスもらいましたね。こりゃ大金だった」

「たしか民衆派は、農地問題の解決案に賛成だったはずですね」とわたしは言ってみた。

「そうかね？」と彼はたずねた。それからしばらく考えこんでいた。それからこうつけ加えた。

「あの連中は、失業者に無料で穀物をくれちまうことに賛成じゃなかったんですか？」

「それにも賛成でした」とわたし。

「しかしそのおかげで穀物の値がまったく暴落してしまったんですよ」

「しかしその当時のあなたのように、町にいらっしゃったら、ただのパンにありつけたのはありがたいことじゃありませんでしたか？」とわたしは驚いてたずねた。

「そうでさあ、町じゃそうしてもらう必要があった」と彼は答えた。「町じゃ失業してましたからね」

「ただラティウムに住んでいるあなたのお故郷《くに》の方には、困ったことだったのですね、穀物の値下がりのためになにもかもおしまいになったのですか？」

「そうです、それと、奴隷がたくさんふえたせいもありますね。それを連れ込んでくる手伝いをするのがあたしたち兵隊だったわけですよ。ガリアだの、あちこちの地方でね。むずかしいものですな、政治ってのは、どうです？」

わたしは立ちあがった。今日のうちにまたムムリウス・スピケルを訪問しておきたかったからである。

「カエサルはどんな様子にみえました？」

彼は考えこみ、それから曖昧に言った。「やつれているようでした」

わたしはまったく物思いに沈みながら家路についた。偉大さを目の前に見ながら、それを見抜くことができない人間の無能さは、これまでなかったほどわたしを憂鬱にした。

スピケルのところにはちょうど訪問客があった。法律家で何冊もの国法に関する著作があるのでわたしもよく知っているアフラニウス・カルボが、首都から遠いベルギガにむかう旅路の途中、老銀行家であり、ガリアの事情通であるスピケルの意見を聞きにきたのだった。カルボは、あるトラストの依頼をうけ、ベルギガでネルウィイ族の毛織外套とメナピイ族（ネルウィイ、メナピイいずれも今のベルギー付近に住んだ種族）のハムの輸出の条件を検討することになっていたのだ。

年のころ五十くらいの、この偉大な法律家、頬が垂れ下がり、どんよりした目のこの男は、わたしを若い同僚扱いにして愛想よく挨拶した。「あなたの選ばれたのはすばらしいテーマですな」と彼は、わたしが腰をおろすかおろさないうちに大声で言った。「ちゃんととり組んだら、立派な歴史的テーマです。しかもあなたは、まったく正しい資料の出どころに腰を据えていらっしゃる」

白状すれば、この疑いなく重要な人物が、たぶんわたしのくるまでスピケルと話題にしていたらしいわたしの文学的なプランを気にいってくれたということは、わたしの心をくすぐった。彼のいきなり言った二言三言からも明らかなように、この人なら、偉大さや理想的なものに関心を抱いていると期待してもよさそうだ。彼はどうやら、まさに正当に歴史的といってくれたわたしのテーマについて話したい様子だった。

彼は自分の感情を存分にぶちまけるためとでもいうように、立ちあがって、小きざみな足どりで、床をふみならしながら、壁とテーブルのあいだを行ったりきたりしはじめた。「そして伺ったところでは、あなたはご自分のテーマに正しい方向からとりくまれた。帝国《インペリウム》の思想！　民主主義！　進歩の理念！　ついに科学的な基礎にもとづいて書かれた書物があらわれるというわけだ。貧乏人も、財界《シティ》の人間もともに読みうる本がね。これぞ貧乏人の勝利！　財界《シティ》の勝利！　事実ってやつです！」

最後の言葉を言うとき、彼はテーブルに屈みこんで平手で激しく机の面を叩いた。それから彼はまたのっしのっしと行進を続けた。

「こういう本がずっと前に書かれていなかったということ、われわれが、自分の歴史、どんな歴史にも劣らぬ英雄的な歴史を書いていなかったということ、これはまさに怠慢というべきです！　歴史感覚の欠如ですよ。自国の歴史に対する冷淡さ、昔からの宿命的な態度ですよ、これは。偉大な観点というものはみんな反対の側（古い理想主義をもつ元老貴族階級）に任せてしまい、自分の冷静さを自慢にして商売に身を入れるのですが、こういう態度によって、青年を反対の側の手に委ねてしまうなどということを考慮に入れないのです。われわれはシリアの香油や、エジプトのリンネル地や、サムニテスのぶどう酒を正しく評価することを心得ていましたが、商売そのもの、商売の理想というものを正当に評価することはできたためしがない。あの偉大な民主的な理念をね！」

アフラニウス・カルボは、また一瞬のあいだテーブルの前に立ちどまり、赤ぶどう酒を一口賞味した。彼は通人らしく、舌を鳴らしながらそれを味わった。

わたしは軽い幻滅感にとらわれていた。それにわれわれをもてなしているこの家の主人の態度にもひっかかった。スピケルは巨大な顎を胸にのせ、気持よさそうにうしろによりかかって坐ったまま、時どきイチジクの実に手をのばしていた。そのあいまに彼は手を口につっこんで、黄色くなった歯のあいだから、種子をつまみだすのだった。そこでわたしの注意は、彼のこの動作と、例の法律家の弁舌の両方に分散されることになった。

「スキピオ・アフリカヌスの使った投石器は、名誉に飾られてわが国の兵器廠《しょう》に保管されています」と彼は続けた。「しかしわが国最初の商人の使った幌馬車はどこにいってしまったのでしょう。ペンを使って世界を征服する技術のほうが、剣を使ってするよりも低級だというのでしょうか？　もちろん、ペンを栄誉の殿堂に記念としてかけておくなんてことはしません！　それはなぜか、とわたしは反問したい。どうして剣のほうが有難がられるのでしょうか？　剣が使われているところをみたいなら、屠殺業者（肉屋）のところへいけば必ずみられます。剣そのものには、とりたてて尊敬に値する性格はありません。いったい先祖の過去帳が、家計簿より大事にとっておかれるのはなぜでしょうか？　あんた方青年層が、商業がこの世界にもたらした理想のことを話したりするとすぐ笑うのは、まったく堕落した習慣ですよ。あんた方はただ、高貴の生まれの穀潰しどもの気取ったポーズをまねているだけです。英雄的行為は戦争においてのみ見出されるものでしょうか？　もしそうだとしても、では商売だって戦争ではありませんか？「平和な取り引き」というような言葉は、勤勉力行型の若い商人《ビジネスマン》を感激させるかもしれません。しかしそんな言葉は歴史のなかには存在を許されません。取り引きは決して平和なものであったためしはない。商品がある国境を越えられない場合は、その国境は軍隊によって踏み破られねばなりません。毛織業者の工具は、機織台《はたおり》だけではなく、投石器だって立派な工具です。しかもさらにそのうえに、商業は、商業の世界の戦争までかかえている。血を流さぬ戦争ですが、しかしそうですとも、血は流さないが致命的な戦争とわたしは言いたい。この血を流さぬ戦争は、商業の繁栄する時代には、どんな商店街にも猛威を奮っています。国道のゆきつくところで売り捌かれるたった一つかみの毛糸も、国道の発するあたりの原産地で生産者に苦しみの叫びをあげさせます。大工があなたの家の屋根を修理しても、あなたに勘定書をつきつけるときは、責任を不順な天侯のせいにおしつけ、あなたをその餌食にしてしまう。パンを求める飢えは、パンを持つものを殺しますがパンを持たないものも殺します。そして人を殺す動機は、パンを求める飢えには限らない、牡蠣《かき》を食いたいという食欲のこともあるのです」

大柄な老人は、しゃべりながら行進の終点に到達した。彼は戦士のように大きく股をひらき、壁を背にして仁王立ちとなった。

「それにもかかわらず」と彼はいくぶん穏やかに言った「商売が人間関係のなかに、ある種の人間的《ヒューマン》な様相をもたらしたと言うことは正しい。最初の平和的な思想、穏やかな手段の有用性という考えが浮かんだのは、商人の頭のなかだったにちがいありません。おわかりでしょう、人間は、流血の手段をとるより、血を流さぬ手を用いたほうがより大きな利益を獲得できるという考え方ですよ。まったくのところ、餓死させる死刑判決は、斬首という判決よりは穏やかです。食用豚の運命より、乳絞り用の牛の運命のほうが親しみやすい。人間から、ただのはらわた以上のものを絞り出せるという考えに到達した人は商人だったにちがいありません。しかしそうはいってもお忘れになっちゃいけませんよ。『共存共栄』という人間的《ヒューマン》な標語は、牛乳を飲む者だけが栄えて生き、牛乳を絞られる牛はただ存在しているだけという意味なのです。もしあなたが歴史をよく観察なさったら、あなたはどんな結果に到達されるでしょう？　理想というものが重視されるための唯一の条件は、そのために血が流されることである、というなら、われわれの、つまり民主主義《デモクラシー》（民衆派）の理想も非常に重んぜられるべきだと思います。このためにもたくさんの血が流されましたよ。ティベリウス・グラックス（ローマ共和政末期の社会改革運動家。前一六二頃～一三三）は、この理想のために元老院の貴族の息子たちに、椅子の足で撲殺されました。彼と志を同じくするもの三百人もいっしょに殺されました。しかし屍体はひとつとして刀痕のあとを示していませんでした。彼らの屍体はみなティベル河にほうりこまれました。元老院議員の将軍マニウス・アキリウスは、ポントゥスの国王とビテュニアの国王に、小アジアの属州全部を買わないかともちかけられたことがありました。ポントゥスの国王のほうが高い値をつけ、そこで元老院は売買を認めました。『元老院には三つの派があった』とグラックスは言ったものです。『第一にポントゥス王に買収された一派、第二の派は売買に反対だったが、このグループはビテュニア王に買収されたのだ。第三の派は沈黙を守った。このグループは両方の国王から買収されたのだ』

元老院はそこでグラックスに、椅子の足でもって答えたというわけです。これは六二〇年（西暦紀元前一三二年）のことでした。つまり今から一世紀以上も前のことです。十三年後にガイウス・グラックス（ティベリウス・グラックスの弟。同じく社会改革運動家。前一五九頃〜一二一）は、ヒスパニアの属州から取りたてられる穀物の代金を支払うこと、農民を、征服したアフリカに植民者として送ること、イタリア人（ローマ以外のイタリア各地の人間）に市民権を与えて市民に組み入れること、属州には、貢物のかわりに税を課すこと、国家の歳入額を監査すること、などを主張しました。そこで元老院の一味徒党は、彼をつけねらいティベル河畔の坂道を追跡しました。彼は足を挫《くじ》き、あの一味の手に落ちるぐらいならと、郊外の緑地で自分の奴隷に刺し殺させました。彼の首は切り離され、ある元老院議員に買いとられました。それから二十一年経つあいだに、イタリアの農民とローマの職人は、シシリアの奴隷一揆や、ユグルタ王の率いるヌミディアの軍隊や、キンバル族やテウトン（チュートン）族を打ち破りました。六五三年（紀元前一〇一年）十二月のある日には、民衆派の人びとはおいたてられて広場に集められ、それから議事堂《カピトール》の丘においあげられて水を断たれてしまったので、ついには屈服するのやむなきに至りました。彼らは市庁に収容されましたが、貴族の青年たちは彼らの捕えられている建物の屋根によじ登り、屋根瓦をはがしてそれを囚人の頭めがけて投げつけて殺しました。その後イタリアの農民とローマの職人は、さらにアシアとエジプトの半分を占領しましたが、そこでいよいよ放血（応急処置の意）をせざるを得ない時期がやってきたわけです。まずその処置を行なったのはスラ（元老派の執政官。マリウスとの抗争で有名）でした。しかも今度は彼は徹底的にやりました。われわれの派（民衆派のこと。スラの仇敵マリウスは民衆派だった）の少なくみつもっても四千人がやられました。つまりこの人数は、裕福な人間、つまり財界《シティ》に属する人間だけの数ですよ。わたしは、コリナ門（丘の門。ローマ七丘のひとつであるクイリナリス丘にある）の戦闘（紀元前八二年十一月一日、マリウスとスラの政争の最後の決戦）のあとに起こったような、こういう血腥《ちなまぐさ》い殺戮のことは話しますまい。あの時は、三千の捕虜がトウモロコシ畑のなかの市の倉庫に入れられ、最後のひとりまで虐殺されたのです。この有様ときたら、ちょうどスラが元老院会議を開いていたすぐそばのベロナ神をまつる神殿のなかにいても、剣の鳴る音や瀕死のもののあげる呻き声がはっきり聞こえたほどだそうです。しかもそれでも事件は落着しませんでした。反乱と反乱の圧殺ははてしなく続きました。カティリナの陰謀のおこる八年足らず前に、民衆派の将軍セルトリウス（ポンペイウス・セルトリウス、マリウス派の残党）が食事中に元老院議員たちによって暗殺されました。ふたりが彼の両手をかかえ、ひとりが彼の頸筋に剣をつきたてたのです。

　こういう事件はみな過ぎ去った昔のことですが、ガイウス・ユリウス・カエサルがふたたび民衆派の旗印を掲げたときにも、なにひとつ忘れられてはいませんでした。ローマの舗道のどの敷石ひとつにも、民衆の血がしみこんでいるのです。わたしの父は、そんな後になっても、ガイウス・グラックスが迫害されて死んだ場所をわたしに教えてくれたほどです。そこには二本の曲りくねった糸杉が立っていました。わたしは今でもありありとその木を思い浮かべることができます」

この法律家のよく訓練された声音は、不愉快ではない。ほとんど人間的といってもよい響きを帯びてきた。しかし指に騎士（騎士はこの時期に新興の資本家階級になっている）の指環の輝く手で眼の上を蔽う動作をしたために、せっかくの効果が台無しになった。いまやわたしは、彼が早く最後の句を語り終ってくれることと、スピケルが最後のイチジクの種子をはきだしてくるのと、どっちを早くしてもらいたいと望んだらいいか自分でもわからなくなった。

しかしアフラニウス・カルボはさらに話を続けた。

「われわれは、自分たちが賤民《プレブス》であることを忘れてしまったのです。あなたもそうだし、スピケルもそうだし、わたしもそうです。今日ではそんなことは問題にならない、などと言ってはいけない。これこそ、そんなことが問題にならなくなったということこそ、獲得された成果なのです。この成果こそまさにカエサルなのです。この成果に比べれば、古臭い形の二、三の戦闘や、土着の部族の酋長と締結したあてにならぬ条約など、これも彼のなしとげた仕事とはいえ、まったくとるに足りぬものです！

財界《シティ》はグラックス兄弟の創造したものでした。財界《シティ》に、両アシアの租税関税請負権をもたらしたのも彼らでした。グラックス兄弟の理念こそ、カエサルのうけついだものだったのです。その成果こそ、帝国《インペリウム》でした」

わたしは大声でこうつけ加えたい誘惑にかられた「それにこのわたし、アフラニウス・カルボでした」と。わたしはすでにこのふたりの人物（グラックス兄弟）についての著書を書いていた。大法律家が辛い旅のために疲れてしまったという理由で別れを告げたときになっても、まだわたしはほとんど一言も口をきいていない始末だった。スピケルはわたしには、あなたはまだもうすこし残っていらっしゃいと言った。

わたしは黙って彼のあとについて図書室に入った。彼はわたしに、藁づとに入ったふくらんだ瓶に入れてある地酒の赤ぶどう酒を振舞いたいと言い張り、自分用には彼の好物のイチジクの新しい皿をもってこさせた。それから彼は口を切った。

「今晩お話の手稿に目を通していただけるようにあなたにお渡しするわけですが、その前に、われわれのかわした約束通り、あなたに、この手稿の書き始められたころCの陥っていた状況を知っておいていただきたい。まず最初にお読みになる書き出しのところは九一年（ローマ暦の六九一年、紀元前六三年）のことで、ちょうどカティリナの陰謀という大事件が動きはじめたころです。

わたしは、自分の友人があなたに、民衆派の理念について手短な説明をほどこしてくれるのを見ていて悪い気はしませんでした。わたしにはあなたにあれほどの説明はできないところでしたからね。わたしの仕事はどちらかといえばもっと実際的なものでした。あなたもわたしの職業をご存じですね。しかし、Cがこの年ごろに、彼の秘書の手稿であなたにもおわかりになるだろういろんな事情が絡みあって、政界に登場するようになったとき、彼が関係をもったのは民衆派だったのですよ」

「あまり名誉なことじゃありませんね」とわたしは思わず叫ばずにはいられなくなった。わたしはだんだんいらいらした気分に陥っていた。あの老人のこれまでの長話、わたしの偶像（カエサル）のことをいうときの口調などが、わたしを口では言いつくせないほど不愉快な気分にしていたのだ。彼がそれに気がついていなかったことはありえない。それなのに彼はそんなことはまるっきり意に介する様子はなかった。なんといっても彼はカルボにさらに元老院における殺戮や商業のもつけがらわしい理想などについてのいつ果てるともない説教をとめもせずやらせておいたのだ。彼が世界史最大の偉人のひとりである、かのローマ帝国の創設者に関してわずかに言ったことといえばただ、この人物を明らかに古い家柄の出のとりわけ堕落した末裔として示そうとする意図をもつものばかりだった。

わたしも勘忍袋の緒が切れた。もしわたしにとって、何物にもかえがたいこの手記を手にいれることがさほど重要でなかったら、わたしはとっくに席を蹴って立っていたところであろう。わたしは今はただ、あの手記を待っているだけだったのだ。あれさえ手に入れたらさっそくそれを持って帰り、カエサルの真の姿にいささかでも触れたいものだとばかり思っていた。

ところが老人はしぶとかった、まるでぶどう園をその価値の半値で手にいれる商談のときに必要とされるようなしぶとさだった。彼はまだ話が済んだことにしなかった。

彼はイチジクを載せた皿を傍へおしやり（彼の歯並みもきれいに磨かれているのに気づいてすこし心が軽くなった）そしておだやかにこう言った。

「名誉だろうとそうでなかろうと、ともかくCは民衆派だったのですよ。思い違いなさらないで下さい、彼は官職につこうと思ったときは、つねに民衆派のクラブから推薦してもらいました。民衆派が彼を支持したのは、彼の家族の縁者と民衆派を結びつけるような伝統があったからです。財界《シティ》は彼が立候補するときにはかなりな額の金をつぎ込みました。九一年以後には、財界《シティ》は彼が大神官の選挙に立つときの資金も賄った、しかしだからといって彼にひどく感激していたわけじゃありませんよ。

彼を利用できるときには彼を使ったのです、そしてそういうときには彼に小切手の入った封筒を送りました。彼を通さないでもどうにか済ませられるときには、彼を敬遠しました。彼を高く買っていたのはどうやらひどく見当違いだったらしいという印象はかなり与えていましたね。もう政界のことで彼を煩わさなくなってきました。そして彼のほうでも、差し当っては、両アシアのことにもカティリナのことにもあまり関心を示しませんでした。

わたしが今でも正確に覚えているのは当時わたしがほとんど毎日彼と行なわねばならなかったほんとに政治とはまるで関係のない話し合いのことです。彼は、ほかのどんな人間よりもしばしば、彼のところにやってくる執達吏と会わねばなりませんでした。彼はそのころふたつの高官の職を終えたところでした、按察官《アエディリス》と財務官《クエストル》をつとめあげたので、そのおかげで借金で首がまわらなくなっていました。このふたつの官職はおよそ政治とは縁がありませんでした。お偉方がこの腰し掛けの職をつとめあげるのは、法務官《プラエトル》の職を済ませたあとで、ようやく属州の総督になれるからでした。属州こそ、最大の金蔓《かねづる》だったのです。ところで彼は、按察官《アエディリス》と財務官《クエストル》はすませたけれども、このふたつの猟官運動のために一財産を傾けてしまった。そこで今は、法務官《プラエトル》の地位をうるための出費にあてる金がまるでなくなってしまったわけです。法務官《プラエトル》になれなければ、これまで自分の出世のために投資したすべての金は無駄になるわけです。いやはや、なんと二千五百万セステルチウスの借財をどうしたものか！　この額は今日の同じ額よりはるかに実際価値が大きかったのです。ローマの職人の日給は当時三セステルチウスでした。

彼はわたしに一度ならずこう言いました。『このカティリナというやつがわたしの命とりだ。あの男がイタリア全土の屑どもに武装させて、一切の借金は棒引きするという政策を実施しようとしている今になって、このわたしにまだ金を貸すなどということを誰がしてくれるというのだ！　財界《シティ》の半分はもう荷物をまとめて逃げようとしているというのに』

この男（カエサルのこと）はそのとき四十歳でした！

だから結局は、こういう状況におちこんでいた彼が、政治的なものであろうと非政治的なものであろうと、彼をなんとか破滅しない状態にしておいてくれる申し出ならどんな申し出にも応じたのは、けっして不思議なことではありません。彼は金をもらえるところならどこからでも金を受けとりました。彼の秘書の日記を一目見れば、ともかく彼がこの時になって、全体からみてもおそすぎるのですが、やっと自分の状況がどうであるかを悟りはじめたということが、あなたにもおわかりになるだろうと思います。この日記のなかに、昔風の英雄的な行動をみつけようと期待なさってはいけませんよ。しかしはっきりと目を開いてお読みになれば、たぶんこのなかに、独裁制がいかにして設けられ、ローマ帝国がいかにして創設されたかを発見されることと思います」

こういって彼は大儀そうに立ちあがり、本棚の上のトネリコの小箱をとり、わたしに『奴隷ラールスの手記』を渡してくれた。

第Ⅱ部　われらのC氏

ラールスの手記1

九一年八月十一日（ローマ暦六九一年、つまり前六三年のこと）

東方の戦争は十二年たったいまようやく終局を迎えようとしている。二十二人の国王が征服されたが、そのなかには三人のアジア最強を誇った大王もいる。千二百万の人間が、いまやローマに隷属し、千五百三十八の都市と要塞が占領された。ローマの鷲の標章はマエオティス海（アゾフ海）やカスピ海沿岸や紅海地方にも立てられることになった。ローマは新大陸を開発したのである。

Cが庭園の奥の、体育館の向かい側に建てようとしている新しい円形馬場の設計図が届いた。四万セステルチウスだ。建設会社は今回は二万五千セステルチウスの手付金の支払いを強く要求している。なぜなのかその詳しい理由はいわない。しかしわたしが、Cのごとき人に対して手付金を要求するのは異例なことではないかと説得しようとすると、会社の幹部のひとりは笑うだけだった。

この馬場を造ることはまったく無意味だ。なぜなら、われわれがこのスブラ（ローマの市区、ウイミナリス丘とエスクイリススのあいだにある）に住むのも、聖者通りの大邸宅に引き移るまでの間だからである。あの館は、彼が大神官に選挙された数カ月前から、彼の住むために改築中だからである。あの館の改築以来、費用がどのくらいかかるかなどということは、今はまったく考えてはいけないのだ。彼は請求書をつきつけられたらきっと機嫌が悪くなるだろう。そうなるとあの人はいつも、使用人の食費をへらすという手を始めるのだ。こんなけちな額が再考に値するとでもいうかのように！

夜はわたしの唯一の愛するものであるカエビオとともにティベル河畔の緑地にゆく。彼は仕事をどうしても見つけられないのだ。彼は香水の製造の職人だが、この職域でも今は奴隷だけしか雇われなくなっている。ポンペイウスがシリアから何千もの奴隷、そこでちゃんと店を構えていた手に職のある連中を送ってきたのだ。そこでカエビオは、どこに職をさがしにいっても、明日にも戦争に引っぱられるかもしれない人間を雇うなんて馬鹿げている、と言われて追っ払われてしまうのだ。カエビオはローマ市民なのである。彼は絶望しきっていた。

彼に、もしあなたが援助してくれなかったら、どうしていいかわからない、と言われた。

八月十三日

上流階級の人間はだれも市内に戻ってきてはいない。ひどい暑さで埃っぽい日。アルバノ山地（ローマ近郊の別荘地帯）の涼しい朝風のことを考えてはいけないのだ。われわれがローマに居残っているのもキンティア（カエサルの情人）のためなのであって、Cの言っているような「政治情勢のため」なのではない。彼は、日がな一日、彼女以外の誰とも会おうとはしない。

八月十四日

ポンペイア（カエサルの妻）がカプアで一万五千セステルチウスだして買ってきた新しい剣技の教師のグラウコスのいうところによると、Cはまったく申し分ないからだつきだという。三十八歳にもなるのにからだには一オンスの贅肉もないのだ！　市内の不順な気候も彼には屁でもないようだ。彼のような人物がなんのお呼びもなくぶらぶら暮しているというのは、よくないことだ。あれだけ能力もあるのだからもうとっくに順風満帆にいきはじめていていいはずなのだ。政治的にはっきりした立場をとっているとでもいうなら、彼にお座敷がかからないことも納得がいく。ところが彼は民衆派ではあるけれども、あまりさきの見込みのないような提案でさえ聞く姿勢をみせる男なのだ。彼の主義はとても融通のきくものであり、どんな政治問題でも偏見をもたないので、かえって彼をどう扱ったらいいのかわからなくなってしまうのだろう。それが由緒ある家柄に生まれ、元老院の議席をもつ男なのだ！

ところでグラウコスは大変魅力のある男だ、教養もゆたかだ。彼が朝の体操をしているのを見かける。針金のようにしなやかなタイプだ。彼に剣技を習うことにでもしようか、きっとこの季節にはひどく健康によくないこの気候の予防にもなるだろう。

からだの具合はけっして好調ではない。ひどい疲れ。被保護民《クリエンテス》の面会はまったくぞっとする仕事だ。九時になかに通してもらえる。それが七時になるともう通りに行列して、アッピア街道から朝五時になると屠殺場に駆《か》りたてられてくる羊の群のようにがやがや騒ぎたてる。Cはホールで朝食をとりながらこの連中に面会する。彼らは泥だらけの靴をひきずったまま入ってきてべらべらとしゃべりたてる。あんたの地所は貸しましたかだの、女房をなぐったかだの、弁護士を換えたほうがいいかだのと、いろんな下らぬことを尋ねあっている。多くの連中は、まったく五里霧中だ。何人かはわれわれよりずっと裕福な連中で、専用の用心棒を連れてきている。この用心棒は、ひとを謀殺犯人と疑ってかかるような目つきでわたしから目を離さない。退職軍人たちは、酒場開設の認可や、浴場勤務者の免許をほしがるし、香水商人は試供品を、作家は書物を、強盗は警察の招喚状を、公務員は役所の秘密をたずさえてやってくる。ところが、小切手の入った封筒をもってくるものはほとんどいない。Cはどの依頼人ともちがった話をするが、しかしつねにCとしてしか話さない。ところが、クラッススは、わたしが彼の被保護者との面会時間に見たところによると相手と方言を使って話そうとさえしていたし、相手への対し方も千変万化であったが、決してクラッススの本人をみせることはなかった。キケロなら相手に五分間もたてつづけにおしゃべりをまくしたてるだろう（ただし一ドラクメの金も出しはしない)。

八月十六日

はじめての剣技の訓練。疲労。

この季節だから町なかは閑古鳥が鳴くほど人気《ひとけ》がないと思うのが当り前だが、さにあらず、それほど人気が少なくはない。相当数の人たちが今年はもう避暑地から帰ってきている。数人の元老院議員がわが家の夕食に招《よ》ばれた。話題の中心は東方での戦争のことだった。

商工会議所は、キケロの手を通じて元老院に感謝状を奉呈したが、そのなかで、ポンペイウスへの感謝決議を行なう提案をしている。彼が「ローマの鷲の標章を連戦連勝の勢いでアシアの奥深くまで押し進めた」というこの高らかな賞讃の句のなかには、非常に用心深くであるが、しかし絶対に誤解することはないような調子で、財界《シティ》をアシアの事業に介入させろというある種の要求が盛り込まれていた。来客の紳士たちはこのことをたっぷり冗談の種にした。彼らは、東方の征服者ポンペイウスに対して、非常に健全な不信の念を抱いている。もし例の感謝決議の余波が大きくひろがっていったら、ポンペイウスも彼の常勝の軍隊をこの元老たちの制圧にさしむけるかもしれない。アウェンティヌス丘の邸では、もう二年も前から「ポンペイウスの独裁の野望」という不吉な言葉が聞かれるそうだ。

八月十七日

耐えがたい酷暑。

ポンポニウス・ケレル来訪。東方との取り引きの決算をするため、バヤエから戻ってきたのである。皮革製品トラストの第一人者として彼は、ポンペイウスの軍隊の御用商人となっていた。皮革トラストは三十四の鞣皮工場を傘下に収め、戦争中は帯皮と背嚢の製造に狂奔した。ケレルもやはりあの「感謝決議の真意」を笑い話の種にしていた。彼は財界《シティ》の戦争に対してとっている態度について、非常に興味のある話をした。財界《シティ》は、軍隊に納品をしていながら、東方遠征にはぜんぜん熱中することができなかった。ポンペイウスが最高司令官となる以前は、ローマ軍は何度も敗退した。しかし当時よく噂された、「無能な将軍たち」とか、「ローマ軍には昔日の面影なし」とか「軍団は脱兎のごとく敗走」とかいう話はすべてたわ言だ。敗戦の本当の理由は、ケレルによると、財界《シティ》がはじめは、遠征に一文も投資しなかったためだという。元老院は財界《シティ》から、租税と関税の徴収請負権をとりあげてしまった。その権利が少なくとも現行のようなささやかな形で復活するようになってから、ようやく東方の戦争の関心もある程度は高まってきて、ポンペイウスに金を出すことも承認されたわけだ。アシアは財界《シティ》のビジネスである。アシアの徴税請負権が認められなければローマの民主主義（民衆派の運動のこと）も存在しない、とケレルは言った。これまでポンペイウスには二千万儲けさせてやった。ところが今になって、やつは銀行のためにろくなこともしてやらない。銀行は、租税や関税の徴収請負権の利鞘《りざや》が今のように少なくてはこれ以上黙ってはいないだろう。おまけに、戦争の賠償金の金融問題はさし迫っている！　ローマの銀行はもちろん、敗戦した各地方の諸国に、ローマ国家に支払うべき賠償金を、利子つきの貸付金として前貸ししてやることを希望している。ところがこの件もポンペイウスはあまり熱心にやらない。したがって、財界《シティ》には、ポンペイウス反対の声が強くなるわけだ。Cは二千万という話を聞いたとき、耳のうしろまで真赤になった（立腹して顔を紅潮させた）。

八月十八日

わが家の財政状態は絶望的だ。また執達吏との摑みあいがはじまった。今日は小額の借金のリストをつくってみた、これだって集めてみると馬鹿にならぬ額にふくれあがっている。Cは集計された総額を聞いてびっくりしていた。

愛の不思議さについて思いをめぐらす。わたしがカエビオというものを愛していながら、しかも（グラウコスよ！）まったく肉欲的な、低級で肉体的な刺激に対しても免疫でいられないのはあきれたことだ。このふたつ（精神的な愛と肉体的な愛）はまったく関係がないものなのだろうか？　奇妙なことだ。

財界《シティ》に対して偉人ポンペイウスが抵抗したおかげで、わたしのような小者まで側杖《そばづえ》を食った。キリキアのアシア貿易銀行の徴税請負権の配当票（株券）の相場が暴落した。

八月十九日

ポンペイウスがアシアから送った奴隷たちは、ことさら人目につくことは無用なので、それを避けるために、早朝のうちに競売のために町に連れてこられる。今日わたしはそういう行列を見た。スブラを下って、二千人ほどがぞろぞろひかれてきた。ひどい状態で、ローマの凸凹の舗道を歩くにしては靴といえるものもはいてないにひとしい。朝早くだというのに、わたしのまわりにはちっぽけな店をもっている連中や失業者たちがたくさんいた（店をもつ連中は、明るい時間をうんと利用するために、朝早くから手仕事を始めるし、失業者は朝早くから安い穀物のおこぼれをもらいに倉庫に出かける途中なのだ）。みんな暗い目つきをして長い行列を見ている。彼らはみな、この奴隷のひとりびとりが、彼らにとって仕事口をひとつまたはお客をひとり減らすことになるのを知っているのだ。

八月十九日（夜）

Cとルクルス（ルキウス・ルキニウス 将軍。前一一八〜五六）のパーティに行く。彼は夏でもティベル河畔の涼しい庭園に住んでいる。招待された元老院のお歴々たちは、わざわざ別荘から出かけてきたのだ。この家の主人を、わたしは主室でみかけた。小柄で痩せこけ、びっこをひきながら松葉杖をついて歩いている。彼の勢力はまだ相変らず相当なものだ。つい最近も元老院ではポンペイウスが新たに全権を委任され、新たな財力の支援をえて、ルクルスと司令官の地位を交替したときには、東方はすでにルクルスによってすっかり占領されていたのだという主張がふたたび強くなっている。これはキケロが言った言葉だそうだが、饗宴接待者としてのルクルスの名声より今やふたたび、彼の戦闘における将軍としての名声のほうが高まってきたわけだ。

Cはやはり招待をうけていた市民係法務官《プラエトル・ウルバスス》と話をするつもりだったので、わたしは書類をもって主室でまちうけていた。主室の丸天井は非常に高いので、夜になってもあかりをつけられないほどだ。この邸全体は本当は順に並んでいる五つの建物からできており、この邸宅を通り抜けるには四頭だての馬車が要るほどである。

わたしはなかで食事をしているご主人を待つ従者たちの話をすこし盗みぎきした。二時間というものわたしの聞かされたのは、この夏元老院議員たちのグループのあいだで、誰それが新しくなにかを手に入れた（別荘地の地所、別荘、馬、立像）という話ばかりであった。アシアのすべての戦利品はまたこのお歴々のふところに収まってしまったのだ。これでは財界《シティ》の連中が不愉快になるのもよくわかる。

招かれた客はほんの四十人ばかりで、すべて大地主、軍人、官吏だった。それなのにCは、市民係法務官をビジネスの話に引きこむことができなかったらしい。われわれは、ある被保護民のために市の水道局の建設工事権を手にいれたいのだ。この被保護民はこの仕事がとれた場合には相当のコミッションをよこすと約束したのである。法務官の秘書は、わたしにむかってぬけぬけとこういった。「書類をもってうちへ帰ったほうがいいですよ。食事に招《よ》ばれてきたときは、商売の話はしませんからね」それからわたしは、その男が他の連中と、Cのことを笑いの種にしているのを見た。われわれがどんな状況に陥っているかは、もうそこらじゅうに知れわたっているのだ。

Cが女性を相手にしたときの成功と比べると、男性が相手ではほとんど成功したためしがないということをよくよく思い知らされた。元老院の連中の半分は、Cに挨拶さえしなかった。やっぱりわたしはCに呼びだされなかった、結局、会がすっかりお開きになったとき、Cはもう帰ってしまったことを知った。

八月二十日

被保護民《クリエンテス》との面会時間にたいへんな一幕があった。事務所は広間のわきにある。高級食糧店商人のホルスが、四千セステルチウスの代金を払わない気かと、開いたままの戸口で乱暴に脅迫の叫びをあげたとき、広間はCの面会希望者たちでいっぱいだった。わたしはどうしたらよいかCにたずねた。Cはわたしに金が立て替えられるかとたずねた。結局わたしが四千を立て替えた（つまりわたしも三千二百しかもっていなかったので、残りの八百はグラウコスに借りたのだ）。

八月二十一日

アジアの戦争の損害はひどいものだ。民会広場《フォールム》には戦死者のリストが、二つのベンチにまたがってかけてある。そのベンチのまわりをまばらな行列がまわって歩いている。子供の手をひいた女たちは、蜿蜒《えんえん》と書き並べられた名前のなかから、縁者の名前を捜している。名前を捜すのに失業者が雇われている。この失業者たちは苦しい時代をきりぬけるために字を読むことを習ったのだ。田舎から出てきた連中もたくさんいる。一まわりして、自分の縁者の名前をリストに見つけなかった連中は、民会広場《フォールム》の片隅に腰をおろして、持ってきたパンで弁当を使っている。たいていの連中は夜にならぬうちに帰ってゆく。なぜなら町で泊る金が払えないし、翌日の仕事が早いからだ。カンパニア地方ではもう穀物の脱穀がはじまった。

八月二十四日

まるで神々から遣わされたように、今日ポー河畔の諸都市の、われわれの被護下にある商人たちが、クレモナ出身の善良な（ブレヒトの善いという意味には皮肉なニュアンスがある。たとえば金持のうちを「いい家」という場合がそうだ）肥ったファウェラを先頭に姿をあらわした。ポー河畔の商業界のグループは、この秋の執政官選挙には絶対にローマの市民権をポー平原の住民にまで及ぼせという新しいキャンペーンをしてもらいたいと言っている（ローマ市民権はこのころには、ポー以北のラテン植民市の住民には及んでいなかった）。Cは三年前、すべての大都市にゆき、各地の商工会議所の賓客となって講演をぶった。当時はこれはとてもいい金になった。クラッススは当時戸口《ケン》調査官《ソル》（市勢調査風紀に当った役職だから市民権と関係がある）だった、そしてCは、夢中になってローマの市民権をとりたがっていた善良な連中に、新たな希望をたっぷりもたせてやったのだ。ずっと以前から、この連中は、市民権への不幸な恋情やみがたかったために、民主主義（民衆派運動）の、確実で絶えることのない金のわきでる泉となっていたのだ。善良な人びとはクラッススがこの人びとの名を簡単に市民名簿に記入することができなかったので、その後しばらくは大変気分を害し、Cは彼らはいろんな公約をしすぎたと主張した。しかしこれはCの罪ではなかった。クラッススが当時戸口調査局の彼の同僚であった老カトゥルスに十分金をつかましていたら、あれほどの借金をしょいこんでいたカトゥルスのことだから、クラッススの提案に異議を申したてることもしなかったろう。カトゥルスはあまりおこぼれにありつけなかったので、もちろん収賄の事実を暴き、そこでポー河畔都市の連中にローマ市民権を与える話はおじゃんになった。さて今ごろになってこの連中がまた姿をあらわしたのだ。民衆派以外には結局この連中の心配をしてやるものは誰もいない。この市民権授与の発想はあまりにも民主的すぎる理念である。今になって、この件のキャンペーンのために、Cに相当の額を提供しようというのだ。この連中が帰ったとき、彼は晴れ晴れした顔で言った。「ヒューマンな政策ってやつも時には酬《むく》われるものさ」

わたしは彼ともう一度馬場の建設計画を検討した。この設計は本当にすばらしいものだ。結局契約した。

八月二十九日

よりによって今の今カエビオは、わたしが先月彼に与えた金がもう一文も残っていないと告白するのだ。しかも彼は路頭にほうり出されないためには、半年分の家賃を払わなければならないという。彼の母親はひどく悲しがっている。だがわたしは貯金を全部、あの高級食糧品商人にくれてやってしまったのだ。それにその商人ときたらもうまた不愉快な態度をみせるようになっている。それに嫌な態度をみせているのは彼だけではない。わたしはCにはやっぱり金の催促をするわけにはいかない。どうしたらよいだろう。

九月一日

庭園で新しい馬場の建築作業を大汗かいてやっている左官屋たちは、カティリナ一味の戦闘隊のごろつきどもの話ばかりしていた。町にはこういう連中が増える一方だそうだ。ここに入隊すると、番号のついた小さな鑑札をもらえる。やつらは市の周辺の特定のワイン酒場を何軒か完全に根城に押えているそうだ。去年の執政官《コンスル》選挙でカティリナが敗れたときに、彼はもう完全に葬り去られたと思われていた。彼のごろつきの戦闘隊も資金難で解散したという話がどこでもされていた。事実この連中の姿は、夏の間じゅう町なかからは消えていた。ところが今また連中の姿が目につくようになった。うちの中庭で作業中の職人たちのそれについての意見はさまざまだった。この建築工事はある大きな会社に依頼した。この会社は奴隷を使っているが、特殊な作業には数人の自由民の職人が当っている。自由民の職人たちはたいていはカティリナびいきである。なぜなら彼がその政策のなかで安い穀物と借金棒引きをうたっており、また職人たちは銀行の借金のちょっとした名人だからだ。奴隷たちはこの話には無関心だ。

夜またカエビオがやってきて、家賃の金をなんとか都合できないかという。まったく憂鬱なことだ。わたしだって数セステルチウスの金は手許にもっていなければならぬ。それでも少なくとも家賃の半分に当る金（六十セステルチウス）を与えた。連中は本当に飢えているのだ。むかしは失業者たちは、倉庫にいけば穀物を非常な廉価でわけてもらえた。いまはこういう連中は何を食って生きているのだろう？　Cからなんとしても四千セステルチウスは返してもらわねばならない。

執政官《コンスル》のキケロも、町に帰ってきているそうだ。

九月二日

およそ二週間ほど前から、あちこちでまたカティリナの噂話をきくようになったと思っていたら、近ごろは急に人びとがよるとさわるとその話しかしなくなった。きいたところによると、彼は第三区で集会を行ない、闇商人や投機家に反対する演説をぶって大喝采を博したそうだ。彼は元老院と財界《シティ》だけでなく、ローマの平民の最後のひとりにまでアシアの戦利品の分け前をよこせと要求したのだ。

ポンペイアが突然アルバノ山地から戻ってきた。二階の部屋では大騒ぎがもちあがった。彼女はキンティアのことを聞いていたらしい。というのはつまり、彼女がキンティアの名前を知っていたとは思えないが、ただ誰かがここに来ていることを知っていたということなのだ。Cはしかしポンペイアに建築中の馬場をみせることによって、彼女の気持を落ち着かせるすべを心得ていた。わたしはふたりが庭園を散歩したり、岩によじのぼったりするのを見た。もちろん彼は彼女にむかって、こういう建築をしているのもみな彼女のためで、そのために町に留まったのだと言ったものだ。やっぱり建築を始めておいてよかった。（われらのポー河畔の商人に神々の祝福のあらんことを！）Cはちょうど今は、彼の妻と不和になってはまずい時なのだ。妻の実家との結びつきがなければ、彼の名は元老院のリストからは抹殺されるところだ。ポンペイアは明日また避暑地に戻るだろう。

九月四日

〈キノコ〉*原注ももう町に戻ってきている。彼はCと長いこと図書室で会談していた。Cが彼を送りだしてでてきたとき、ちょうどそこに毛織物商人のクルプルスがやってきた。わたしはクラッススが、この商人にカティリナのことをどう思いますかときかれて、こう答えるのを耳にした。「カティリナは、わが国の最も古い家柄の出の才能のある男だ、それで完全に破産した男だ。彼は財界《シティ》によって五回も金銭問題の尻拭いをしてもらった。彼は財界《シティ》が彼に提供する手形にはみんな署名した、だから政府の主席となったら、彼のところに持ちこまれる改正案にもみんな署名することだろう。残念ながら彼は弁舌の才に恵まれすぎている。貧民区のわたしの借家人は、彼の演説を聞くと家賃を払わなくなる。われわれもどうやらあの男を相手にしなければならなくなりそうだな」

Cはあとで嘲笑的にこう言った。「資産のないものを革命に馳《か》りたてるのはカティリナの雄弁よりも、クラッススの持ち家であるあばら屋同然の貸し家の湿っぽい壁のしみの雄弁さだろうぜ」それから彼はこうつけ加えた。「おまけにうちに出入りするクルプルスが彼の毛織物につける高値の雄弁さも忘れちゃいけないぞ」Cはこういうしゃべり方を、クラッススの家の図書司書であるアレクサンデルから学んだのだ

　ポー河畔の商人たちの金は残念ながら今日は届かなかった。あの善良なファウェラが自分で持参してきて渡してくれた封筒のなかみはもちろんもうとっくにからになっている。今日は執達吏のムムリウス・スピケルが、家具を差し押えると脅かした。しかも被保護民の面会時間ちゅうに。Cは彼とたっぷり十五分も話し合った。彼はこういう連中相手にも、臆面もなく自分の身内と話すときのようなしゃべり方をする。その点についてちょっとほのめかすと彼は、「ラールス君、どうかそんな非民主的なことはいうなよ」と言う。すらりとしたキンティアとの情事はもうすっかりほとぼりがさめてしまったようだ。今日はポーチに相当満艦飾《まんかんしょく》に飾りたてた女性（髪に赤い粉を打っている）がお着きだ。何者か確認しようと思って、輿《こし》のほうをふりかえってみた。輿はまったく月並みな、雇われた輿であった（！）（今風に言えば、自家用車ではなく、ハイヤーだったというところ）。

＊原注
〈キノコ〉とは、この町なかにたくさんの借家をもっているクラッススの綽名《あだな》である。たいていの彼の借家にはえているキノコを、住民たちは彼と同一視している。

食事は三時間も続いた。

九月五日

物価騰貴で資本はどんどん外国に逃げてゆく。一枡の穀物が、六月には一デナールだったのに、今は二デナール半もする。出航してゆく船があれば、必ず金や銀をかつぎ出す人間が出てゆくというわけだ。なのに今年のシシリアの収穫は大豊作だったそうだ。資本逃避については、被保護民の面会時間にやってきたわが国一流のある船舶業者が、次のような名言を吐いた。「金の延べ棒が、それを隠して運びだそうとする連中の肥ったからだに下着をますますきつくまといつかせる。こうして金の延べ棒は闇で船に乗船する。金は今の政府を信用していない」ところが今の政府は財界《シティ》の息がかかっている。キケロ氏の政府だ。アシアの証券はしかし少し高価になってきた。

九月六日

グラウコスはカティリナの一味だった！　今日彼はそれを肯定した。もう一年前からだそうだ。彼の以前の主人はそれで彼を売りに出したのだ。彼の言うところでは、本来は彼は、一味徒党のものに剣技を教えていただけだった。しかしやがて彼らの見解に同調するようになった。

この一味は軍隊的に区分され、定期的な会合を行なっている。彼らはより強力な政府を欲し、腐敗した政治に反対なのだと彼は言った。彼と朝の白むころまで議論した。「民衆派」の執政《コンスル》官キケロは、「首都の穀倉」であるシシリアで副総督をつとめた時以来穀物会社の社員になっているそうで、カティリナは、民衆に対する大きな愛情をもった理想主義者だという。わたしは、クラッススの図書司書であるアレクサンデルの意見をきこうと決心した。下賤な人間がどんなことを考えるかということになるとまず彼が一番よく知っている。彼はギリシア人で、クラッススの奴隷で（クラッススは彼を買うのに八万セステルチウス払ったという）、ローマのもっとも公正な意見の持ち主だ（本来はギリシア人だから、アレクサンドロスという名であろう。この人物は実在する）。

夜彼のところへ行く。

彼はパラティヌス丘にある、迷い子になりそうなほど巨大な邸宅のなかに住んでいる。この邸じゅうに、蜂の巣のようにたくさんの事務所が設けられているのだ！　廊下は、秘書や訪問客や使いの者などがたえず忙しそうにすれちがっていく。その連中がかわしあう言葉は世界各国の言葉だ！　わたしは職業教習所の設けられたいくつもの中庭を抜けていった。じっとりとむし暑くて、教室の戸はみな開かれていた。そこでわたしは、奴隷たちが低いベンチに丸くなって坐り、教師を大きな目でみつめているのを見た。〈キノコ〉は奴隷を職人に教育して巨大な利益をむさぼっている。彼はギリシアやアシアで買ってきた建築技師や技術者をここで再教育させ、それを売ったり貸したりして儲けるのである。

いくつかの中庭では、彼がガリア人の奴隷を教育してつくった消防団の一隊が演習をしていた。クラッススは町の各区に消防詰所を配置しておき、火事が起きるとこのガリア人を消火車といっしょに出動させる。しかし消防隊の先頭には不動産屋がいて、この男が市価の十分の一の値段でしかし現金で燃えている家を買いとってしまう、そしてたいていはその隣近所の家も買う。それがすんでから消火にかかるのだ。

アレクサンデルの白塗りの小さな部屋には、家具としては革のベルトのついた寝台がひとつと、古ぼけた机と、椅子が二脚あるだけで、中庭にむかって開いている窓には格子がはまっているので薄暗い。本は床に積み重ねられている。この本の山がいわば第二の壁だ、部屋の石の壁の四分の三ぐらいの高さがある。

彼はがっしりした中肉中背の男で、大きな血色のいい顔をし、鼻はもっこりと肉がついていて、鼈甲《べっこう》のような丸い、おだやかな目をしている。彼は哲学者エピクルスの信奉者で、Cはクラッススの図書室から本を貸りたいという名目でよく彼を自宅によび、何時間も彼と討論することがある。そして彼のことを、このイタリアの地における唯一の本物の民主主義者だといっている。

わたしは話題をただちにカティリナのことにもっていった。

「カティリナ」と彼はおだやかに言った「これは失業者問題ですよ、そして失業者問題とはとりもなおさず土地の問題です。あなたはティベリウス・グラックスが七十年前になんと言ったかご存じですか?」彼はすこし苦労しながら本の山のなかから一冊の薄い小冊子を捜しだして、この偉大な護民官の言葉をわたしに朗読してくれた。

「イタリアに棲息する野生の動物はみな自分の穴倉をもっている。かれらはすべて自分の食糧の貯蔵庫と、自分の隠れ家の場所を知っている。イタリアのために戦い、死んでゆく人間だけが空気と日光以外の何もたよることはできない。彼らは女房子供をかかえて田畑にではなく街頭に坐りこんでいる。将軍たちは、戦闘の前になると、外敵からわが家と墳墓の地を守ろうと兵士たちによびかけるがこれは真赤な嘘である、なぜならば大部分のローマ人は自分の家などはもっていないし、自分の先祖の墓地などをもっているものはひとりもいない。兵士たちは、他人の贅沢と名声のために自分の血を流して死ななければならない。ローマ人は世界の支配者などと言っているが、たった一握りの土さえ自分の土地ということができないのだ」

彼は小冊子を傍に置いた。

「農民は」と彼は続けた。「カルタゴ人やヒスパニア人やシリア人を征服するために彼らの田畑から戦争に徴発されましたが、帰郷してみると、自分たちの敵のなれの果てである奴隷によって征服されていたのです。彼らの田畑は大地主の手に落ちてしまっていた。農民たちはシシリアの穀物を施し物として自分の袋に入れてもらえるのではないかというあてのない望みを抱いて、首都をうろつくようになりました。セルウィウスの市の城壁のなか（ローマ市内の意。ローマ城壁を設けた六代王セルウィウスにちなむ）の五百ヘクタールの土地で五十万の人間の息の根がとまりました。それなのにキケロ氏はその年のはじめに首都の失業者をイタリアに移民させるという民衆派の政策を潰してしまいました。彼は失業者たちに、選挙民でいればもらうことのできる買収の金が移住すると手に入らなくなるかもしれないという心配を抱かせるという手を使ったのでした。そして、この希望を失って卑しくなり、いつも目先の心配しかできぬ不幸な失業者たちは、まんまとそれにひっかかって移民計画に反対しました。わたしはこのキケロの演説を自分でも聞きました。いうなればこれは、スブラ地区の淫売に、お前は人がくれるといっても酒屋の店をもらったりしてはいけない、店をもったらお前のからだを売る暇がなくなってしまうぞといましめるようなものです。ところが現実はそうでした、キケロは五軒も別荘を持っているくせに、賎民の心を握っているのです。こういう民衆という連中はひとつかみの銅貨をもらえば自分に不利益な法律になんでも賛成し、また利益になる法律にもたかがひとつかみの銅貨で賛成します。彼らの未来とは、その日の夜の食事にしかないのです。カティリナが選挙に勝つとしたら、それは彼が土地を与える公約をしているからではなく、ただ選挙手当、つまり買収の現金《ナマ》を払うことができるためですよ」

「それじゃあなたは、土地の問題などは現実にはなんの決定的な要因にもならないとお考えなんですか？」とわたしは尋ねた。

「いやいや」と彼は微笑して言った。「ただわたしは、土地の問題は選挙なんかでは解決しないと思っているだけです」

わたしはいろいろと考えながらそこを辞した。アレクサンデルは職人の職種別組合には非常な影響力をもつ男だ。

カエビオが夜、喜びに顔を輝かせながら、家主が家賃の払いの半金だけは猶予期間をおいてくれたと話した。われわれはトリゲミナ門のそばにある骨牌《さいころ》遊技場にいった。彼は砂塵の舞いあがる往来のまんなかでわたしを抱擁した。彼はまた昔通りの、快活でやさしいカエビオになった。

九月七日

午後、工事現場監督と新しい馬場のことで議論していると、突如スピケルがあらわれた。彼は大声で、債権者のために、建築用木材を差し押えるぞと脅迫した。現場監督は、この木材は今のところはまだ建築会社の所有物だと説明することによって、この急場を救ってくれた！左官屋たちはまわりに立ってにやにやと笑っていた。

赤い髪粉で染めた髪の女は、ポンペイウスの妻のムキアだった！　彼の心を征服する気でなければいいが！　わたしたちの住居まで乗り込んでくるとは彼女もまったく図々しいものだ。

九月九日

床屋の店では、裕福な連中は、カティリナによって共和国の存在が脅かされるという話をしている。裕福な生地商人で、筋の通った考えの持ち主であるらしい男が、誰かがこう言うのを小耳にはさんだ。「もし元老院のお歴々がわれわれすべてが血と金を払って手に入れたアジアでのすべての戦利品を、自分のふところにだけ入れるようなことを今度こそやらないでいれば、あんな男のところに門前市をなすほど人びとが殺到することもないだろうがね！」床屋はキケロの名をもちだして彼を慰めた。「キケロがローマに対してなんらかの発言を行なっているかぎり」と自信に満ちて言った、「独裁制は右からも左からも起こることはないさ。キケロは共和国そのものだ。そしてキケロの後楯として財界《シティ》がある」みんなは床屋の意見に同意した、あの生地商人もだ。

九月十日

資本の逃避がますます大規模に行なわれるようになってきた。利子は六パーセントから十パーセントに増した。つまり財界《シティ》の連中はカティリナに恐れを抱いているのだ！　もっともポンポニウス・ケレル（皮革屋）は非常に注目すべき発言をしている。「たぶん財界《シティ》が資本を移動させているのは、カティリナを怖がらせようとするためだ」

われわれはそれから一時間にわたって、この意見をめぐって話し合った。

九月十二日

カエビオは最近とてもおかしい。わたしとグラウコスのことを感づいたのだろうか？　彼はとても敏感だ。それとも病気なのだろうか？　彼のことでとても心を痛める。ちょうど今のこの時期にグラウコスとの仲をたちきるわけにはいかない。なぜなら彼のおかげでわたしはカティリナの運動の最新の情報をいつも手に入れることができるし、この運動は明日にも重要な局面をむかえるかもしれないからである。

Cはたえず機嫌が悪かった。おれは民会広場《フォールム》でなにかが起こりつつあることは知っているが、それがなんであるかわからないのだ、と彼は言った。財界《シティ》のさまざまなクラブは、執政官選挙のとき、民衆派側に立ってどういう態度をとるかについて、まだ意見の一致を見ていないようだ。Cはクラブのために、これまでもう何回もクラッススとともに民衆派の選挙運動のキャンペーンを行なった。今年は彼に対してまだぜんぜんお呼びがかかってこない。彼はもちろん、そんなことは関心がないというふりをしており、せいぜい、「おれはいつも財界《シティ》から下級な下働きをしてくれといって引っぱりだされるが、もうあんなことはまったく倦き倦きした、それも最後の土壇場になって、いまの問題はなにかを説明してもくれないでやれというのだからな」と言っただけである。おまけに彼は債権者に痛めつけられている。

今のような時期にかぎって、Cは財界《シティ》を嘲笑の種にするのだ。そうしておいて、自分が元老院議員であることを鼻先にぶらさげる。もちろんこういう気分はけっして長くは続かない。残念ながら彼は結局はまた政治のなかにまきこまれてしまう。たとえばごく最近ポンポニウス・ケレル（皮革屋）が話したポンペイウスが東方にいってふところに入れたという二千万セステルチウスの件などは彼にはまったく毒だった。いまや彼は、政治は大嫌いだと言っているくせに、ふたたび年がら年じゅうクロディウスとふたりだけで図書室にこもるようになっている、そしてふたりは、長時間にわたって財界《シティ》の真意のわからぬ態度について語りあっている。財界《シティ》は昨年うまくキケロ、つまり非貴族の家系の出である「新人」を執政官にするという手に成功した。ところがキケロは元老院そのものよりもっと困りものであることがわかってきた。彼の手をつけた最初の仕事は、市井の民衆派クラブを解散することだった。首都の大衆は、町ごと区ごとにこのクラブの形で組織されていたのである。キケロは自分のこういう処置をとった理由として、おもてむきは入浴業に課税しなければいけないということを挙げただけだった。この新人は左に対しても右に対しても同じ権利を与えてやった。この男はもとは教師なのだ。（ここでクロディウスの言葉をそのまま引用してみよう）「あなたは半分だけ我慢しているべきではありませんよ」とクロディウスは彼のもちまえの煽動するような様子で言った。「市井の人間はあなたのお名前をよく知っています。あなたが財務官《クエストル》時代に民衆に催し物をみせてやったことをまだ連中は忘れてはいません。下はちっぽけな職人から、上は建築請負業者や両替商人に至るまで、かつてはあなたに期待していたのですよ。財界《シティ》のクラブはあなたを、日傭《ひよう》取りを利用するみたいにその場その場で利用したのです。財界《シティ》の連中は、あなたほどの名家の人間で、ほかに使える持駒はないのですよ、あなたもわが身をお守りなさい。さあ！」Cは大股な足どりで室内をいったりきたりしていたが、その様子でわたしは、いま盛られた毒薬が効いてきたことを確めることができた。髪をてかてか光らし、子供っぽい顔をしているが、わたしはこのクロディウスという男が、どうにも鼻持ちならず好きになれない。たとえポンペイアまで度々この男が「頭の切れる」人だと賞《ほ》めそやしてもだ。彼だって手を変え品を変えながら、Cを彼の政治にひきこんでいるのだ（彼は、自分が貴族の家系の出であるのに、市井の平民のクラブの代表になっていたことがある）。わたしたちは、かつて財務官《クエストル》時代に人気取りの催しをやりすぎたおかげで、今でもいい加減財政的に破綻しているのにと考えた。

九月十六日

今わたしは、カエビオが第二区に住んでいる倉庫管理人ルーフスという肥った男となんらかの関係をもっているという有力な証拠を握っている。彼はその男の贈った指環を受けとっている。わたしは彼に面とむかってそう言ってやった。すると彼は明らかに顔色を変えてことばもつかえてしまった！　彼はもう二度とその男に会わないと約束した。しかしカエビオにやつからもらった指環を返させないうちは、カエビオを信ずることはできない。カエビオにどうしても指環を返させなくてはならない。

よく眠れないので、睡眠薬を飲んだ。

九月十七日

ムムリウス・スピケルは最近厚かましくもこんな提案をした。差し押えに適した大きめの物品を物色して彼の手に渡してくれ、その労には酬いるから、というのだ。いったい彼はこのわたしを何者だと思っているのだろう。

九月十八日

カエビオはあの指環を母親からもらったのだ、とわたしに誓言した。あの指環は軍団兵だった彼の父のものだったというのだ。わたしは疑い深すぎるのだ。

　書斎からアレクサンデルとCの対話の洩れてくるのを聞いた。ふたりは主室で食事をとっていた。例の図書司書はこう言った。「これは最大の規模の戦いです。この戦いに手を出さぬ政治家なんてもう政治家とは言えませんな。ここで戦いをしない民衆派じゃ民衆派の名前が泣きますよ。キケロ氏が招かれて食事をとっているパラティヌス丘の実業家連の上流クラブでは、キケロの気のきいた大言壮語、資本逃避とカティリナの煽動のために元老院は顔色なしだというあの報告を聞いていい気分になった連中は、すっかり自己満足にふけっています。しかし賤民は不安になっています。今をのがしたら、もうなにかを手にいれるチャンスはないのだということを承知しているのです。なぜあなたはこのチャンスを摑まないのですか？　あなたもカティリナ側に身を投じたらいかがです、もしその気がおありなら、彼の公約を本格的な政治的な政策に変えることもできます、この運動から冒険的な性格を一掃して着実なものにすることもできます！　それがいやならカティリナの攻撃を開始なさるといい、職種別組合で演説をなさって、キケロ氏の退陣と、民衆派の政策のエネルギッシュな推進、とくに土地問題の改正を要求なさるのですよ！　あなたにはどんなことをなさる可能性もおありだ。ただひとつだけやっていけないのは、どの党派にも属さずに超然としていることです」

　Cは選挙区の情勢について詳しく事情を聴取した。いまだに値上がりを続ける穀物の高値、増加の一途を辿る失業、銀行からの借入金などで、貧しい住民層はすっかりかきまわされているという。アレクサンデルの意見だと、この連中がみんなカティリナのもとに走ってしまう危険が大きいそうだ。Cは彼との対話を終ったあと沈思黙考にふけっているそうだったが、やはり行動にはふみきれない様子だった。それでもともかく彼は、きっぱりとこう言った。「土地問題はたしかに抜本的な問題だ。これが解決しないあいだは、不穏な状態は続くだろう」彼をまた政治にひっぱりこもうとする第二の誘惑がもうやってきた！

九月十九日

Cはフルウィアと食事をとるときにはいつも、わざとわたしにお相伴させる。これは彼が、自分は差別感のない民主的な考え方をする人間だということをみせびらかすためか（フルウィアはカティリナ派の連中ともつきあいがある）、そうでなければ彼女とこれ以上親密な関係にならないように予防しているのかどちらかだ。彼女は相手としては面白い女性で、つねに最新のニュースを仕込んでいる。彼女はCに対しておどろくべき説を一席ぶった。彼女の意見によると、彼のような政治家は、彼女のようなご婦人とびっくりするほど似通った状況にあるというのである。「あなたたちはわたしたちとおんなじで」と彼女は言った。「待つことができなけりゃいけないのよ。どんなにそれが高くついても。いったいあなた、わたしがこういう装いをしているためにいくらかかっていると思って？　それに美容にだって大変な出費よ！　あなたわたしがアクセサリーをつけるのも自己満足のためだと思っているの？　これはね、あなたが闘技の見世物を主催して人にみせてやるのが、単なる自分の楽しみのためでないのと同じなのよ！　なによりも人目を惹かなければいけないわ！　それに、自分に安値をつけちゃいけないわ。この点でわたしはあなたを敬愛しているのよ。わたしはいつも言っているわ。ガイウス・ユリウスはこういうお金を決して無駄なことに出費しているのではないって。もっともあなたの出すお金は、どうせ自分のお金じゃないんでしょうけどね。とにかく、何よりも大事なのは忍耐よ。けっして馬に乗り違ってはならないわ！　もちろん、そう年がら年じゅう選り好みしているわけにはいかない。そりゃあなたでもわたしでもいつも選んでばかりはいられないわ。一切の状況を見通して、目下の最上のものを選ぶ、これが大事よ。あなたはこれからでもチャンスが摑めるわ。この点ではわたしは楽観しているわ」Ｃは鳥の骨が喉につかえたような顔をしていた。

九月二十二日

スピケルが手を打ってきた。彼はプラエネステに養馬場のあることをかぎつけ、乗馬用の馬を数頭差し押えた。わたしはべつに同情しない。Ｃは昼食のとき、スピケルにこの卑劣な行為を非難してやったところ、やつはわしの顔をまともに見られなかったよ、と言った。それを大変面白がっているようにみえた。しかしわたしの目はごまかせない。

彼は不安定な気分だ、まったく気力を失い、長いこと庭の石のベンチにうずくまって地面をみつめるという状態に陥っていたかと思うと、突然有頂天になって楽天的な希望に胸をふくらませる。

九月二十六日

クラッススがカティリナに肩入れしているという！　彼は今日Cと、財界《シティ》からカティリナにもっと多額の金が流れるようにするにはどうしたらいいか話し合っていた。こうなったのも、ポンペイウスがアシアの徴税請負権に関しては、相変らず元老院派の立場をとっているためだ。カティリナの側からは、今後彼の運動の行き過ぎの部分は根絶するようにし、銀行を攻撃するアジテーションはやめるという確約がとれた（ヒットラーが財界や軍部への思惑からSSのレームやシュトラッサー一味を粛清したことへのアナロジー）。こういう条件で、民衆派の側から、今年の彼の執政官立候補に支持が与えられることになった。われわれがその選挙事務を引き受けさせられる。Cはただちに行動に移った。夜おそく、少なくとも二十人が邸に集められた。いずれも選挙対策委員会の地区代表である。

クラッススはこの連中の来る前に帰った。Cはこの人たちを、まだ完全には完成していない馬場で迎えた。職業は、商店主、小手工業者、家主、マリウスの軍隊の除隊兵などさまざまだが、みんな穏やかな人たちばかりだった。彼らは、何百もの宗教の宗派や、手工業の職種別職人組合とコネをもっている。この連中が選挙準備の依頼をうけると、たちまちまめに歩きまわって、選挙民を自分たちのリストに登録させるか、あるいはリスト（それから金）を個々の組合に渡して、あとのことは組合にまかせる。彼らは以前にも同じようなことでつきあったことがあるのでCをよく知っている、Cはクラッススの副官として名前が通っている、そのクラッススは、莫大な資産があるので、大変な影響力をもっている男だ。

Cはこの連中をまだ未完成のホールに招いたことを詫びてから、彼らに半分ほど完成している唯一の壁画「青い馬に乗る月の女神《ディアーナ》」（「青い騎士」を連想させるような前衛的な芸術）を見せた。彼らは黙ってそれを眺めていた。この絵はいささかモダンだった。

Cはカティリナの煽動に対する街頭の人びととの反応を詳しく尋ねた。するとロープ職人連合会の会長である、びっこの小男が、こう報告した。職種別組合は、組合員のなかで失業するものの数が増大しているために、もう維持してゆくことが困難になっている、一度でも街頭にごろ寝をしたことのあるものは、それ以後はあっさりカティリナの一味になってしまう。アシアの戦争のための軍需品の注文がとまってしまったことが、致命的な影響を及ぼしている。借金利子や貸付金の負債をひどく厳しくとりたてる銀行に対する憎しみも絶えず増大しつつある。

アシア派遣の軍団が帰ってくれれば、貧困はさらに増大するだろう。アシアの平和は二重の結果を生むことになる。自分の息子の名前をアシアの戦没兵士のリストのなかに発見して泣きながら帰ってきた女が、家についてみると、小さな馬具店をやっている義理の姉が、戦争用の馬具の注文契約を延長することはできないといわれて泣いているのをみつけるという光景も考えられる。この家庭は、戦争と同時に平和をも呪っているのだ。

Cが、間近に迫った今度の執政官の選挙には、みなさんがカティリナを支持して下さることを期待します、と切りだしたときには、これを聞いたみんなが啞然としたのがはっきりわかった。

Cはただちに選挙のスローガンに移った。わたしは彼が、まるで準備もしていないくせに完全で細かい点まで考えぬいた政策を長衣《トーガ》の下からとりだしてみせるあのやり方には舌をまいて驚いた。彼はクラッススとは、この件の財政面について話し合っただけで、それにこの選挙区の代表者が訪れてくる前に政治的な面についての若干の点をメモするための時間的余裕も三十分足らずしかなかった。彼の頭はびっくりするほど早く働く、それに彼はこれほど状況に順応する能力があるのだ！　彼は二十分以上も、この首都の風通しをよくし、職人たちにも新規の注文をもたらしてくれるはずの移民政策について一席ぶった。穀物の無償配給は失業者だけでなく、それを必要とするすべての人びとに対して行なうべきだとも言った。「せいぜい二、三人の奴隷しかかかえず、銀行の貸付金で痛めつけられ」と彼は絶叫した。「ひどく高い自分の店の家賃をどうやって工面しようかと考えているロープ職人やパン屋などに対して、やつらには安い穀物など必要でないなどと主張するのは滑稽なことであります！」彼はまた、銀行貸付金を棒引きにする計画を綿密に（数字まであげて！）説明し、さらに、国家が手工業者に対し、奴隷の買入れや維持のための貸付金を提供することが絶対に必要だと説いた。「職人の息子たちはいったい何のために」と彼は問うた。「ふたつのアシアを征服しているのでしょうか？ とうてい見渡すこともできないほどの奴隷の群はいったいどこに駆りたてられていくのでしょうか？ わずか三百ばかりの大地主の領地か、ほんの二、三の武器工場だけに送られるのです。われわれにも奴隷を与えよ！」

人びとが非常に満足しているのは一目みてもわかった。彼らはこの政策をおよそ現在まで執政官選挙の際に掲げられた公約のなかでもっとも進歩的な民衆派的なものだと言った。こういう公約を自分の組合に持ち帰ることは大変愉快だ、組合の連中もこういうスローガンにはおおいに食指を動かすだろう、とも言った。しかしそのあとでちょっと不満の声がきかれるようになった。

チーズのような土気色の、首筋のたるんだ男が、きいきい声で言った。「カティリナは、奴隷でも彼の私兵の隊員に採用していることを、わたしははっきり知っていますが、この件についてはどうです?」集会のなかで動揺が起こった。これこそ肝心要《かなめ》の点だ。ほかの連中もこれを汐にしてしゃべりはじめた。聞くところによると生命保険組合の会長だという非常に人あたりのよさそうな中年の男が、かなり不安そうに叫んだ。「それじゃわたしたちに、奴隷の暴動の手伝いをしろとおっしゃるんですか?」するとさっきのロープ職人が、頬をすっかり紅潮させて、Cのほうは見ないで大声で叫んだ。「そんなことはご免だ。わたしたちの組合員の三分の二は、自分の工場で、二、三人の奴隷を雇っているんですぜ」

しかしCはこの騒ぎをこれ以上拡がらせなかった。彼は二言三言口にしたが、ひどく小声でしゃべったので、それはがやがやいう声にかき消されてしまった。そこであたりはすぐ静寂になった。次の言葉はよく聞きとれた。「そんなことはわたしにも初耳だ。すぐにその件は調査しましょう。しかしわたしはそんなことはありえないと思います」そこで彼はしばらく間をおいて、今度は座談的な口調で話を続けた。「庭園のほうに冷たい飲物などが用意してありますよ、皆さん、サービスはわたしの奴隷たちがいたします。ここにおりますわたしの秘書が、今日のとりきめの金銭的な契約の文書を作成してくれますが」(と彼は微笑みながらわたしのほうを見て)「この男も奴隷なのです。これで、奴隷の問題についてはこれ以上討論する必要がないことがおわかりになったと思います。こんなことは問題にするほどのことじゃありませんよ」

彼は急いで、純粋なビジネスに関する問題に移った。個々の選挙民につかませる買収金のことについて細かい話し合いが行なわれた。

そのうえ連中はそのあとで酒食の饗応にあずかった、わたしはまたまた、Cが単純な人間たちを扱うことが巧みなのにびっくりした。彼はこの連中の話のなかに入っていくけれども、けっして親密さをみせはしない。わたしは彼がパン屋の親方と、五分間にもわたって「青い馬に乗る月の女神《ディアーナ》」について議論しているのを見た！（親方は前衛芸術的な「青い馬」の画がわからないのである）

話の風向きの変り方ときたら、気味が悪いほどだ。

このことについて、長いことカエビオと話したが、彼は非常に賢明な見解を披瀝した。彼はもう三週間というもの、ルーフスとは会ってもいないそうだ。

九月二十七日

午後三人のお偉方が来訪し、Cは彼らと図書室にこもりきりだった。彼らの帰るときに、わたしはそのなかのひとりが前執政官《コンスル》のコルネリウス・レントゥルス・スラ（〈ふくらはぎ〉）であることに気づいた。彼はいまはまた法務官《プラエトル》であり、カティリナの最大の黒幕といわれている。

彼は図々しくわたしの顔をみつめていた。

われわれも相当深間にはまりこんでしまったようだ。

Cはわたしに、ごくついでのことのように、カンパニア地方の地所の値段を調べておいてくれないかと言った(?)。まだ三日前には、わが家の財政は逼迫していて、便所の修理をする金もなかったというのに!

十月二日

首都ローマでも最も魅力ある高等娼婦のフルウィアが、今日、不安定な政治情勢のために女性たちの心配の種が増えたという愉快な冗談話をきかせてくれた。温泉保養地はまだシーズン・オフにならないのに、女性たちはみんなこの暑くて埃っぽいローマに帰ってきた。彼女たちは、政界の舞台裏で何が起こっているかを政治家たちから聞きだすためならどんな犠牲も惜しまない。彼女は笑いながらCに尋ねた。「彼は執政官《コンスル》になるかしら? わたしはなるってほうに賭けたんだけど」――「誰のことかね?」とCはたずねた。――「もちろんカティリナのことよ」――「いずれにせよ、あんまり大金を賭けないほうがいいね」とCはゆっくりと言った。「ところでどうしてそんなことを考えたのだね?」彼女はわたしたちに説明してくれた。若いカティリナ党員、それにもう若いとはいえない党員まで、目下のところひどく株があがっているそうだ。今の流行は、簡素で民衆的な粧いをこらすことで、アクセサリーも、ちょっと琥珀をあしらったりする程度だ。マニキュアはしない。サロンで人気のある話題は土地問題だという。フルウィアが「けっきょくあたしたちは誰も彼も搾取されているんでしょ、ちがう？」と言うと、しかし彼女の女友達のフォーニアは、情人である元老院議員に忠義だてを守りながらこう言ったそうだ。「でもけっきょくは、わたしのおデブさんが最後の勝利はイタダいちゃうでしょうよ。あの人はすごく野性的だもの」（彼女は反動だ！）日常の流行語は民主主義（民衆派）だという。キケロが尊敬されているのは、彼の民衆派的理念のせいであり、彼がクラッススの市内の持ち家を買おうとしている（四百五十万セステルチウス）ためだともいう。しかしカティリナが登場して以来、アシア戦争の癈兵《はい》を同情することが、なかなかいかす《シック》ことだと思われている。かなりの夜会で、戦争不具者のための募金が行なわれた。テルトゥラは、彼女がアシア徴税請負事業にのりだしているプルケルからプレゼントにもらった緑柱石のアクセサリー（コリントの細工）を、戦争失明者のために寄附したという。その行為によって彼女は、ふたりの貴族出身のカティリナ党員が、ティベル河畔のスラム街を視察するときに同行を許されたそうだ。もちろん現在世のなかの連中がみんな新しい粧いに金をかけているのは、カティリナが登場すれば借金が棒引きになることをあてこんでいるからである。

十月六日

最初の選挙ポスターが見うけられるようになった。いたるところに、家々の壁にも、ホールにも、それどころか記念碑にまで、カティリナの提起した疑問形のスローガンをかいたポスターがべたべた貼られている。「なぜパンの値があがるのか？　アジアの戦利品をふところに入れたのは誰か？　ローマ市民はなぜローマの農地をもてないのか？」といったような具合だ。

Cは、わたしといっしょに民会広場《フォールム》を通ったとき、このスローガンはとくに効き目があるぞというように印象的にそっちのほうを指さした。

十月七日

今日被保護民の面会時間に、Cとボクサーのように耳の裂けたがっしりした男とのあいだで次のような会話がかわされた。そいつ「演説学校をはじめたいのです」C「君は金をもっていますか？」そいつ「心配《しんぺい》ご無用でさあ」（彼はわたしのテーブルの上に封をした現金《ナマ》入り封筒を置く）C「許可証がいるのかね？」そいつ「闘技場《コロッセウム》の前に開きます、閣下」C「闘技者相手に演説学校をやるとでもいうのかね？」そいつ「いいえね、上流の方々のためでさ」C「？」そいつ「くだけた大衆的なしゃべり方が流行《はやり》でしてね、すごくはやってまさ。あっしはそういう話し方をセットで売りつけるんでさあ。職員を五人雇ってましてな、そいつらが、下々の連中の罵りの文句なんかを集めて歩いていまさあ。あたしゃ二万セステルチウスの資本《もとで》でこの商売を始めるつもりです」われわれの選挙の切りまわし役であるプブリウス・マケルは、そいつが推薦状をもらって帰るとき、わたしと並んで立っていたが、低目の声でわたしに言った。「民主主義（民衆派）は着々と進行中だな」

十月八日

クロディウスがアレクサンデルといっしょにやってきた。このふたり連れはまったく異様な取りあわせだ！　いささか落目の貴族で、以前は民衆派の街頭クラブを牛耳り、かつての民衆派の武装集団の隊長であったことのあるクロディウスが、民衆派の理論家として、クラッススの奴隷を同道している！

選挙で民衆派がカティリナ側にどの程度加担するかという問題が論じられた。アレクサンデルはかなり長いこと詳細な点にわたって弁舌を振るった。この件に加担するならとことんまでつきあう覚悟でやらなければいけない、そうしない限り、これまでの選挙の布石は水の泡になってしまうというのだ。Cは、どうしてそんな考えをもつようになったのだ、なにもとことんまでつきあう必要はなかろうに、と尋ねた。アレクサンデルはちょっと困ったような顔をして呟くように言った。「クラッススに近い銀行筋はカティリナの立候補の援助資金を調達してはいますが、しかしわたしの耳に入った情報では、影響力の大きい実業家たちの一グループは、ひそかに元老院派（閥族派）とも話し合いを行ない、カティリナ選挙に際してはまったくちがった態度をとるようです。キケロは財界《シティ》と元老院の和解という方向でねばり強く工作を続けています。彼は連日カティリナに気をつけろと警告していますよ」Cはこういう取り引きの存在を精力的に反駁《ばく》した。クロディウスはおしまいにすっかり気色を悪くして言った。「もし財界《シティ》のなかの自分を身売りするような連中が、本当にキケロのもとで元老院と手を組んで民衆に敵対する動きをしているのなら、僕もカティリナ一味になるぜ」

ふたりの客は立ちあがり帰りかけようとしたが、アレクサンデルは一言だけつけ加えた。「あなたは、キケロとではなく、ポンペイウスと組んで民衆を敵にまわすこともおできですよ」アレクサンデルがその答を待っているらしいのに、Cはなにも言わなかった。彼はだいたい今日は言葉少なだった。たぶん彼は、この二人に、自分が事情にあまり通じていないことを覚《さと》られたくなかったのだろう。彼の立場はかなり宙に浮いている。出馬をうながされたが、情報はさっぱり入っていない。カトーとカトゥルスが完全に主権を掌握している元老院派（閥族派）の遂行している一応は筋の通った政策については、どうせ民衆派の人びとのあいだでは問題にされるわけがない。民衆派の連中はもともと団結した活動をしていないが、財界《シティ》のほうがしばしばひどく矛盾しあった利害関係をもつために、なおまとまりがなくなっている。

アレクサンデルが財界《シティ》について辛辣なことを言った。「財界《シティ》は政策などをまったくもたないにひとしいですな。時どきふとった尻をあちこちにむかってゆするだけで、それもおぼろげに坐り心地のわるいことを感じているからなのです。そしてそのことで財界《シティ》の及ぼす圧力は、時にはこっち、時にはあっちに対して強くなります。しかし意味のある計画といえるようなものはまるで認められませんね」と彼は言った。

ところでCは今日地所の値段についてきいておいたかと尋ねた。わたしは彼に若干の数字のメモを渡した。彼はその紙片をかくしに突っこんだ。

十月十一日

選挙区の対策委員長が四人来訪した。彼らは意気消沈して、カティリナの選挙については、職人組合にいってみるとおかしいほど冷淡な態度に出合ったと報告した。直接なにも意見は言わないが、ちょっと大袈裟に肩をすくめるという風だったそうだ。ロープ職人組合は「組合員に禁止はしないが」また説得もしないと言ったそうだ。銀細工師の組合は選挙のとりきめを全員もれなく行なうことは保証できないと言い、Cについてはまったく問題にしていない口ぶりだった。馬具職人たちも同様だったそうだ。パン焼職人はもっとひどい、彼らは公約をまじめにとっていない。それにどの組合でも独裁制度には反対だったそうだ。

結論。選挙事務所が直接選挙民に当ることにし、昔の選挙名簿を利用しなければならない。

十月十三日

ポー河畔の商人たちの金がちょうど入ってきた。Cとクラッススはこれをカティリナの選挙資金にあてることにきめた。少なくともわたしはこの話を民会広場《フォールム》で両替商人からきいた。ポー河畔の商人たちはカティリナが政権をとったら市民権所有者のリストに入れてもらえると確約されたのだ。しかしわたし自身は、いまだにクラッススが本気でカティリナを援助しているとは信じられない。もちろんクラッススは自分の仇敵であるポンペイウスの独裁を恐れるという点では元老院と共通の恐れをもっているのだろう。それになによりも彼は、自分の意のままにできるような形でカティリナを執政官《コンスル》にすれば、アジアの利権の収益にいちばんありつきやすいと考えている。ところで彼は商売のことでシシリアに旅立った。

Cがポー河畔の商人たちからの金を選挙資金に投げだしたのは、もちろん愚かなことではない。選挙の際の金銭出納はいつも大まかなものだ。

しあわせな日だった。突然アジア関係の有価証券がすごい急騰を示した。今日一日でたっぷり七百セステルチウスは金持になった勘定だ。カエビオを散歩に連れだす。

十月十四日

Cは今はすごくご機嫌だ、金の入ったときはいつもそうだ。彼はポンポニウス・ケレル（皮革屋）に言った。「この選挙こそ民衆派の運命を決定するぜ。貧民地区がどんなに沸き返るような情勢かを知るには、もっぱら大衆とじかに話すようにしなければいけない。僕の腹心の男がね」（彼は執達吏のムムリウス・スピケルのことを言ったのだ）「自分がどんな家に住んでいるかを話してくれた。彼の六人の子供のうちふたりまで肺病だそうだ。壁は湿気がひどくて、塩壺に入っている塩がすぐ融けて塊になってしまうという。ネズミは駆除のしようがない。もう百年も前から、下水工事の予算は一セステルチウスも計上されたことがない。アジアを征服する必要があったからな！」

投票日は二十日だ。これから興味ある（そして危険な）日々が続きそうだ。Cがあまり深くカティリナの件にはまりこまないとよいが。グラウコスはひどくしつこく昨夜ここにたずねてきたのだと言い張る。これが何の意味か探りだしてみなければならない（昨夜はカエビオと散歩に出ていたのだ）。

十月十五日

気が違いそうだ、なにも考えられそうもない。カエビオはわたしを欺していたのだ。今日、ちょうど午後に暇ができたので、彼の住居を尋ねてみると、彼の母がひどくあわてているのがすぐわかった。カエビオは叔父といっしょにドッグ・レースを見にいったというので、わたしは即座に面とむかって、彼は誰かほかの男とうろつきまわっているのでしょうと言ってやった。母親ははじめはそれを否定していたが、ついに白状した。相手はルーフスだ。ルーフスはここ数週間というもの毎晩のようにここに来ていたのだ。わたしはしゃくりあげるときのようにからだがわなないてきたが、ともかく辛うじて自制して、カエビオの弟といっしょにドッグ・レースが行なわれているという第四地区まで行ってみた。もちろんカエビオの姿は見当らなかった。わたしは午後から真夜中まで、あらゆる酒場や盛り場をうろつきまわった。おしまいにこの小さな弟とティベル河畔の穀物倉庫にいった。この子はルーフスの住居を知っている、手紙を届けたことがあるというのだ。（なんと破廉恥な！）われわれは夜中の二時まで中庭に立っていた。しかし倉庫にはあかりは点いていなかった。

十月十六日

カエビオはわたしに会おうとしない。彼の母親は言った。「あの子の良心に訴えてやったんですよ。わたしはあなたを大切な方と思っていますからね」新たなショック、例の倉庫管理人ルーフスは、彼にわたしと会うのを禁じたという！　弟はわたしの手に紙片を押しこんだ。カエビオは倉庫で書記の口にありついたという。これが彼の愛なのか！　彼はたかが書記の勤め口のためにわたしを売ったのだ！　日給二セステルチウスのために。この紙片を読んで、わたしの心は氷のように冷えきった。わたしは即座に決心した。この碌《ろく》でなしを破滅させてやろう。

もともとやつの分相応に、どん底のスラムでくたばればいいのだ。こんな奴のために興奮するのは馬鹿らしい。カピトル神殿での奉納金を徴集した（もちろん彼らは欺そうと試みた）。仕事机を整理し、一月に支払期限がきている利子のリストを作成した。そのとき、ちょうどCが夜寝床で読んでいる本、ヘミナの『年代記』のなかに挟んであった手紙から、彼が膨大な地所を買い付けていることを知った。カンパニア地方の農地を一反また一反と買い込んでいる。彼はこの地所で何を企《たくら》んでいるのだろう。

十月十七日

今日ティベル河畔の穀物倉庫に行った。カエビオを呼びだして廊下で彼を詰問する。彼はわたしの目をまともに見られなかった。わたしのカエビオはなんと変ってしまったことだろう！

十月十八日

慰めのない日々が続く。なにごとにも興味がもてない。ほとんど何も食べない。

十月十九日

倉庫で思いだしてもぞっとするような一幕があった。わたしはただカエビオに、家の賃貸契約を更新しておくかどうか聞きにいっただけだ（カエビオの母親に頼まれたのだ）。ところがルーフスが割り込んできて、二人の奴隷にわたしをほうり出させた！　ルーフスは無教養な、ひどい言葉使いをする男だ。三人対一人だ。カエビオは帳場の戸口に立っていたが一言も言わなかった！　ベッドに横になる。いったいどうなるだろう？

十月二十日

ポンポニウス・ケレル（皮革屋）を通して穀物会社にコネをつけてもらったらどうかと考えた。このルーフスなんて男はあっさり馘《くび》にしてしまわなければならない。いやたぶん〈ふくらはぎ〉と話したほうがいいかもしれない。もし変革が成功したら、このルーフスなどはさしずめまっさきに粛清されるひとりであって然るべきだ。銀行が閉鎖されているので、一日じゅう融資の仕事に手をつけられなかった。元老院でキケロが演説を行ない、カティリナの要人暗殺計画を暴露した。

雨になる。

十月二十一日

倦怠感。

執政官選挙は一週間延期された。町は異常な興奮に包まれていた。通りは、カティリナに投票するために出かけてきた昔のスラの軍団の兵士たちであふれていた。もし今日投票が行なわれていたら、カティリナが選挙されたことは確実である。だからこそ今日の選挙はとりやめになったのだ。キケロが財界《シティ》と取り引きしたのだろうか？　彼が、カティリナの黒幕になっている財界《シティ》の連中を動揺させようとしたのだろうか？　彼は銀行に、属州管理をまかすという方法でアシア地方のビジネスに影響を与えられるようにすると約束したのだろうか、元老院のアシアにおいてとった処置を審査する目的をもった財界《シティ》側の訴訟を受理したのだろうか？　クラッススがローマを離れて旅行中なのは実にぐあいの悪いことだ。警察の巡察隊が下町をパトロールしてまわっている。

十月二十二日

アレクサンデルから「折をみて」訪ねてきてくれという手紙を受けとる。訪ねてみると彼はちょうど、今ローマに不在のクラッススが訴訟事件で行なう弁論の原稿を作成中だった。彼はわたしに、民会広場《フォールム》では、いくつかの銀行がキケロを通じて、執政官選挙に対してとる態度について、元老院と取り引きをしているという噂が、次第に確かな話になって拡がっているといった。アレクサンデルによれば（アシアにおける？）ある種の利権の認可とひきかえに、財界《シティ》は、どこからかカティリナに流れこんでいく資金の源を、涸渇させてしまう努力を惜しまぬ姿勢をみせたそうだ。しかし元老院派（閥族派）はこういう認可を与える気はない、なぜならカトーは、財界《シティ》が本気でカティリナを執政官にしたいと思っているとは信じないからだ。それよりもっと重要なことは、職人組合が、カティリナの選挙に反対の態度をますます明らかにしはじめたからである。アレクサンデルは、いま元老院と「現実に行なわれる裁可」についての「重大な」取り引きが行なわれているが、そのうちきっと「あっと驚く結果」がでてくるだろうということを臭わすような皮肉を耳にしたそうだ。カトーはその上、指物師組合の組合長に、「カティリナ派の選挙事務所の幹部級の男が」彼のところにやってきて、「注目に値する申し出」をしたということを意味ありげにほのめかしたということだ。

アレクサンデルはわたしに単刀直入に、Cと元老院派（閥族派）の指導者カトーおよびカトゥルスの話し合いについての情報を知っているかと尋ねた。アレクサンデルの情報屋が本当のことを言っているとすれば、Cは、たとえ財界《シティ》がどんな態度に出ようとも、カティリナの選挙は自発的に手を抜くつもりだと申し出たそうだ、ただしもし元老院が今年の春アレクサンデルの発案に基づいて民衆派から提案された十人委員会（原名はデケムブリウス）、失業者の移住問題にとりくむあの委員会の制定を認めた場合に限るという条件がついている。（土地問題の解決案だ！）カトーはまだ何も意志を表明していないそうだ。わたしはこういう話し合いがあったことは何も知らなかったが、それでもわたしは昨日被保護民の面会時間にCの手紙をカトーのところにもっていった。主室はたいへんな人ごみだったのに、わたしはすぐなかに通された。この面会時間の業務にくらべたら、うちの面会時間などものの数ではない。この邸には、町ひとつそっくりぐらいの人数が押しかけてきており、十数人の秘書が整理に当っている。被保護民の面会者のなかには、自分も数人の秘書を連れてきている商人の姿もみえる。昼前に赤ぶどう酒を五瓶もあけてしまう大酒飲みであることをローマじゅう知らぬものはない、小柄で小肥りの男カトーは、わたしの目の前で手紙を読み、わけのわからぬことをぶつぶつ呟き、その手紙を彼の首席秘書に渡した、秘書もそれを読み、それからふたりはめくばせをかわした。わたしは、Cには書面で返事をすると伝えてくれといわれた。部屋をでるときわたしはカトーが「奴さんそろそろいらいらしてきたらしいな」と呟くのを聞いた。

アレクサンデルは、わたしがこの話をするとひどく驚いたようだった。彼にこの話をしたのはまずかったのだろうか？

十月二十三日

またカエビオの母親のところにいってきた。彼女は、カエビオがいまの職を失ったら、カティリナの一味になるつもりだと言っていると話した。カティリナの一味は仕事口を約束してくれているそうだ。わたしのあの優男《やさおとこ》のカエビオが兵隊になるとは！

もちろん、あの連中はおそるべき貧困のなかで暮している。八階建の貸し家だがいまにも倒壊しそうで、通りから三本の太い丸太でつっかえ棒がしてある。この家に二百人以上が住んでいる、あれが住むといえるならの話だが。膿だらけの目をした子供たちが、腐りかけた階段をころがり落ちる。この貧民たちの食うものといったら（それさえ量は十分でないのだが）、われわれの家ならごみ溜めにほうりこんでしまうような代物だ。

わたしはカエビオに対して正しくない態度をとったのではなかろうかという考えを追い払うことができない。彼はただ、経済的な圧力に耐えることができなくなっただけなのだ。彼はわたしに裏切られたと思ったのだ。わたしは突然彼の家賃さえも払ってやらなくなった。しかしわたしが自分の臍繰《へそく》りをCに貸したなどという事情を彼に説明できるわけがない。こんな弁解が彼にとって何の役に立つだろう？　あれ以来、わたしはCに対しては事あるごとに貸した金のことをほのめかしてきた。彼はぜんぜん反応を示さない。それなのに、キンティアには真珠の腕環を買ってやっている！（しかも後払いではない。わたしは、今さら彼に現金払いでない品物を渡す宝石商などひとりもいないことをはっきり知っている）目下のところ彼はまたふところ具合がいいのだ。

十月二十四日

ふたたび政治に身を入れることによって、ほかのことは目をふさぐことにしてみよう。Cとは仕事がとてもやりにくいことが多い。何日も箸ひとつ動かさず、一言も口をきかず、なにも決断せず、なにも命じない。そういうときには、地区選挙対策委員をしているような単純な男が、Cに愛想づかしを言い、彼には決断力やねばりがあるのだろうかなどと疑っている声が聞こえてくる。「彼はあっちにふらふらこっちにふらふらしているぜ。言うことは曖昧だし、なにもかも混乱して、彼がどんな決心をするのか誰にもわからない。彼は偉大な男だが、残念ながらつねに大人物の自分でいることはできないのさ」こういう市井の男が政治的な闘争のはてしない複雑さについてもっと知っていたら、また指導者自身が決断を下すときどれほどいろいろな条件に縛られているか、指導者である彼がまるで意のままにされてしまうような他の連中が存在しているために「決して彼自身であること」などはありえないということを少しでも知っていたら、決してこんな言い方はできないであろう。たとえばCは今日からふたたびものすごく活動的になった。この選挙の際の民衆派の態度のなかにはなんだか変なところがある。アシアの徴税請負会社の有価証券は、十二社でまた高値を呼んだ。いったい舞台裏ではなにが起こっているのだろう？　なにか協定があったのか？　誰が誰と手を組んだのだ？　カティリナが政権をとったら、賤民たちを民会に登場させるだろうというキケロの警告もともかく今では先週のように、肩をすくめて聞かれることはなくなった。職人組合はもうカティリナに反対である。今はまた銀行まで寝返りをうったのだろうか？　Cは今やこの件を徹底的に究明する気になったらしい。わたしが晩方げっそりと疲れきっていた輿《かご》かつぎ人足から聞きだしたところによると、今日彼は商業区《シティ》の店の帳場を軒なみまわったそうだ。

彼はクロディウスに対して今夜わたしのいるところで、自分はいまカトーに、政治的なある問題の裁可を迫っているのだという話をした。（わたしはすでに、アレクサンデルが疑わしそうな様子で質問した内容（十月二十二日の日参照）をCに報告しておいた）「なにを裁可させるつもりなのかね？」とクロディウスは明らかに邪推深そうな様子になってたずねた。「ごく月並な問題さ」とCは答えた。ポマード頭の男はしかしなおしつこく喰いさがった。「穀物の無償配給案かね？」――「そう、それもある」とCはいらいらしながら言った。「しかし僕がもっと重視しているのは土地問題さ。ローマの失業者が土地を提供されれば、もう施し物をもらう必要はなくなるさ」――「でも今のところは連中は飢えているぜ」とクロディウスは言い張った。Cはすっかり自制を失った。腹立たしそうに彼は言った。「年がら年じゅう自分の胃ばかり指さしている連中相手には政治はやれないよ。まっさきに穀物倉庫を襲うような軍隊ではローマを占領することはできないじゃないか。この問題は大局的見地から解決する以外に解決のメドはないのだ。そういうごろつき連中が、ひとかたまりのパン以外にはなにも欲しくないといっていいるかぎり、いつまでもごろつきの境涯から足を洗えんさ。僕は政治家であってパン焼き職人ではない。おまけに、僕は自分から取り引きを持ちだしたのではなく、むこうから訪ねてきてくれないかと打診されたのだ」――「それでカトーはなんと答えたのかね？」とクロディウスは落ち着き払って尋ねた。「やつはしばらく考えさせてくれと言っている。乗るのがいやでもないようだぜ」――「どのくらい脈がある？」とクロディウスはたずねた。「僕はやつに言ってやった」とCはすこし穏やかになって説明した。「民衆派の選挙運営機構を、最後のひとりまでカティリナの応援に投入するぞ、もしこの裁可を行なわなかったら、とな」――「しかし君、その話はおかしいと思わないか。財界《シティ》はもう資金源をとめたのだろう」C「そのためだよ、僕がきょうの昼一日商業区《シティ》をかけまわっていたのは。財界《シティ》にはカティリナを選ぶぞといっておどしをかける必要があるのだ」クロディウス「しかも財界《シティ》はカティリナを当選させてはならない。つまり借金棒引きの公約があるからね。このことは元老院だってよくご承知だろう」C「われわれだって財界《シティ》に、いやがらせができるんだぜ、これは君だってよく知っているだろう。それにカトーだってこのことは承知しているぜ、きみ。それに今日からは財界《シティ》もそれを知っているぜ。それは僕が働いたからだよ。われわれは選挙民をカティリナに投票させ、支払いはカティリナが当選したときにすると約束することもできる」クロディウス「それで君はそうするつもりか？」C「事情によってはな」クロディウス「どういう事情かね？」C「裁可が行なわれなかったときさ、そんな愚にもつかんことを聞くな」　クロディウスは立ちあがった。「裁可が行なわれるかどうかはいつわかるんだ？」　Ｃ「今晩まだもうひとつ話し合いがある」　クロディウス「おれたちにはいつわかる？」　Ｃ「僕が情報を入手し次第すぐにさ、もちろん」――「よかろう」とクロディウスは手短かで不愛想に言った。彼はまもなく帰った。

ただよくないのは、そのあとＣが話し合いなどをせず、すぐにムキアのところへでかけたことだ。それでもとにかく、カトーからのかなり分厚い封筒が届くまでは待っていた。あの封筒のなかには、承諾書が入っていたはずはない。こんな大部な政治的な裁可承諾書があるものではない。わたしはこれからの数日のことを考えると憂鬱な気持に襲われた。

運命の皮肉と言おうか、わたしは四千セステルチウスを今になって手に入れた。この金がなかったためにわたしはあのカエビオを失ったのだ！　ムムリウス・スピケルがこの金を貸してくれた。もう遅すぎる……。

十月二十五日

Ｃは今日は選挙対策委員たちには居留守を使っている。それどころか被保護民の面会もことわった。誰にも申しひらきをしないですますためだ。

それなのに一方でたえず多くの人びとを引見していたが、そのなかに商工会議所のメンバーの姿も見受けられた。彼はどうやら、ありとあらゆる方面を打診しているようだ。

十月二十六日

Cは選挙戦たけなわというこのときに、ある海水浴場へでかけた。彼はわたしにだけはどの海岸にいくかを告げ、自分は完全に疲労を回復する必要がある、とても神経が参っているうえに、また不眠症がはじまりだした、と言った。彼はポンペイアにもこう言った。しかし彼がムキアと会うつもりなのはわたしにはよくわかっている。ムキアも自分の夫に、神経が参ったからと手紙を書くだろうか、そして夫のポンペイウスは、Cの妻ポンペイアのようにあっさりそれを信じるだろうか？　そのポンペイアは、偶然Cの部屋に入ってきたとき、Cが、十五年前に詩作したひどい六脚韻文詩「ヘラクレス」を荷造りの鞄につめているのを見ているのだ。この詩を彼はいつもご婦人に朗読してきかせるが、それは彼がほかに話の種がないからだ。静養の必要があることを彼はわたしにまで説明したうえに、わざわざ頭が痛いようなふりをして手で頭を抑えるような大袈裟な芝居を実演してみせた。

クロディウスや選挙事務局が、Cが旅行に出たという噂を聞いたら何というか、これは面白いことになりそうだ……それに〈キノコ〉まで旅行中なのだ！

わたし自身としては、Cが不在なのはおおいにありがたい。今わたしは小さな店舗を探している。カエビオのために香水屋の店を開いてやろうという決心を固めた。彼は、自分の意志を決定するとき、どんなことにも束縛されてはならない。彼が身売りするのを、わたしは黙って見てはいられない。

家賃は比較的安くなった、それはこのところ強制執行によって競売される店が増えているためだ。銀行は今や容赦ない処置をとっている。商店に対する貸付金はびしびしとりたてられている。店主たちにしても歩合制で店をまかせられる自分の奴隷や解放奴隷がみつからなければ、店の家賃を無駄払いしていることになる。店の所有者の標札をみると、ローマに外国人の数がどんどん増えていることがわかる。アシアから奴隷を輸入した結果がこれである。アレクサンデルはこのことについてこう言った。「ポンペイウスはローマ人を征服したのさ」と。

十月二十七日

午前十一時ごろ、スブラ地区を下って、白い腕章を巻いた青年の一隊が進撃してきた。これは、ついここ二、三日前から「商人階級」出身者をもって急遽編成された、キケロ氏の息のかかった市民防衛隊である。住民たちはこの部隊を黙って物珍しそうに眺めていた。わたしは家々の小さな窓の、道路側に張った綱にぶらさがっている洗濯物のあいだから、びっくりしたような住民の顔がいくつものぞいているのを見た。キケロ氏は彼の共和国の防衛にのりだしたのだ。

正午《ひる》ごろわれわれは、突然、確定的なことのようにひろがる噂としてだが、この戦闘的なデモンストレーションの行なわれた理由は、カティリナ党の鷲の旗印を掲げて挙兵したためだと聞かされた。いよいよ内乱が始まるのだろうか？　カティリナ一味は、以前はスラの軍団に属していた歴戦の強者《つわもの》ぞろいの軍団を配置しているという。たしかにエトルリアには、スラの軍団の除隊兵たちがたくさん移住させられたはずである。彼らの農場は、みな借金で首がまわらなくなっている。穀物栽培は、小規模にやったら決して儲からないものなのである。

十月二十八日

選挙。町は早朝から大変な騒ぎだった。いたるところで行列が行なわれ、街頭演説、プラカード、投票者たちをのせた車でごった返した。警察が総動員されていた。

練兵場《カンプス・マルチウス》はキケロの親衛隊である新たにできた市民防衛隊で埋まっていた。彼自身が選挙が無事行なわれるように陣頭指揮に当った――話によると彼は長衣《トーガ》の下に胸甲をつけていたそうだ。わたしはひょっとしたら遠くからでもカエビオの姿をみかけることがあるかもしれないと思って正午《ひる》ごろ練兵場に出かけたが、そのとき、キケロが武装した連中に囲まれて、高い仮設の雛壇の上に坐っているのを見た。暗鬱な、荒れ模様の天気だった。たいへんな混雑だった。百人隊《ケントゥリア》単位の投票者たちが（ローマの選挙では百人隊での集計結果が一票に数えられる）それぞれの組の集計結果をだすための投票箱にゆくときの通路になっている、板をたてかけた坂道のところまでは、とうてい近づくことができなかった。群衆のなかにカエビオの姿はみつからなかった。いちどカエビオの姿をみかけたように思った。一目で若いとわかる男が、整理用のロープにそって、立ち止まらずどんどん歩いていく、その歩き方がカエビオに似ていたのだ。しかし頭の恰好はちがう。わたしの心臓は数分間のあいだ激しく打った。しかしわたしの立っている場所はそこから離れすぎていた。あれが彼であったはずはない。

帰宅する途中でもう泥酔しているやつらを見かけた。この選挙騒ぎはなにもかも胸が悪くなる。

選挙日の前夜もひどかった。買収金の払いが完全に済んでなかったために各選挙区の代表がひっきりなしにやってきて、Cに会わせろと攻めたてた。もちろんCが旅行中などということを信ずるものはひとりもいなかった。彼に対してみな烈火のごとく腹を立てた。Cは選挙区の代表をずっとそのまま放っておいたので、有権者は今日の朝までもらえるはずの買収金をあてにして待ちぼうけを喰わされ、どたん場にきて、もう自分の一票がただ同然の値打ちになってしまったときに、二束三文で叩き売る羽目になってしまった。反対派は、全投票数の五十一パーセントをとりさえすればよかった。そこで民衆派の票田のほんの一部を買収すれば、勝利は確実だったのだ。しかもこの票は、有権者同士が投票直前になって値下げ競争をはじめたので、一票につきえんどう豆スープ一杯で買収できた。反対党は、わざわざ駆けまわることなく、いながらにして票を買い上げることができたのだ。相当数の有権者は、自分の票を持ち腐れに終らせてしまった。

カティリナの対立候補はふたりとも元老院派（閥族派）であった。

Cが元老院と話をつけたというのは本当だったのだろうか？　平穏裡に民主化（民衆派的政策）が行なえるものだろうか？　そうとでも考えないとCの態度は理解できない。カトーから貰った金包だけではこんな結果になるはずはない。

十月二十九日

カティリナは落選した。彼はひどい憂鬱におちこんでいるそうだ。

しかし、彼の意図が挫折したとは誰も思っていない。たいていの人びとは、彼が武力に訴えて決着をつけるだろうと思っている。議会《カピトール》では彼の画策する余地はもうまったくない。これから行なわれるふたりの護民官の選挙がどうなっても、もう情勢は変らないだろう。護民官の立候補者さえまだ公示されていないし、おまけにこの選挙に対する興味はもうほとんど誰ももっていないようだ。なにしろ元老院派があれほど圧倒的な大勝利を収めたあとだから。

噂だが、徴税請負会社は、今やポンペイウスを思い通りに動かすことができるようになったといわれている。しかし新しく選ばれたふたりの執政官が、二、三の銀行とポンペイウスのあいだで結ばれた契約を裁可するかどうかは、これとは別問題である。

Cは相変らずカンパニアに行ったきりだ。彼は本当にそこに行っているのだろうか？　それともエトルリアに行っているのだろうか？　ポンペイアとCの母はひどくいらいらしている。わたしは今日老刀自《ろうとじ》の泣いているのを見かけた。うちの邸の壁には、地面から三メートルもあるところに黒文字で「気をつけろ、イカサマ野郎め！」と落書きがしてあった。それが門のすぐ脇なので、被保護民の面会時間にたずねてくる連中の目には必ずふれてしまう。

あれ以来はじめて床屋にいった。客はみんな、エトルリアにおけるカティリナの軍隊のことを話題にしている。この連中はみんなカティリナの借金棒引きという政見をあてにしていたのだ。カティリナのことはみんなよく言い、キケロのことはみんな悪く言う。屠殺屋タイプの太った大柄な男は、キケロのことを民主主義の裏切者だと言った。

十月三十日

有権者大衆がこれほど激怒しているとなると、わたしたちもこれから当分の間、大事なものはみんな隠しておかなければならないだろう。昨日は壁にまた落書きがあり、今朝は主室に拳《こぶし》大の石ころが投げこまれた。

Cはもう帰ってきた。彼はエトルリアに行ったのではなかった。わたしが彼に、ご母堂はひどくご心配ですよと言うと、彼はかなり驚いたようだった。

わたしが彼に、クロディウスが気違いのようになっている、と告げると、彼はただ笑っていた。「やつは散々なめにあったよ」と彼は言った。民衆派の選挙民がかんかんに怒っているということを、彼はあまり悲劇的にとらなかった。「自分の意見(この場合は投票を指す)を売るつもりなら、ほかの商品と同じで売る汐時が大切だ。当然さ、気のいいやつは、自分の票を、宝の持ち腐れにしてしまった、ちょうど値をつり上げようとしていつまでもねかせておいたために売物の魚を腐らせてしまったようなものさ。これは自業自得というものだ。連中もこれから、人間は胃袋ではなく頭で考えなければいけないということを学ぶだろう」彼はその気になれば、相手の心配ごとをたやすく打ち消してやることができるのだ。こういうときは彼は大きな視野でものを見ている。

彼はまた、小さな農場主のおかれているひどい窮状について話した。彼らのあるものは、息子たちや夫たちが戦場に出ているので収穫をすることもできない。彼らは穀物の値上がりをあてにしている。値が上がらなければ破産してしまうのだ。カティリナがローマの失業者に穀物の無償配給を公約したことは、多くの農民をカティリナ反対の方向に走らせた。Cは不安定な土地問題の解決の見通しをもつ、民衆派の政見に好意的な言葉を吐いた。

とするとどうやら彼は、いま世間がその話題でもちきりの元老院派の勝利を、それほど確実なものとはみなしていないのだ。

わたしがすっかりいい気分でいるとき、カエビオの弟がやってきて、以前わたしがカエビオにプレゼントした金のメダルを入れた小箱を黙って渡していった。

深い絶望に陥る。

十月三十一日

ポンポニウス・ケレル（皮革屋）の話だと、財界《シティ》では仲間われやいがみあいで大変だそうだ。ひどい不平不満だらけで、カティリナの肩をもつグループもまだ存在しているそうだ。これはわたしには説明がつかない。彼の運動が、これから前代未聞というほどラジカルになるだろうと予想される今になって、まだ彼に肩入れするとは！　ゆきつけの床屋の常連の屠殺屋ならそういうこともあろうが、銀行家のオッピウスのような男が？　不可解きわまる。

Cはアレクサンデルおよびクロディウスと短い話し合いをした。アレクサンデルはCに挨拶したとき（あの選挙の失敗以来はじめてだ）ひどく憂鬱そうだった。まっとうな人間として彼は、Cの態度をひどくまっとうでないと思ったので、狼狽していたのである。彼にくらべればポマード頭のクロディウスは、ひどく丁重な態度だった。Cは彼にはもう、「分け前をやった」にちがいない。

ともかくクロディウスは、有権者大衆が激昂していることについて詳しく報告した。解散した街頭のクラブの指導者たちが彼のところにやってきたという、こういう組織は、今になってまた活気をとりもどしたらしい。クロディウスの報告ははなはだ曖昧なものだったけれど、目下こういう指導者たちは、彼にCとは手を切れと要求しているという。今もちろんCがみんなからひどく憎まれているためだというのだ。

Cはこの話にかなりショックを受けたようだった。

Cは選挙直前に銀行がいくつか潰れたことについて詳しい報告をした。

彼は、銀行頭取Xのところに、選挙資金用の金をとりに行ったときのことを報告した。彼がそこへ行って坐るか坐らないうちに、その頭取は、彼にむかって冷たく、「さあ清算しましょう、どうか明細な会計報告を出して下さい」と言ったそうだ。これはCにはまったく青天の霹靂だった。Xはすこしくどくどと何かしゃべったあとで、なげやりな調子でこう言ったそうだ。「わたしはいろいろ手を尽してみたが、どの大企業にでかけていっても約束の金は貰えなかった、どこへいっても異常に金詰りだという泣き言を言われたし、大銀行は、相変らず不安定なアシアの商売にはまりこんでいる、カティリナの選挙スローガンは、あまり攻撃的な調子すぎてぶちこわしだ」等々。そこでCは彼に、クラッススなら何と言うだろう、とたずねた。Xは、一言一言を吟味しながら、ゆっくりと答えた。「わたしはここ二週間というもの、クラッスス氏のことをなにも聞いていない。しかし昨日彼は手紙で、選挙資金の彼の分の分担金を、他の分担者も約束した政治献金を払い込んだ場合だけ、選挙事務所へ払い出すようにと指示してきていますよ」

Cはもちろんすっかりあわてて、じゃわたしをはじめからそのつもりで欺したのか、これじゃわたしは民衆派の選挙対策委員会では面目が丸つぶれだ、と強硬に抗議した。しかし頭取は図々しく彼を見返してただこう繰り返すばかりだった。「いくらでもあなたの要求の正当さを主張なさるがいい、わたしはあなたと話をつける全権をまかされているんですからね」

あまり気持のよくない沈黙の間があったあとで、クロディウスはほとんど声にならない声で言った。「ともかく〈キノコ〉の帰ってくるのを待とう、すべては彼次第だ」これを聞くとアレクサンデルがひどく狼狽し、なにか二言三言わけのわからぬことをしゃべっていたが、よく聞いてみると、クラッススがもう帰ってきていることがわかったのである。

Cとクロディウスは唖然として互いに顔を見合わせた。

アレクサンデルは大急ぎで、わたしはクラッススが「この二、三日ちゅうには」会合をもつ機会をつくってくれるにちがいないと思います、と言った。
みんなすっかり打ちしおれて散会となった。

十一月一日

パンの値段がまたあがった。穀物を扱う会社は気が狂ったのだ。いったいなにを狙っているのだろう？　飢えた群衆の暴動でも起こしたいのか？　これではすべてのものをカティリナに握られてしまう。しかしきっとそのつもりなのだろう。ただ、なぜこんなことをするのだろう？　それではなんのためにこのあいだのカティリナの選挙をわざわざぶちこわしたのだろう？

元老院でキケロが資本の国外逃避に対する役にもたたぬ禁止処置をとることに奔走し、出港する船の船上では警察が持ちだされる金を捜索する手入れを行なっているのに、そこから数歩しか離れていない民会広場では、穀物の相場師たちが気違いのような騒ぎを起こしている。まったく狂気の世界だ。

ローマにはなによりもひとりの「強力な指導者」が必要だということがますますはっきりしてくる！　ローマはアシアの戦利品がもとでひどい分裂を起こしている。

十一月二日

Cはプレネステの養馬場の馬を補充してまた厩舎をいっぱいにした。彼とポンペイアには、新しい最高種の馬を乗りならすことが何よりの楽しみなのだ。今度の金の出どころはカトーからきた封筒のなかみだけではない。きっと財界《シティ》からも相当の金包をもらったにちがいない。

クラッススからは相変らず一言の挨拶もない。

そのかわり法務省から役人がひとりやってきた。彼の話によると、解散させられた街頭のクラブはふたたび組織され、精力的に地下活動を進めているそうだ。法務省に入った情報では、Cに対してひどい非難が行なわれているということだ。Cはガードマンといっしょでなければとても外を歩けまいという話だ。

十一月二日（夜）

カエビオの弟に、わたしがいま店を手に入れる交渉をやっていると伝えた。そして、彼に店を世話してやることに対してどんな条件もつけないことをはっきり保証した。

グラウコスはひどく興奮していた。剣技奴隷はすべてローマを退去させられることになったのだ。グラウコスも警察から、カプアに行くようにという命令をうけた。どうやらキケロ氏は、カティリナ派の運動が、この選挙に敗れた今、もっと激しくラジカルになることを懸念しているらしい。キケロは、今やカティリナが、彼の一味徒党の募集を奴隷たちのあいだに拡げることまでやりかねないと思っているのだ。キケロのとった処置は決して見当外れではない。事実グラウコスも、彼が剣技の教師ではなく、戦闘隊の隊長であることを白状しているのだ。だからといって、カティリナの陣営が、奴隷を平等に扱う制度を推進しているというわけではない。グラウコスはただ、大変動が起これば、被解放奴隷になるために必要な金を手にいれられるだろうと目論んでいるにすぎない。ローマの平民は誰ひとりとして、奴隷全体の反乱などという厄介な重荷まで背負いこむ気はもっていない。突然奴隷まですべて選挙権が与えられるようになったら、選挙権——もちろんこの場合選挙権があるから買収金がもらえるということだけが問題なのではない——には何の値打ちもなくなってしまう。だから、グラウコスがいささか憤慨しながら言ったように、カティリナの軍団内でも、奴隷たちは「奴隷なみの地位に止めておく」ためのあらゆる処置が講ぜられているという。彼はこのことではもう何度となく情ない思いをしたそうだ。

Cは彼に手紙をもたせて財務省に使いにだした。彼に対する訓令はあとで取り消された。

十一月三日

やっとクラッススが声をかけてきた！　奇妙なことに彼は数人の元老院のお偉方と来訪する

と告げてきた。

Cは客たちに新しい馬場を見せた。「青い馬に乗る月の女神《ディアーナ》」は、この客たちにも首をひねらせた。一同の意見では「馬は青くない」というのである。Cは、これを書いた画家を代弁しながら言った。「しかしわれわれのこの時代には、政治家は時としては政治家であってはならないことがあるし、財界人が金をもってはいけないこともあり、神官が神々を信じてはいけないこともありますよ」

みんな笑った。なにしろC自身が大神官の地位にあるのだから。

現代芸術を理解するのは財界《シティ》の連中だけだ（このあたりは、ブレヒトがルカーチなどと戦わした表現主義論争を連想させる）。

元老院のお歴々は「カティリナの馬鹿騒ぎ」をいまだに深刻なこととは思っていない。ある男はこう言った。「三十四の地区の屑どもがいっせいにずだ袋をかついで民会広場の両替所に行進をはじめるのを見てはじめて、財界《シティ》の連中もきっと頭に血がのぼるだろうぜ」太った土地貴族は、わが家の極上の料理であるウズラの肉を盛んにパクつきながら、にやりと笑って言った。「職人組合の連中は、自分たちの仲間ののらくら者どもに穀物の無償配給を要求したとき、カティリナを執政官に選挙するぞという言葉を脅迫の種に使いました。ところで今はどうです、穀物の無償配給は行なわれず、カティリナは執政官になりませんでした」

「だが職人組合と取り引きはしたじゃありませんか」と〈キノコ〉が腹立たしそうに言った。

「あの連中に愚かしい行為をさせないためにね。これからはもうあんな取り引きは二度とやらないぞ」このお歴々の自信のほどときたら腹が立つほどだ。

元老院が実際にもっている巨大な力を過小評価してはならない。元老院とはとりもなおさず国家なのだ。三百のこの世襲貴族たちは、ほとんど例外なく広大な土地を所有している。この連中が、凱旋行列のときに黄金の車にのってローマの通りをねり歩いたり、兵隊を募集したり、裁判官としての職務を果たすところをいやというほど見てきた。水道工事をやろうと思うものは、まず元老のひとりのところに行かなければならない。どの貴族も、町なかに何千もの被保護民《クリエンテス》をかかえている。それは小商人、職人、小作人、軍需品卸商、などといった連中だ。貴族たちは、その階級のなかだけで結婚や離婚をし、属州むけの推薦状を書いてやり、官職に就きたいものに紙片一枚をかいてやれば、門戸はたちまち開かれるのである。

ほかの客たちが帰ってしまっても〈キノコ〉はまだ残っていた。今の会話で彼はひどく気色を悪くしたのである。「やつらは一歩も譲りそうもないな、そうだろ?」と彼は言った。「もっと圧力をかけてやらなくちゃいかん。やっぱり選挙では、強引にカティリナを勝たしておきゃよかったかもしれないな、そうすればやつらだって今ごろあんな口はきけなかったところだろうぜ」Cはびっくりしたように彼をみつめ、それから、一見興味なさそうな様子でぼそりと言った。「じゃいったいなぜ君はあの選挙でやつを落選させちまったんだい?」——「救いようがなかったさ」と〈キノコ〉は物憂そうに言った。「職人組合さえカティリナに反対と出たんだから」それからしばらくして、彼は天井を見ながら、こう言い足した。「これでカティリナはどう出るかね？」――「たぶん引退するか攻勢にでるかどっちかだな」――「暴動を起こすっていうのかい？　ローマじゃわずかの見込みもないぞ。キケロ氏のみすぼらしい市民防衛隊とルクルスから借りてきた数千の剣技奴隷の手でも鎮圧されてしまうさ」――「しかし彼だって軍団をもっているぜ、エトルリアに」――「だがそいつを維持する金がないさ」Cは注意深く彼の顔をみつめた。「君は今でもまだこの件に関心をもっているのかい？」〈キノコ〉は彼のまなざしに応じて答えた。「もちろんさ。やつはもっといろんな手をみせなければいけない。今までのところは彼はせいぜい、いくつかのサロンの連中をあわてさせた程度にすぎない。いったいなぜやつは自分の軍団といっしょにいないのだ？」「僕に、やつに聞いてくれというのか？」とCはまるで冗談でも飛ばすように言った。「そうすれば僕はきっとやつから、なぜ君が資金をとめたのか教えてくれと言われるぜ」「なぜわたしが金をとめたなどと言うんだ。ぜんぜん金をとりにこなかったんだよ。愛するガイウス」――「こいつは大変面白いことをうかがったぜ」とCは言った。

十一月四日

クロディウスの秘書パエトゥスから聞いたところによると、蟄居《ちっきょ》しているカティリナを（彼はまだローマに滞在しており、彼のパトロンたちよりももっと暴動の起こるのを恐れているらしい）おびきだそうとするいろいろな試みがなされているそうだ。クロディウスはカティリナ派のクイントゥス・クリウスの愛人であるフルウィアと長い会談をしたそうだ。フルウィアをキケロのところに送って、一切を暴露させようという工作だという。「キケロは老いぼれの好色漢さ。だからただで何かが貰えるというのに、それを我慢していられる男ではない。彼女は一切合財をぶちまけ、それどころかもちろん自分の裸まで彼に暴露してみせる。こうなったらしめたもの、あとはキケロに際限のない弱味ができるからいくらでもつけこめる」

パエトゥスはわたしに気があって、わたしを追っかけまわすのでまったくやりきれないが、しかしこういうちょっとした情報を手に入れられるなら一晩つぶしても潰し甲斐があるというものだ。

十一月五日

Cがいま市内でますます流行の兆《きざし》を呈してきた地所の投機熱に浮かされていることがだんだん心配になってきた。

わたしは、彼の口述筆記の仕事が終ったとき、わざと大袈裟に地所の地図を片付けた。彼はわたしにむかって微笑んでみせてこう言った。「ムキアが、すこしわたしに地所を買っておいてくれと頼んできたものだからね、ちょっと相談に乗ってやったのさ。わたしだって金が遊んでいれば、買いたいところだね」

なあに、わたしを欺くことはできないさ。金が遊んでいれば、だって！　ムキアは金をもっているらしい。何といってもポンペイウスの奥方だ。

土地の購入には巨額な金がいる。少なくとも五百万にはなるだろう。ごく最近、土地の値は高騰している。

Cは目下のところ、明らかに財界《シティ》のトップクラスとうまくいっているらしい。さもなければ地所の投機などに乗りだせるはずがない。噂の種になったように、彼が、財界《シティ》がけっしてカティリナの当選を許さないだろうと見てとるや、たちまちカトーから、カティリナ選挙をサボタージュするという条件で小切手を引き出したというあの件では、人びとは彼を悪く思ってはいない、それどころかその話を面白がっている。

十一月六日

今日もまたこの邸の図書室で、秘密の会合がもたれた。やってきたのはたいていはこの町でも有名なカティリナ派の過激グループ、クリウス、レントゥルス、スタティリウスといった連中だ。もと執政官で、この首都でも名うての遊び人、社交界の破産者のひとりであるレントゥルスは、〈ふくらはぎ〉という綽名《あだな》をもっているが、それは彼が、元老院議員全員のいる前で、極悪非道な収賄行為を暴かれたとき、ぬけぬけと、自分は潔白を証明することはできないけれども、子供たちが球戯をしているとき、反則を犯した子供は、罰として自分のふくらはぎを、蹴るボールの的にさせられる、しかもいちばん痛くボールが当るように脚をあげていなければならない、自分もあんな風に脚をあげたい、と答えたためだという。スタティリウスは、痩せて背が高い男で、彼の父は銀行の破産でその財産を失ったというが、非常に教養があり、Cと何時間も文法を話題にして話をしていた。〈ふくらはぎ〉の考える暴力的な過激自由思想は、彼を困惑させた。自分がこの蜂起計画に参加したのは、ただ「暴君ども」に反対だからなのだ、という点を彼はしきりに力説した。クリウスはたいした男ではない。

すこし酒が入ると、三人とも口を揃えて、カティリナがまだ躊躇していることの不満をぶちまけた。カティリナは残されたただひとつの道をなぜ進まないのだろう。彼はローマを離れようとせず、なんの効果もない話し合いをやめもしない。そんなことをしているうちにもエトルリアにいる彼の軍団は、散りだしている。兵隊たちは、金にはまったく目がなく、ちょっとでも金の臭いのするほうに引っぱられるのだ。それに彼らは猜疑心も強い。〈ふくらはぎ〉は、財界《シティ》のやっている火遊びや、「武装蜂起を支持する財界《シティ》シンパのクラブ」のことなどをしきりに冗談の種にした。

ところでわたしは、カエビオのための店の準備を完全にすませるまでは、彼と会わない決心をした。壁の色には、とても明るい青を選んだ。すこし迷ったが結局、磨きをかけた栓のついている、高価な美しいエジプト製の酒瓶を買ってしまった。

もうほとんど完成したこの香水店をカエビオの弟にみせたとき、彼はしばらくはぽかんと口をあけてみていた。それからただ「兄さんも馬鹿だなあ」と言った。

十一月八日

キケロが元老院で、センセーショナルな大演説をぶった。彼はカティリナの自分に対する暗殺計画を暴露したのだ。彼はひっきりなしに「わたしはすべてを知っている！」と叫んだ。とするとやっぱりフルウィアが一役買ったわけだ。

わたしはクラッススあての手紙をもって、元老院議会の開催されている、ユピテルの神像を祭る神殿に行った。寺院の前の聖者通りは、元老院議員たちを待つ輿《こし》の洪水だった。のぼせあがった秘書たちが右往左往している。輿かつぎの人足たちは、大抵カティリナびいきで、元老院議員を冗談の種にしたり、彼らに静粛にするようにと注意する秘書たちをあざ笑ったりしていた。

カティリナもこの会議に出席していた。彼の輿人足は、この神殿の前のスターだった。ほかの連中は彼のまわりをとりかこんで、彼の言うことを一句もきき逃すまいとしていた。この男は大柄でなかなかの美男子だった。

わたしは元老院議会のなかもちょっとのぞくことができた。この物凄く広い場所が人で埋まっていた。ローマにいなかった元老院議員たちは、田舎の彼らの領地から、早駕籠《かご》で呼び返された。会議はすでに進行中だったが、キケロはまだ来ていなかった。単調にマケドニアに関する報告をしている演説者には、誰も耳を傾けていなかった。話し声がしだいに高くなり、なかにはいくつかのベンチをへだてて話をかわすものもいた。ここでも冗談が飛び、笑いが起こったが、ただこの笑い声は、そとの人足たちの笑いよりも脂ぎっていた。しかし一方の壁ぎわの、大火鉢のまわりには、もっと真剣な顔をして話し合っているグループがいるのに気がついた。これはビジネスの話をしているのであろう。

あとできいたところによると、キケロの渾身の力をこめた大演説を聞いても人びとはそれほど興奮はしなかったそうだ。しかしそのあとでカティリナが自己弁護の演説を行なっているあいだに、彼のそばに坐っていた連中が、まるで伝染病患者を避けるように、彼のそばからだんだん離れていくのが見ていてもはっきりわかったそうだ。

元老院はもう長いこと彼に対して驚くべき忍耐を示してきた。もっともお偉方たちはこれまでだって彼を種に利益だけを得てきたのだ。選挙のことを考えてみるがいい！　キケロのヒステリックな攻撃だけでは、元老院は腰をあげもしなかったろう。ところが最近になって、大きな荘園のいくつかで、奴隷のあいだに不穏の兆がみえるようになってきたといわれる。これに関する詳しいことはまだよくわからないが、今日の会議ではっきりわかったのは、こういうたぐいの事態の起こった責任をカティリナに転嫁しようとしていることだ。これでカティリナは本当に逮捕を待つばかりとなった。彼は反撃にでるだろうか？

十一月九日

カティリナは、二百の同志と——そのなかには貴族の子弟も多い——ローマを離れた！　エトルリアにむかう途上だという。いよいよ内乱になるのだろう

十一月十日

カティリナのローマ出発は、ローマの町でいま噂されている新しい話ですっかり影が薄くなってしまった。ポンペイウスの依頼をうけて、十三日の護民官選挙に立候補するため彼の義弟のクイントゥス・メテルス・ネポスが首都に到着したという噂だ。また彼の立候補は、元老院

では冷淡にあしらわれたという噂もある。カトー自身は、彼とともに護民官になるつもりらしいが、それが彼を補佐するためでないことはたしかだ。アシアからやってきたこの男の当選はもちろん確実である。彼はブルンディシウムに上陸すると、「金一封」のはいった籠をたくさん手に入れたにちがいない。もうその時から彼は商工会議所の客分だったのだ。Cも彼の来訪を待っている。

十一月十一日

フルウィア「あのネポス大佐っていう人はすごく魅力があるわ！　偏頭痛がするときまって国家転覆の馬鹿話を始める近ごろの坊ちゃんたちとはまるで違うの。わたしのクリウス坊やが『おれたちが天下をとれば』なんて話を始めると、あたしむかむかしてくるのよ！　ところでネポスは真面目になってわたしに保証したわよ、ポンペイウスが（あの人はポンペイウスのことを『ボス』といっているわよ）とても民衆(主)的な考え方の人だって。彼こそローマのなかで唯一の民衆派といえるのだって。もちろん、あなたも（Cにむかって）民衆派よね。ローマのご婦人連が、あの人に近づこうとして夢中になってる様子ったら、まったくはしたないわ、お互いにつかみあいをせんばかり！　でもあの人は決して乱れたりしないのよ。あの人が姿をあらわすところにはきっと女たちがでかけていくんですもの。アシアにいたローマ人、家柄は上等で、筋骨たくましく、武勲赫々という男でしょ、ローマでは、ぶくぶく太って、洗煉《れん》されすぎた男たちしかいないのだもの、そうよ！　あの人は、なんともいいようのないほどウエストが細いのよ、おわかり。わたしはあの人に言ったわ、『あなたはきっと腕環をバンドのかわりにお使えになれそうね、わたしの腕環じゃだめかもしれないけど、ムキアの腕環ならきっと腰にはめられるわ！』そう言ったらあの人とても笑ったわ」

床屋にいくと、「アシア帰りの大将」のことで大論争が行なわれていた。彼が「ポンペイウス親分のささやかな望み」のすべてを代弁するようになることは疑いないが、彼の仕事が何であるかも「やがてローマの人たちにわかって」くるだろう。もっとも数人の連中は、カティリナ派の運動は、多少ともこの男の頭を悩ますだろうということをしきりに強調していた。

カティリナがローマを去って以来、彼への人気は明らかに増している。彼が陰謀計画の加担者の主だった連中をローマに残していったことは誰でも知っている。そのうち二、三人は、今なお平気で元老院議会に腰を据えている、レントゥルス（〈ふくらはぎ〉）もそのひとりで、法務官として警察力を翼下にもっているのだ。最も有能な男ケテグスは、八日の朝、キケロの邸に、彼のいうところによれば、キケロを殺害するためにあらわれたふたりの刺客のうちのひとりだったそうだ。それなのにキケロは、ケテグスに対してなにも対抗策を講じようとしなかった。陰謀の加担者たちはみな完全に自由に市内を濶歩し、秘密集会を行ない、カティリナと連絡をとっている。そして彼らの戦闘部隊に加入する奴隷の数はますます増えている。キケロは今は外出のとき長衣《トーガ》の下に必ず胸甲をつけているといわれる。（彼は上衣に切れこみをつくって鎧が見えるようにし、彼の身の安全がいかに脅かされているかを人びとに示そうとしている！）元老院はカティリナ追討の軍団の編成の仕事にはまったく手を抜いている。

夜聞いた話では、民会は今日相当なショックをうけたそうだ。群衆の手で、両替所が二軒も襲われたのだ！　事の起こりは、ある人が銀行で返還を請求された借金を払い込もうとしたら、突然利子が高すぎるのに気づいたことだった。もちろん彼には利息の率は知らされていたわけだが、すごく増えてしまった元利合計額を示されたとき、この借入金を受けとっていた当の自分の姉の息子が、アシア遠征で戦死していることを思いだしたのだ。そこで彼はひどい乱暴を働き、そとにほうりだされることになった。するとたちまち、いったいどこからあらわれたかまるでわからないが、狂気のようになった群衆が民会広場《フォールム》を占拠してしまったのだ。群衆たちは、銀行の本店には近づけないので、――なにしろ銀行は青銅の頑丈なドアと、たくさんの守衛がいる――そのそばの小さな両替所を襲い、家具備品を一切たたきこわし、金庫を掠奪したのだ。財界《シティ》はもっぱらこの話でもちきりだそうだ。あるグループの人びとのあいだでは、噂によるとこの暴民たちが奪った金を公平に分配した（しかも居合わせた連中のなかで、アシアで身内のものが戦死したり、この遠征でそれ以外の損害を受けたりしたもののあいだで）ということにとくにショックをうけたという。ふつうの掠奪ならばこれほど心配はしなかったろう。

十一月十二日

すばらしい秋日和だ。夕方から、去年葉が落ちるころ、わたしのカエビオといっしょに並んで坐ったあらゆる場所を憂鬱な気分で捜し求めた。彼のいないことがひどくこたえるが、心を鬼にして当分は彼に会うことはすまいと心に決める。それでも夜中に何度もあの小さな店の前に立って、窓からなかを覗きこんだ。もうるつぼが設けられ、色とりどりの壺が並んでいた。彼はぜんぜんここに来ていないのだろうか？　彼の弟はきっとここの住所を彼に洩らしていることだろうに。

ところでこの路地には休業中の店が多いが、このことから、アジアにおける戦争が奴隷の輸入によって、アジアにおける平和が軍需物資の発注の停止によって、これらの小さな企業を二重に痛めつけたことがわかる

十一月十三日

ネポスとカトーが護民官に選ばれた。東方の征服者で、大きな権力の持ち主であるポンペイウスは、これによって積極的に政策に介入してくるだろう。ただし、彼の腹心であるネポスは、

カトーという人物を同僚にもつことによって、勝手な行動に対するブレーキ装置をかけられているわけだ。今日アシアからの金が湯水のように流れこんできた（どうやらローマの金も若干は混じっているようだが）。Cは、ほっそりしたウエストの持ち主であるネポスにはまだぜんぜん会ってもらえない。たぶん東方では、民衆派の遂行している政策は人気がないのだろう。

よりによってその今日という日に、また不穏な騒ぎがあって、護民官の選挙に不愉快な気分をもちこんだ。スブラの下層地区で、何軒かの家族が、家賃不払いのために住居を追われることになった。ところがその地区の住民たちは結束し、強制執行官とクラッススの奴隷たち（この貸し家はクラッススの持ち家だった）が追いたてに来たときに、エスクィリヌス丘に通ずる、急な坂の狭くて曲りくねった路地は、怒り狂った女たちと驢馬《ろば》でいっぱいになっていた。この驢馬は、群衆が選挙にそれを使っているある運送屋の家畜小屋から連れてきたものだ。はじめは群衆は——そのなかには奴隷もたくさん混じっていた——ただこの状況を面白がって、あてこすりの冗談口を大笑いしながら喝采していたが、もちろんその笑いにも怒りが混ざっていた。群衆のなかには、選挙日にはいつもみられる通り、もう酔っぱらっている者がたくさんいた。しかしこういう悪ふざけは、騎馬警官が出動するとあっというまに狂乱に変ってしまった。やがて本格的な戦いが始まった。群衆は、あとでカティリナの戦闘隊や街頭クラブのメンバーであることが判明した数人の若者に指揮されて、繰り返し建物の入口に後退したが、それは警官たちがそこまで追ってくると、高い建物に住んでいる住民たちが、彼らめがけてあらゆる容器から水をあびせかけることができるからだった。それから、「驢馬をいじめるな！」という叫びとともに屋根瓦が雨あられと降りそそいだ。しかしふしぎなことに、かなり長いあいだ流血の惨事には至らぬまま小ぜり合いが続いたが、最後に恐るべき椿事《ちんじ》が起こった。ちょうど警官隊がふたたび馬を上り坂の路地に乗り入れたとき、乾魚売りの中年女が、建物の入口に走りこもうとして、彼女の乾魚を入れた籠を落としてしまったのだ。籠は凸凹の敷石をちょうど上ってくる騎馬警官のほうに向ってごろごろところがり落ちていった。なかに入っている乾魚の値はきっと二、三アースにもならないものだったろうが。そのおかみさんは夢中で籠のあとを追いかけて、まっこうから突進してくる馬の蹄にかかってしまったのだ。一瞬にして彼女は血の塊と化してしまった。これだけでも相当具合の悪い事件だったが、はじめはたいして意味もなさそうにみえたある状況が、さらにそれに輪をかけることになった。つまり、ころがっていった籠は、この場合不幸なことにと言わねばならないのだが、まったく無傷のままだったのだ。そこで群衆は、そのなかに入っていたのがたった三匹のみすぼらしい乾魚だということを発見したのだ。この話はすごい早さでわずか数時間のうちに、ローマの旧市内全部に伝わった。貧しい人びとが、わずか三匹の乾魚のために命を張らなければならない状況にいるという話が、まさに反政府的な言論であることを、すべてのものが理解したのである。カティリナ派の連中はその日の晩、この婦人のために国葬を行なうと発表し、民衆にもこの葬儀に参列するように呼びかけたのである。
しかも、民会広場で両替店が襲撃をうけたのは、まだつい一昨日のことなのだ。

十一月十四日

まったくの偶然から、わたしはカティリナ派の陣営にまったく突然に財政危機が訪れたという噂を耳にした。依然としてカエビオからは、わたしが（なんの条件もつけずに）店を提供するという申し出に対して何の答も返ってこないので（彼の弟はわたしにただ、彼が信じられないというような顔で店のなかを覗きこんでいたとしか言ってくれなかった）、わたしはグラウコスを通じて彼に近づく決心をした。もちろんグラウコスに本当のことをうちあけたりするわけにはいかない。そこで彼にはただ、カエビオにいくらか金の貸しがあるのだと言っておいた。グラウコスはわたしを、履物屋《サンダル》通りにある飲屋につれていってくれた。ここはカエビオも所属している一味徒党が出入りしている店だ。カエビオは姿をあらわさなかったが、さっきも述べたように、そこに溜っている連中、大部分は失業者であるが、その連中から、彼らはもう三日も党（カティリナの）の仕事の報酬をもらっていないという話を聞いた。そこの気分はかなり憂鬱なものであった。

グラウコスは現在の「指導部」のことを口をきわめて罵った。彼には党の金庫がまったくからっぽだということがどうしても理解できないという。なるほど彼らは党の勤務をすれば日当はもらえるが、彼らも党費を納めているのだ。それに彼らは、屋内や野外の集会を催している。集会をやればそれによって若干の金は入る。彼の骨身にしみて知っているこういう小規模な金あつめが、党が別口から巻きあげてくる大規模な金の出所をカムフラージュするために役立つとはっきりわかっているなら、彼も割りきれない気持はもたないつもりだ。しかしこんな有様ではグラウコスも苦々しげにぼやくことしかできないのだった。「おれたちの党のダラ幹どもで、党の金庫の周辺にいるやつは、どうもちと暖衣飽食の暮しをしすぎているらしい、問題はそこだよ。こんなダラ幹のいることを少しでもカティリナにわかってもらわなければいけない。カティリナはこういう事情をぜんぜん知らないのだ」と。

十一月十五日

われわれのうちまでまたすっかり金詰りになってしまった。銀行は本当に献金をいっさいストップしてしまったらしい。これも例のネポスの指し金なのだろうか？　アシアの「偉大なるポンペイウス」がローマまでその手をのばして、銀行の金庫の流出口を塞いでしまったのだろうか？　ポンペイウスが暴動を歓迎していないことは明らかである。それとも銀行にこれだけ思いきった決断をさせたのは、いまかなり確実なこととして噂されているように、ふたつの両替所が襲撃されたというあの笑止な事件が本当にその原因なのだろうか？　それに〈キノコ〉はまたシシリアにでかけている！

ところで「下々の」連中のあいだでは相変らず根強く、カティリナおよび彼の最後の勝利を信ずる連中が絶えないことは、今日わたしがあの執達吏のなかで最もしつこい男、スピケルとかわしたあまり愉快でない議論からも明らかである。スピケルは、われわれに対して、洋服屋や魚屋の未払金のような小口のしかし大量の件数の強制取りたての命令をうけている。大口の借金（芸術品など）のことは言わずもがなだ。目下こういうけちな債権者たちが、嵐の前の虻《あぶ》のように血眼になって借金取りたてを騒ぎたてているのはまったく面白い。この連中はみんなカティリナの勝利を確信しており、そうなった暁には借金が棒引きされるから、もちろん、魚屋の未払代金にまでそれが適用されると思いこんでいるのだ。

われわれは、債権者に嗅ぎつけられないように、プレネステの別荘を売り払おうとしている。現金《ナマ》が欲しいからだ。わたしは二、三のギリシア製の彫像を、とても高くつくことは承知で、裏のルートで売却した。しかしそんなものは焼石に水だ。

すばらしいヘルメスの像はスピケルに差し押えられ、もってゆかれた。

こういう話はすぐに拡がってしまうのだ！

Cの母堂は、ポンペイアと別荘地に出発する前に、これでたぶん六度目だが、またCに先月貸した四百セステルチウスを返してもらいたいと言っていた。そこでわたしは、彼女の発ったあとでCに言った。「母上様には、スピケルに払うよりさきに、お金をお返しにならなければいけませんよ」Cは一瞬本当に悩ましそうな顔をしたようだった。ありがたいことに彼は夜になって突然二万セステルチウスをもって帰ってきた。これはともかく多少のつなぎにはなる額だ、明日はわたしも、毎朝八時にはもうやってくるスピケルに、ある程度落ち着いて応対できるだろう。

カティリナは、今ごろ、こんなに遅くなってから、エトルリアで執政官《コンスル》を僭《せん》称したかどによって、国民の敵という宣告をうけた。彼および彼の徒党の首には懸賞金が賭けられ、キケロの同僚である執政官《コンスル》アントニウスが、二軍団を率いてカティリナ征討に派遣されることになった。民会は、アントニウスの任命を好意的に受けとった。アントニウスの任命以前には、十ポイントあるいはそれ以上も値下がりをみせた有価証券（株券）は、ふしぎなことにふたたびもちなおした。いまは、相変らず下がる気配を続けているのは穀物市場だけである。大規模な穀物の売りが出ている。

この数日は耐えがたいほどに経つのが遅い。Cは民会広場でいろいろ取り引き《ビジネス》をしている。買いこんだ地所が彼の苦労の種になった。彼はひどくふさぎこんでいる。今日もまた、おれは政治からいっさい手を引いて引退したい、と言った。

十一月十六日

グラウコスの話では、カティリナの一味には想像もつかないような連中がかなり加入しているという。もっと聞き出すために、わたしは彼のことばを疑うようなふりをすると、彼はわたしに、たとえばふたりいる執政官のうちのひとりさえ、その徒党のひとりだなんてことが信じられるかい、と尋ねた。このひとりとはアントニウスとしか考えられない。もっとも彼はひどい借金で首がまわらぬということだ。

選挙区の代表者がふたり来訪した。こちらに来年度の法務官《プラエトル》の立候補をする気があるかとたずねてきた。滑稽な話だ。この上われわれに、法務官の地位を得るための資金を提供してくれる者がいるとでもいうのだろうか？　こういう官職を金で買うのは、その職を済ませたあとで属州の総督になれるからだが、しかし官職を買うことで完全に破産してしまい、属州に行ってからちょっとばかり利得をせしめ、少なくともこれまで出資した額だけは何とか絞りとろうとすると、公権濫用のかどでたちまち告訴される――元老院で民衆派の男だという悪評がたっていればまちがいなく訴えられるのだ。Cは今日こう言ったが、たしかに彼の言うことはもっともだ。「新しく別荘をたてるとか、収入《みいり》のいい役職とか、カエリア（目下Cが追っかけまわしている高等娼婦）のことなどは、このさき当分、頭から追っ払わなければいけないな、ラールス」

わたしは彼が、突如、しかもほとんど完全に、資金源が絶たれてしまったことの原因をつきとめようと躍起になっているのを知っている。アレクサンデルの話では、彼はクラッススの息のかかったいくつかの銀行から、辻褄の合わないおかしな理由を挙げられた。ひとつだけは明瞭である、財界《シティ》はしだいにキケロのほうに傾きかけているのだ。つまり元老院と和解する方向だ。元老院側も二、三の点では譲歩するそぶりを示しているという話だ（？）。二、三の銀行はCに対して言ったそうだ。「いったいあなたは本気で、あなたやあなたの友人たちによって操られたカティリナによるひもつきの独裁制などがこの期に及んでもまだできるだろうとあてにしているのですか？　それともあなたは、みんながあなたによる独裁制度を待っているとお思いですか。民会広場の喫茶店から出てきたカエサル氏による独裁をさ？　カエサル氏が王座に就くことになれば、また街頭の賤民の頭を冷やすことができるんですか？　馬鹿な考えはよしてください！」そして誰も彼も、あの不幸な両替所襲撃事件のことを話題にしている。

十一月十六日（夜半）

わたしが夜なかに帰宅すると、スブラ地区の邸の前に人だかりがしていた。裏町のごろつきどもばかりで、なかには若者も多く、低級な連中たちであった。少なくともその数は二百人はいた。彼らは口々にCを罵っていた。肩のあたりに、ティベル河畔のベンチのごみの跡をくっつけた飢えた男が玄関わきのプロメテウスの立像のてっぺんに攀《のぼ》って、おれたちは選挙のときに一杯喰わされたとか何とか、相変らずの悪口雑言を叫んでいた。わたしは家のなかに入るために裏口にまわらなければならなかった。玄関先でものが破壊される音と、暴徒たちが屋敷になだれこんでくる音が聞こえたとき、わたしは主室を駈けぬけた。二階の階段の途中の踊り場に、ついでにいえばほかには人っ子ひとり姿はなかったが、Cがシーツのように真白なキモノ姿（原文でＫｉｍｏｎｏ。もちろんこれは時代錯誤であるが、ブレヒトはローマ風寝巻をユカタにたとえた）で立っていた。はじめのうち彼はわたしの言うことが一言も聞こえないようだった。彼はただただ、下のほうから聞こえてくる、恐ろしい騒音だけに耳を傾けているようだった。暴徒は主室をぶちこわしているようだった。わたしは彼をそこから連れ出した。彼は頭は後を振り向けたまま、わたしに従いてきた。彼の寝室の戸口のところに、同じように蒼白な顔色をしたカエリアが立っていた。わたしたちふたりは彼女のわきを走りぬけたが、暴徒たちはもう階段にきていた。相変らず邸の召使の姿はまったく見当らなかった。裏側の階段を下り、円柱の立ち並ぶ廊下を過ぎ、やっとわたしの部屋にたどりついたとき、われわれの耳には、暴徒たちがもう前庭で暴れ廻っているのが聞こえた。おそろしい五分間が過ぎた。それから連中はドアの前まで押しかけてきた。暗闇のなかでわたしはCを、書類戸棚のうしろに押しこんだ。やがて連中は室内に入りこんだ。やつはきっとこのなかだ、という声がした。彼らはアムフォーラの像を蹴り倒したので、それはこなごなに砕けてしまった。それから書類戸棚を動かした。Cはからだを曲げ、キモノの前をはだけたまま、そのうしろに立っていた。一同は笑いころげ、馬鹿げた冗談を言いあった。わたしはそのときになってはじめて鉄拳の一撃を喰らった。

「選挙資金をどうしやがった、このいんちきぺてん師め！」と言うが早いか、連中はCを引きずりだした。キモノはびりびり破けた。彼らはCに唾を吐きかけた。大木のように大きな男が両腕でCをひきよせておいて、力まかせに叩きつけた。もうひとりが彼のからだにつけているものをすっかりひきはがし、こうしておいてから一同で彼をしこたま殴りつけた。「きさま――また――おれたちから――くすねる気か」と彼らは殴るあいだじゅうひっきりなしに同じ文句を繰り返していた。

それから彼らはやっと引きあげた。Cは床にうずくまって、彼の黄色くなったキモノの切れ端しでからだについた唾を拭きとっていた。わたしは上に香水を取りに駈けていった。カエリアは、この騒ぎのあいだにきちんと身づくろいをすませていた。彼女の身にはなにごとも起こらなかったのだ。しかしわたしは、いっしょに彼のところへゆくことを彼女に許さなかった。彼女はなかなか言うことをきかなかったがやっと帰った。Cは、わたしが彼女はもう帰ったと言うまで、長いこと上の部屋にあがっていこうとはしなかった。半時間後法務省の職員たちがやってきた。われわれは告訴はしなかった。この人のよい公僕たちにも告訴をしてもらわないために、わたしは彼らにいくらかの金を握らせた。

それにこの騒動のあいだじゅう、うちの奴隷は誰ひとりとして姿をみせなかった。主人の前に馳せ参じるものもなく、主人の安否を気遣うものもなかった。朝になって、奴隷たちはみんな馬場に逃げていってしまい、そこで暴徒たちが立ち去るまで待っていたのだということを聞いた。なんという時代だ!

十一月十七日

主室は完全に滅茶苦茶に荒らされていた。部屋の片づけに当った奴隷たちも、みんな気もそぞろの様子だった。もちろん今日の被保護民の面会はとりやめにした。

食前にわたしはカエリアに手紙をもっていった。たぶん彼女はこの件については口をつぐんでくれるだろう。

午後になるとすぐ、クロディウスが来訪した。街頭クラブの立場を代表して謝罪にきたのである。彼はここ数週間うちに顔を出さなかった。おそらくC家を訪問することは妥協ととられると思ったからだろう。わたしは彼を、ひどく荒らされた主室に案内したが、彼はそちらを見ようともしなかった。

彼はCと二人だけで二時間ほど話し合った。それからわたしはアレクサンデルをよびにやらされた。そして彼を連れてなかに入った。

Cは落ち着きを失って部屋のなかをいったりきたりしていた。クロディウスは小さな陶器製の壺からハッカをとって食べていたが、アレクサンデルが入ってきても、ちらりと目をむけただけだった。わたしはアレクサンデルには昨夜の出来事を一応説明しておいたので、その件についてはもう触れられることはなかった。それから、かつてわたしが体験したこともない驚くべき場面が展開されたのだ。Cはひどくいい加減な前提から話を進めていった。彼によれば、ローマの民衆は民会の策動にはあきあきし、なんの益もない、まやかしの選挙騒ぎに疲れてしまった。民衆の内部ではいま完全に新しい力が胎動を始めている。街頭クラブがふたたび活気を呈してきたことは、ローマの市民が、国家の運営をみずから手中に握るために立ちあがったことを証明するものだ。首都における不穏な騒動によって、いまだに賢明な政策による計画的な処置が不足していることが痛感された。この騒動では、真の民衆の運動のなかに粗暴な分子がまぎれこんでいる場合も間々みられたかもしれないが、しかしこの無計画的な爆発においても、新しい活力が堰を切って奔《はし》り出たことがわかる。これまで民衆派の指導層のあいだでは、このエネルギーは過小評価されていた、それはこういう騒乱はただ銀行の操作によるものか、職人組合の仲介能力が不能であるために起こったと考えていたからである。しかし財界《シティ》と職人組合はけっしてローマそのものではない。「われわれのあいだでは、これまであまりにも長いあいだ」とCは真剣に言った。「選挙の票は武器だという意見にとらわれすぎていた。たしかに、票は武器だ、しかし有権者にとっての武器ではない。有権者からみれば票は商品にすぎない。彼らにとっては、票は、ちょうど刀鍛冶にとっても刀が武器であるというような意味で武器なのだ。刀鍛冶は刀を使わないで売るだけだからね。彼の顧客は刀を買ってしまえば、それを売った鍛冶屋を刺し殺すこともできる。選挙制度はいまやまったく腐敗しきっている、民主主義はもうこんな選挙を手段として用いることはできなくなっている」

アレクサンデルは、民主（民衆派）的な政策のいくつかの点は、単なる選挙では遂行できないという、彼の昔からの持論をC自身の口から聞かされて、驚きあきれていた。

Cのしゃべりかたはいつになく明快で断言的だった。破滅の淵に追いつめられたローマ市民が、彼ら自身の政治を行なうべき時節がついに到来したのだ。家畜同然の有権者は政治を行なうことはできない。こういう家畜のような有権者の群を民衆派の戦闘集団につくり変えていかなければならない。クロディウスが掌握している街頭クラブが、こういう戦闘集団をつくっていく必要がある。アレクサンデルには、職人組合のなかの失業中の組合員をキャッチする努力をしてもらいたい。選挙区代表者のリストも十分活用しなければならぬ。代表者たちはいまだに腹を立てていることだろう。たぶん彼らは職人組合のボスどもから悪意にみちた嫌味をさんざん言われたことだろう。この連中は、自分たちは、ふつうなら選挙の投票のとりきめの際に、自分の輩下の組合員のための買収金を前もって渡してもらっていると主張したという点を強調しようとするだろう。しかし、まさに今、単純な有権者たちが、選挙の際の詐欺に激昂しているのを利用して、この連中に、上流の財界《シティ》のクラブや、民会を牛耳る民衆派のボスたちが、いかに良心のかけらもなく、彼らを欺したかということを説明してやらなければいけないのではないか。銀行の裏切りは、容赦なく暴いてやらなければいけない。いまはカティリナ派の連中のうしろにかくれていたりしてはいけない。カティリナ派との連絡は、彼、C自身がつけるつもりだ、云々。ふたりの相手にむかってCは、自分は依然として、カティリナおよびその党派の指導部と非常に友好的な関係を保っており、それどころか選挙にも彼らに財政的援助を続けていたのだと説明した。

　それから武装化の問題が詳しく論ぜられることになった。昔の街頭クラブの隠匿武器はまだ大部分は残っている。当時武器は用心深く隠されたのだ。ネズミに噛みあらされた床板の下に武器がねかされていたのだ。また武器はもう使えなくなった下水道にも隠されている。からっぽの穀物を入れる櫃は、完全にからっぽではない、また樽の底に敷かれたぼろ布は、ただ底を蔽っているだけではないのだ。ポマード頭のクロディウスは、自分がわが家の体育館の塀をこわして、なかに隠してあるたっぷり油をひいた刀をひっぱりださせてみようと考えただけで、すっかりいい気分になった。武器はまだたっぷりある、今からでもカティリナ一味に提供できる（もちろんこの仕事は、絶対に安全な手段をとってから実行に移さねばならない）。

これから進むべき道が大変危険であるという点では、みんなの意見が一致した。Cは、場合によっては財界《シティ》の中心地である商業区に進撃することもあるとほのめかした。とすれば非常に用心する必要がある。目下ふたたび穀物の取り引きのためにシシリアに行っているクラッスには、この陰謀計画の細かい点は決して教えてはならない。こうしておけば彼はいつでも、わたしはこの件については何も知らない、と言うことができるからだ。Cは目下のところ人びとから嫌われているから、ただ街頭クラブの責任者たちと会うことだけにとどめ、公的にはまったく中立の態度をとっているふりを装おうことにした。Cは、できるならばキケロとも接触してみようと言った。

こういう話のあいだじゅう、Cは大股で部屋のなかをいったりきたりしていた、しかし彼がなぜ腰をおろさないかを知っているのはわたしだけだった。

今日の話はなにもかも、わたしにはひどくよくないことのように思われた。すべてのことから学び、すべてのことから次の手を打ってゆく彼の才能はたしかに魅力的なものである、もっとも不愉快な事件さえも、その真の意味を見抜き、客観的に、この事件の政治的なしかるべき見通しをつけるという彼の精神の明晳《めいせき》さはすばらしい——彼の炯《けい》眼は、荒れ狂う暴徒がただ民衆の気分を歪曲して反映したものにすぎないということをすばやく見抜いてしまったのだ。昨日のひとつかみの煽動された乱暴狼藉ものたちの背後に、不安に馳《か》りたてられたあまり、自分のエネルギーのことに思い至ったローマ市民の大きな姿を認めたのである——ではあるがしかし、彼がこんなに急いで決意を固めるというのはやっぱり危険だ（皮肉なことに奴隷のラールスは、Cが一番急進的な考えを抱いたこの時点で、Cの立場に批判的になる）。

十一月十八日

われわれは明らかに破局にむかって急いでいる。政治的目的に使われるあれこれの種類の金が多額に流れこむことがおしまいになったと思うと、たちまちもう今のように、家のなかには現金はまったくなくなってしまう。つまり何もかも砂上に築かれているようなたよりないものなのだ。一昨日の二万セステルチウスはたちまちのうちに消えた、ブリキ職人が現金払いでないと仕事をしてくれないので（大神官のお邸なのに！）馬丁奴隷が下水工事の修理をしなければならないという有様のなかで、その邸の主人は、五十万を正午までに払えと要求している土地不動産業者を追っ払ってしまわなければならない。Cはポンペイアと彼の母を迎えに、早朝に田舎に出発するつもりだったが、そこへある大銀行からの手紙がつき、その直後に二、三人の紳士が面会を求めてきたので二時間ほど引きとめられた。わたしはムキア宛の手紙を届けさせられ、そしてムキアは午後にやってきた。そのあいだにCは、クロディウスに、ポンペイアを迎えにいくことを依頼した。そして、二人の女性を連れて戻ってくるのは、真夜中すぎにしてくれと言い含めた。

それからCはムキアと食事をとった（わたしはこの女が気に入らない、老けすぎている）。主室では銀行家のひとりが食事をとり、彼を待っていた。しかしそれは無駄になった。Cは真赤な顔をして部屋から出てくると、当りさわりのない遁辞をつらねてこの男を追い返した。たぶんムキアは、ポンペイウスから送ってきたいろいろな装飾品を売り払うこと（その金をCに渡して地所に投資することとの意か）に倦きてきたのだろう。なにもかもモラルの喪失を思わせる話ばかりだ。

わたしはまた、Cがどこからあの二万セステルチウスを手に入れたか知りたいと思っている。セルウィリアからだろうか？　だが彼女の夫は、彼女が剣技奴隷と不貞を働いてからは、彼女の出費をいちいち細かく検《しら》べるようになったという話だ。キンティアはCに腹を立てている。テルトゥラだろうか？　たぶんテルトゥラだろう。

十一月十九日

クロディウスが、カンパニアからふたりのご婦人を連れて今日のひる頃ようやく帰ってきた。

ポンペイアは、クロディウスが彼女相手に馬鹿話ばかりしていたと苦情をいい、またCが仕事のしすぎで疲れたようにみえるといってCに同情した。

Cはわたしに食事の席に侍《はべ》るようにとおおせつけた、この食事にはキケロが来ていた。そこでわたしは、Cに対するキケロの態度をかなりよく観察することができた。ふたりは子供のころから知り合っており、キケロは今でも、子供のころいやというほど思い知らされたにちがいないこの貴族（Cのこと）に対する尊敬のコンプレックスから、いまだに抜けきれていないらしい。Cは彼を愛想よく迎えた、しかしこの愛想のよさは彼が目下《めした》の人間に対して示すものだ（ところでアレクサンデルには彼はこんな態度はみせない。彼はアレクサンデルを重要な人物として扱う）。すでにオードブルの牡蠣料理を食べながら、ふたりは文学的なテーマで軽く意見を戦わせはじめた、Cは故意に相手に花をもたせることもあったが、キケロは完全に満足したようにはみえなかった。この偉大な男はいまや「東方の戦争」という話題に話を移した。

「二十二人の独裁君主が倒されましたよ！」と彼は満足して言った。「世界は文明化していきますな。考えてもごらんなさい、この二十二人の専制君主の支配下にある人間は、誰ひとりとして法の保護を受けているものはいなかったのですよ。身分の高低を問わず、どんな人でも、裁判手続きなどまるでなしに死刑にされるおそれがあったのです。ローマの鷲の標章がうち立てられるようになってから、こんな理不尽は誰の身の上にもおこらないようになりました。この鷲は毛も逆立ち、食い意地も結構張っていますが、しかし法律に対する感覚というものをもちあわせています。世界じゅうのどこを探しても、身分の高低を問わず、市民が、死刑に処せられるのは、全市民の同意を得た場合に限られるという法の存在している国はローマ以外には見当りませんよ」

周知のごとく、彼は自分の財産の大部分をエフェススに投資してしまっているから、経済的には、ポンペイウスがアシアで行なっている政策に左右されているわけである。彼は徴税請負の金額のこと以外はほとんどなにも考えていない。それから彼はアシアの文化を非常に高く評価するようなことを言った。「われわれは書物や、芸術品や、芸術を理解する目や、理念などを征服して手に入れました。よく人は、われわれはアシアを屈服させたと言います。しかしわたしはこう言いたい。われわれが屈服させたものたちに屈服したこと、つまり彼らの文化に屈服したことこそ、大事な点なのだと。わたしの目からみると、われらの善なるポンペイウスをとりまくスタッフの陣容は不完全なようにみえます。彼は軍人や経済人ばかりをかかえこみすぎて、文学者や芸術家をほとんど揃えていません。そしてそれもよくわかります、現実政治家として、実際的な立場から発言するならばね。カトーやカトゥルスのような連中が、この現実政治家ということばを独占しています。彼らの言い草によれば、書物を捨てることを心得ている人間だけが現実政治家とよばれるに値するのです。現実政治家は、本らしきものには一切目を通しません。出納簿だけが例外です」キケロは機智をきかせながら、老カトゥルスの逸話を物語った。彼はユピテルの神殿の監督官《クラトール》であるが、ポンペイウスの送ってきた二つの黄金製の神像のどちらかを貰うことになったとき、あっさりと重いほうを選んだというのだ。

もしわたしも食事をいっしょにとることを許されていたら、彼の機智をわたしはもっとすばらしいと思ったろう。彼がウィットを飛ばしたあとで食べている朝鮮アザミ《アルキショッテ》（ヤツデのような葉の根元を食用にする）が、ひどくわたしの食欲をそそったものだ。この男をみるとわたしは病気の魚を思い出す。彼の挙動は結構生き生きとしており、また恐ろしく機智に富んだ男だが、しかし彼の目はいつも死んでいるのだ。彼はつねにいわば自分のウィットのよびおこした反響に耳を傾けており、そしてそのウィットがしかるべき注目を惹かないとひどく気に病むのである。彼は確固不動な態度を示すけれども、しかし人が彼のその態度を信ずるかどうかは自信がない、といったようなやり方である。彼が常に人目につくようにしている何でもわからないことはないという博識ぶりは、財界人のもつ博識に他ならない。財界人にはいつも、最後の情報、すべてを決定してしまう最後の報告が欠けているのだ。キケロが、アスパラガスの頭をなかに詰めこんで料理してあるツグミを食べているとき、アスパラガスの頭がばらばらと袖の上におちた。すると彼はすぐその料理の皿をおしのけて、野鴨のひき肉料理に移ってしまった。彼はCをちょうどこのツグミ料理のように扱う。ツグミもCも彼には気味がわるいものだ（なかになにかが詰まっているから)。もちろん彼は、Cが今でもカティリナ一味と連絡をとっていることを承知しているのだ。

Cは巧妙に話題を今日《こんにち》の事件に誘導していった。彼はキケロの八日に行なったカティリナ弾劾演説を好意的に賞賛し、それから三つのコースの料理が運ばれるあいだじゅう、文法的には破格な用法を含むいくつかの表現を話題にしていた。カティリナがローマから逃亡したことも話題に上った。このとき、キケロは注目に値する発言を行なった。「カティリナはローマから退去したことによって、すでに舞台をおりたことになりました。もはや彼と話し合いをしようなどと思うものはもうひとりもいません。それに彼の成功のチャンスも、話し合いをすることにあったので、行動に移ってはだめだったのです。反乱を起こすぞと脅かすことは商売の種になるかもしれない、しかし本当にそれを起こしてしまえば破滅ですよ」

Cは、この執政官の共和国を守りぬいた功績に対して元老院が十分な評価をしていないのは残念なことだと言った。そう言いながら彼は、どうしてそんなことになったかよく覚えていないが、彼の旧知の女性のひとりの名前だといってちょっとある名を会話に挟んだ。するとキケロは、さっと猜疑心のこもった視線を走らせた。デザートのフルーツのとき、キケロは物憂げに「カティリナ派の連中を待ちうけている、ちょっとした不意打ち、やがてはその余波が、地上の財宝がそうお嫌いでもないようなお歴々にも及ぶかもしれない不意打ち」のことに触れた。残念なことにキケロは、その余波が結局はCまで及んできたこの不意打ちについてこれ以上発言はしなかった。

　最後のデザートのチーズのときに、Ｃはちらりと土地問題のことにふれた。キケロは、Ｃが雄弁に自作農民のおかれている不当な状況について語るあいだ、注意深く彼の顔をみつめていた。しかしこの話題も彼は巧みにかわして一般論にとどまった。彼は民衆派の土地改革に対する提案をすでに一度潰したことがあるが、その意見は依然として変えていないようにみえた。彼はシシリアの穀物会社とあまりにも深い仲でありすぎるのだ。

（Ｃは彼が辞去したあとで言った。「あの小僧はエトルリアの牧童ほどの愛国心ももちあわせていない。わたしが土地問題に切りこんだとき、やつがどんな顔をしたか、見ていたかね？」）

別れを告げるとき、ふたりは旧知の友人どうしの打ちとけあった様子をみせあった。

十一月二十日

クロディウスとアレクサンデルは、新たに編成された街頭クラブで、地下にもぐったアジテーション運動をはじめた。「銀行の裏切り」というスローガンはとても効き目があった。アレクサンデルは報告した。「人びとは抑圧から解放されたような気分です。失業中の革職人はわたしに、『おれたちに必要なのは武器だ、選挙じゃない！　おれの票は、選挙となるとやつらに売らなければならない、でないと家中が飢え死にするからね。鉄棒があればやつらの頭をどやせるからね』と言いました。またどこにでもいる普通の馭者《ぎょ》は『だいたいポンペイウスは選挙で東方を手に入れたのではないのかね』と言いました。いたるところに新しいエネルギーが胎動しています」

党員たちは相変らず自分で資金を集めている。彼らは集会の場所にする酒場を借り、自分たちのアジテーションを遂行してゆくためには最後の一文《もん》までこの運動に投じたし、家財まで叩き売り、家賃はえんえんと滞らせるという具合だ。

Cは本当に天才的な目をもっている。考えてみるといい、彼は自分がしこたま殴られるという事実から立証して民衆の真意を本能的に摑みとったのだ！　結局彼の身にいやというほどみせつけられたものは、底知れぬ憎しみであった。この憎しみは、民衆に政治をやらせる力を与えるものだということを、彼ははじめて悟ったにちがいない。まさに、彼がすべての資金を失った瞬間に、彼は一文もやらなくても戦い、それどころか自分の闘争資金を自分で払う気もある人びと（しかも大量の）をみつけることになったのだ！　たった一目で彼はこのことを見抜いた！　これこそ霊感のひらめきというものだ！

ところで数週間前からすでに、カティリナ一派とは友好関係ができている。一味徒党への武器の供給も、指導部の指示などを待たず自発的に行なわれている。

十一月二十日（深更）

Ｃがどこから二万セステルチウスを手に入れたか、今やっとわかった。ひどい一場が演じられたのだ。わたしが図書室に入っていくと、〈ふくらはぎ〉が、かたわらに疑いなく将校と思われる埃まみれの新顔の男を連れてあがりこんでいた。Ｃは暖炉のわきで蒼白な顔をして立っていた。〈ふくらはぎ〉は、ブックナイフを手で弄びながら、にやにや笑っていたので、わたしは背筋が寒くなった。Ｃはわたしのほうに向いて、どもりながら、先週よく知っているある住所宛に、二万二千セステルチウスの小切手を送った記憶はないかとたずねた。もちろんわたしは覚えていると言った。〈ふくらはぎ〉は将校の顔をみつめたが、将校はただ「どうやらこの連中は、われわれの成功をあてにしてはいないらしいな」と言っただけだった。とするとこの男もカティリナの一味だったわけだ！　彼の脅迫はもちろんＣには、民会とつきあっている〈ふくらはぎ〉の微笑よりはずっと効き目がなかった。

キケロによって予言された「不意打ち」についてまだぜんぜん情報が入ってこないのも困ったことだ。アレクサンデルさえ何もつかんでいないのだ。彼がいつもならたくさんのことを聞き出してくる職人組合も、最近では故意に彼を集会からは締めだしているが、これもたぶん彼がわれわれと密接な関係をもっていることが知れているからだろう。

十一月二十一日

わたしにはCがなぜ街頭クラブの支部長たちの会合に顔をだすなどという碌でもない考えを起こすようになったのかどうしても分らない。彼はポマード頭を信用していないのだろうか？いずれにせよ、彼がポマード頭はこの会合に出席しないことを知っていたのはたしかだ。われわれは輿《こし》を二つ前の通りで止めさせた、そしてはじめは会合の行なわれる地下酒場でかなり愛想よく出迎えられた。ちょうどなにか組織の問題が論じられているところだった。Cはそれになかなか気のきいたアドヴァイスをし、それはまた好意的に受けとられた。しかしそのあとで彼が、いま論じられた目的のための資金調達に一肌脱ごうというと、不思議なことにまったくあっというまにおそろしい光景が展開された。二分後には、この風通しのよくない薄暗い酒場はたちまち瘋狂院《てんきょういん》のような騒ぎになった。一瞬にしてこれまでたまりにたまっていたCに対する不信の念が爆発したのだ。「やつがまた金を調達してくれるってのか？」という叫びがあがった。「その金の出どこは？」――「これまではたいした金もなしでやってきたぞ！」――「やつが、ここにくるかこないかのうちに、もう不浄の金が流れこんできやがるのか！」数人のものが仲をとりもとうとしたが、会衆のうち三、四人のものはCの身辺に迫って、酒壺で彼の頭をはたこうとしたのである。ついこの間の夜起こった出来事がまたここで繰り返されるのを見ているうちに、クロディウス派の代表者である沈着な支部長が、自分の酒壺をランプにむかって投げつけたので、われわれは闇にまぎれて通りへ逃げることができたのだ。

この財政的援助の申し出に対する憎悪にみちた反応は、まったくわたしにはまさに悲劇的なショックだった。なぜならわたしは、Cが目下のところ肉屋の勘定を払う二、三セステルチウスの金を持っておらず、ただ持って生まれた太っ腹な気性からと、自分の恰好をつけるために、「資金」を調達してやれそうなふりをしたということをよく承知していたからだ！

彼はここのところ、手を出すことにみんな失敗している。

十一月二十二日

カティリナ一派は財政逼迫のために、すっかり沈滞してしまった戦闘隊の隊員の士気をもりあげるためにあらゆる手を使っている。彼らはちょっとした出来事を種にして資本《もとで》をつくるのがうまい。この間スブラで事故死した乾魚売り女の葬式では、彼らは一般の人びとの好意をかちえるに至った（このことは、彼らの街頭募金がおおいに繁昌していることだけに認められる現象ではない）。今日、Cのお伴をして商工会議所の会食に民会広場《フォールム》まで行ったとき、わたしは、葬列のまわりを取り囲む人ごみのなかを通ってゆかなければならなくなった。カティリナ一派は、「乾魚を生活の糧にする人びとはみな集合しよう」というスローガンを発していた。行列は巨大なものにふくれあがり、その長さは、これまでのいかなる凱旋行列にもみられないほどであった。骨壺のあとから、魚を入れる籠が運ばれた。（キケロ氏輩下の警察がこの籠さえ押収しなかったのは、彼らが信じられないほど民衆の心を摑んでいないことを示している！）この籠をみた人びとの激昂は激しく、また独特なものだった。もちろん今はあのクラッススさえ、追いたてを食うことになっていた五つか六つの家族をもとの住居にそのまま住み続けてよいことにしてやっていたが、それでもその家族たちはこの行列に加わっていた。まるでこの家族の連中まで、乾魚売りの女といっしょに埋葬されるか、少なくともティベル河の橋の下暮しをする羽目になったような騒ぎだった。

わたしたちは一時間以上を待ったあげく、ようやく隙間をみつけて行列のなかに潜りこんだが、われわれの輿にむかってひどい悪罵が浴びせられた。乗っている人間が誰かは覚《さと》られなかったが、輿が元老身分をあらわす緋色の縁《へり》をつけていたので弥次られたのだ。

Cが会食の席で行なった演説は、思いがけぬ結果を惹き起こした。彼の演説の基調はこんな調子だった。「世界の首都ローマは裏町長屋のまっただなかに聳《そび》え立ついくつかの政庁の建物から成り立っています。ほんのひとにぎりの会議場、神殿、銀行は、悲惨な人びとを詰めこんだ、いまにも倒れそうな貸しアパート群の大海にとりかこまれているのです。戦いに破れたのは、二十二のアシアの諸王と、ローマの民衆ですよ。戦争は一種の犯罪です。この世界の首都を棲家とするものは、あなた方を除くと、皆さん、あとは失業者ばかりなのです。この失業者連中が、いつか始める仕事が何かを知ったら皆さんは仰天されるでしょう。民衆派の指導的な地位にある人びとといえども、もう今後いつまでも大衆に理性をもつように説くことはできないでしょう。だのに皆さんはただただ自分の財布の紐をおさえて、何事も起こらないようにと祈っておられる。しかしそんなことじゃ明日には、その財布は皆さんから奪いとられてしまいますよ。いまや武装蜂起の危機は目前に迫っているのです！　皆さん」彼の発言があまりにもはっきりしていたので、アジア商業銀行の頭取であるマニウス・プルケルは次のような言い方でぴしゃりと彼の言葉を抑えた。「あなたのおっしゃる蜂起は、ちょうどクラッスス氏が金を出した分だけ武装されているわけでしょう、君」そう言われてCは、もう一度失業している住民の悲惨な状況を話しだしたが、Cのしどろもどろの説明に加勢してやるために、数人の銀行家が正確な数字をあげて彼を応援してやったときには、満場に爆笑が巻き起こった。Cは真青になり、演説を中止してしまった。しかし彼は運がよかった。この瞬間に、この町の状況をいくらかでも明らかにしようとする役をひきうけてくれるような事態が発生したのだ。すでにこの会食の始まったときから、外からは鈍いざわめきが聞こえていた。乾魚売りの女の葬列が埋葬を終えて帰ってくるところだった。それも民会広場《フォールム》を通っていたのだ。こういう騒ぎには慣れっこなので、人びとは別にそれを気にもとめずに食事を続けていた。ところが突然石壁をどんどん叩く音が聞こえ、ある狭い窓から、敷石がひとつ投げこまれた。石は食卓のまんなかの、マグロを盛った水晶の容器にあたった。食事中の人びとは誰も身動きひとつしなかった。突然この贅を尽した広間のなかに、大変な数の民衆の怒り狂った声が聞こえてきた。しかしそれ以外には別になにも起こらなかった。

耳に入ってくる様子から察して、外の行列は行進を続けているようだった。なにを叫んでいるのかははっきり聞きとれなかった。ただ水晶の食器のなかにとびこんだ石から、叫んでいることばの内容を若干は推測することができた。奴隷たちが行列を追い払ったので、民会広場《フォールム》はまた静かになった。食事の給仕は続けられたが、もうまともな食欲はなくなっていた。食後のチーズのあとでまた気分はいくらか高まってきたが、そのころになって予期しなかったような事件が起こったのだ。（わたしがそれを聞いたのは——ムムリウス・スピケルからだ。スピケルは大銀行家の借金もちの御曹子たちと商売柄深いつきあいがあるからだ。このわたしがCの商売《ビジネス》の内情をつかむのに、いつもこうして裏から情報をとらなければならないというのはまったくみっともない話だ！）チーズのあと、プルケルは人目につかないようにCの腕をつかみ、彼を別の部屋に連れてゆき、数人の紳士連のいるところで、彼にむかってこう言ったのだ。「あなたも、暴動を種にして脅迫してもわれわれがびくともしないということはご自分でおわかりになったにちがいありません。あなたは、あなたのクラブというやつ、それにどうもこのクラブは非合法のものらしいですが、それが武装をしているとおっしゃった。そこでわたしは、どんな武装をしているのかな、と考えてみたのです。わたしはこの考えを追っていっただけです。あなたはむろん、平静と秩序を保証する分子どもに、財政的な援助をしろと、武器をちらつかせながら要求しようとなさるでしょう。しかし穏やかな、まっとうな人たちは、両アジアに対する管理権ももらえず、移住の目標になる農地ももらえず、奴隷購入のための国家からの借入金も、失業者の移住が行なわれる間の契約も入ってこないのです。穏やかでまともな人からみれば、武器を持つなんてことは贅沢の一種です。ここにいるわれわれの仲間の何人かは、両替所が襲撃されたり、魚屋のおかみが埋葬されたり、銀行を攻撃する演説が行なわれたりすると大変神経質になります。しかしすべての人間が神経質になるわけではありませんがね。何人かの人間は、とくに自分の帳簿が十分にきちんと整理されていないような場合には、既成秩序の敵である不穏な連中に財政的援助を与えるかもしれませんよ。十分に整理された帳簿、とわたしは申しましたが、目下の経済情況は、バラ色というにはほど遠いからそう言ったのです。ずばりと申しますがね、あなたの商売《ビジネス》、あなたはいくつも両天秤をかけていらっしゃるそうですが、それをひとつひとつはっきりさせなければいけませんよ。あれもこれもごちゃまぜにしてはいけない、これは決してほめたことじゃありませんよ」Ｃは怒りに我を忘れてそこを立ち去ったということだ。しかし相手のもちだした条件を真向から退けもしなかったという。

十一月二十三日

一条の光明。元老院はこれまで、平地から七つの丘にむかって鋭く吹きすさびはじめた、真暗な嵐を浴びて塔のように立っていた。どうやらその塔はすでにゆらぎはじめたようにみえる。アシアから到着した例の大物が、護民官就任（十二月十日）の際に、どんな動議を提出するかという噂がしだいに洩れはじめた。彼の提案はとにかくセンセーショナルだ、彼は秩序回復のためにアシア軍団を率いたポンペイウスをイタリアに召喚することを要求するつもりだという。お偉方たちは足しげく互いに訪問しあい、途中の輿の上でも仲間に出会うほど往来しあっている。誰も彼も震え戦《おのの》いている。少なくとも五百ツェントナー（約二千五百キロ）の肉塊がいっせいにおしゃべりを始めたと思われる。カトゥルスの別荘では、カトー派の一味が、突然急転した事態について足許から鳥がとびたつような話し合いを重ねた。われわれの父たち（元老貴族パトリアルキのことを皮肉って言った）の恐怖の叫びはこうだ。「われわれの救い手の手からわれわれを救いだしてくれるものは誰だ？」

十一月二十三日（夜）

まるで頭をどやしつけられたようだ。カエビオは姿を消してしまった。母親にも何も言っていかなかったそうだ。でも彼女は、彼がエトルリアのカティリナの軍団に入ったにちがいないと言っている。わたしは恥を忍んでまた倉庫まで出掛けることさえした。何としても確かなことを知らねばならない。ルーフスもやっぱり姿を消していた。

わたしは、書記のあの男がわたしにそれを教えてくれる前から知っていた。

ふたりは二週間前に解雇されたのだ。倉庫の管理事務所は彼らのかわりに奴隷を雇ったのだ。もうなにもかもおしまいだ。

十一月二十四日

元老院は、ついにカティリナに致命的な打撃を与える構えをみせた！　今夜からは元老院派のカトー氏が民衆の要望を担う男になる！　想像もつかない話だ！

早朝から、Cとクラッススのあいだに、激しい口論があった。〈キノコ〉は、明らかに寝不足の顔で、咳きこみながらやってきて、剣技のレッスンをうけているCを呼んでこさせた。「いったいいつからローマに戻っていたのだ？」とCは憎々しそうにたずねた。クラッススはぜんぜん答えなかった。主室に入ってからも、彼は、苦しそうに空気を吸いこみながら、元老院の夜の会議が行なわれたこと、その会議でカトーが「穀物無償配給」を復活する案を強引に通過させたと伝えた。「今さら穀物無償配給かい？」とCは信じられない面持で言った。「そうとも」と〈キノコ〉は答えて、とある椅子のほうに目を移した。「疲れたよ。一晩じゅう穀物株式市場で立ち通しだったのだ。元老院の結論が出たのが朝の三時だったからな。なにか飲むものがないかね？」「穀物無償配給だって！　それを君は朝の八時の今ごろになって僕に言うのか？」とCは彼にどなりつけた。〈キノコ〉は目をしばたたかせた。「だっていいか、わたしは株式市場でほんとに手がまわらぬほど忙しかったのだ、穀物の価格は二十から二に落ちた――これを些細なことと言うのかい、こんな処置がとられてるのに？」突然彼はむかっ腹をたてた。「だいたいどうしてわたしがこれを君に言わなきゃならないのだ？」と彼は腹を立てながら自己弁護した。「なぜ君自身が元老院に出なかったのだ？　一旗あげる気のあるやつは、女郎屋などにはいかないで、株式市場につめているものだ！」――「政治もやらなきゃならんからな」とCは苦々しそうに言った。「ただ商売ばっかりというわけにはいかんよ」ふたりは、どちらも真青な顔をして図書室に入った。わたしはあとからついていった。それから恐ろしい衝突があった。クラッススは、こういう裁決が通るのを予測していたことを認めた。それでわかったことだが、彼は実は穀物の暴落に張っていて、それでちゃっかり一財産つくっていたのだ。Cは彼がただただ商売上の理由から政治的にも重大な意味があるにもかかわらずいっさいのことを自分に隠していたと言って彼を非難した。〈キノコ〉はそれを否定し、自分はただあるときカトーを訪ね、そのすぐあとでこの手を打っただけだと主張した。Cは石のように身体をこわばらせた。「そのカトーのところへ行ったというのはいつだ？」と彼は尋ねた。〈キノコ〉は狡猾そうな顔で彼をじっとみつめた。「君がそこを訪問したちょっと前のことさ」と彼は答えた。「おれは無償配給実現の運動には賛成なんだぞ」とCは叫んだ。「わたしだってそうだがね」と〈キノコ〉。C「それじゃ君だって、やつが絶対に譲歩しないやつだということは承知しているだろう。カトーからはこっちのふところが肥えるような承認は絶対にとれやしないさ」〈キノコ〉「あの頃はそうじゃなかったさ、選挙の前はな！　やつは、財界《シティ》がカティリナを本気で執政官に当選させはしないだろうということを知っていたのだ」C「それなのにカトーはなぜ今になって譲歩したんだ？」〈キノコ〉はいつのまにか腰をおろしていた。彼は内心を見すかすように、かなり意地悪くCを観察していた。「君はひどく事情がわかっていないようだね、ガイウス・ユリウス」と彼は言った。「彼が譲歩したのは、連隊長ネポスが護民官に選ばれたからさ、その話は君も女郎屋かどこかで聞いたろう。それに連中がポンペイウスのことを極度に恐れているせいもあるね」Cは相当長いこと黙っていた。どうやら彼は、ポンペイウスをめぐる噂で、元老院がすっかり動転していることをそう深刻に考えていなかったのだろう。「じゃ君は、これまでカティリナに乗ったことはまったくなかったわけだね、ほんの一瞬でも、そうか？」と彼はまったく無表情な声で言った。「どうしてどうして」と〈キノコ〉は急いで言った。「しかし、穀物の無償配給を行なうものがカティリナだろうと元老院だろうと、穀物の価格からみればこれは同じことでね。どっちにしろ穀物は暴落するよ」Cは突然踵をくるりと返して彼に向きなおった。Cはまったく怒りに我を忘れていた。「だがカティリナは」と叫んだ。「そのために落選したんだぞ！　貧民にとっては、穀物をカティリナから貰おうとカトーから貰おうと、これまた同じことなんだからな！　そしておれたちはやつの落選後どうなった？　おれたちがあの件からは簡単に足を洗えたなんて言うなよ。今こっちは破滅し、おまけに取り調べまでうけるというんだからな」クラッススもその意味を悟ったようだった。「もちろんこれからはカティリナにとっては厳しいことになるだろう。こいつは、まさに大酒飲みのおいぼれカトーに名を成さしめてしまうだろう」と弱々しく言った。それからしばらく沈黙の間があった。ふたたびCが口を開いたとき、まるで老人のようだった、彼の声にはそれほど張りがなかった。「おれはもう破滅だ」と彼は言った。「おれは地所を買ってしまったんだ」〈キノコ〉は急にはっとした。「なにを買ったんだって？」と彼は、自分の耳を疑うように返答した。「地所だよ」とCは繰り返した。〈キノコ〉は打ちのめされたようにみえた。「この碌でなしめ」と彼は呟いた。「買うときにいったい何を考えていたんだ？」——「だって土地問題は攻撃を浴びることになっていいるじゃないか」とCは自己弁護を試みながら言った。〈キノコ〉はただ「碌でもないやつだ、君は」と呟いていた。しかしその口調には同情が感じられなくもなかった。「そして今度は取り調べだ、おれは自分の地所をできるかぎり手放したよ、事があったときにうまく逃げられるためさ。もし取り調べが行なわれる場合には、その取り調べはおれたち仲間の手で行なわれるように工作しなくてはならないな」——「それには千万かかる」とCは腹立たしそうに言った。「五百万さ」と〈キノコ〉は即座に言った。「昨日なら五百万で済んだろう。今日はもう千万するさ」とCは頑固に言い張った、「なぜって、われわれにはどうしてもその工作が必要だってことを、知らないものはないからな」——「カテイリナだってまだ完全におしまいじゃないぞ」と太った男はふりむいて言った。「まだ局面はいくらでも変えられる。なにしろやつはまだ軍隊をもっているのだからな」

この会話をなにからなにまで聞かされる羽目になったわたしは、気分が悪くなった。いま話に出た軍隊とは、わたしにとってはカエビオのことになるのだ。

十一月二十五日

昨日の午前中カエビオの住居《すまい》に出かけると彼の弟がでてきて、母親はいま倉庫にいっている、夕方そこで穀物の無償配給があるからと言った。わたしはその弟と母親を捜しにいった。

だだっ広い中庭はひどい喧騒が渦まき、たいへんな混雑だった。一万人からの人間が自分の支給をうける場所を捜しまわっている。穀物無償配給はここ数年というもの中止されていた、そこで昔どういう仕組みで配給が行なわれたかを正確に覚えているものは誰もいないのだ。役人たちが大汗をかきながら、各地区の数字をかいた立札を並べている。

みんなが押しあいへしあいしている。子供たちは泣きわめく。警察が、人間の流れをつくるように、ロープを張っている。ここにきている人間たちはなんという姿を、なんという顔をしていることだろう！　ここには飢餓がある。ここには全ローマがいる。

わたしたちは、カエビオの母親をみつけるまでに数時間かかった。彼女は買物袋をかかえて、同じ地区の住民たちの群のなかに押しこめられて小さくなっていた。しかし彼女もわたしにカエビオの住所を教えることはできなかった、誰か他の人間を通じて彼に伝言する方法さえ教えられないのだ。彼はカティリナの軍団のなかにあっさり姿を消してしまった。そして今ここで配給されることになっている穀物の一匙一匙は、とりもなおさずカエビオめがけて握りおろされる剣の一撃になるわけだ。

わたしがそこを立ち去ろうとしたとき、穀物は翌朝、あるいは明日の昼に配給されることになったという布告が伝えられた。貯蔵分の穀物の補充がまだすんでいないからだという。しかしその場を立ち去ろうとするものの姿はひとりも見かけられなかった。

秋の小糠雨《こぬか》が降ってきた。膨大な数の群衆がびしょ濡れになり、黙りこんで、穀物倉庫の前の中庭に立って待っている。わたしは気もそぞろに、すっかり人気の絶えたようにみえる街を通って帰宅した。

十一月二十五日（夜）

今日財界《シティ》では、ある種の神経をいらいらさせるような噂が拡がった。カティリナが、そのうち、彼の軍団に採用した奴隷の問題に手を焼くようになるのではないかという不安である。穀物無償配給という政策は、間違いなくカティリナの戦列から兵士をまびく結果になろう。すると脱走した兵士のぬけた穴は奴隷で埋めざるをえなくなる。ところがその奴隷たちのあいだには、近来かなり危険といえる不穏な状況が強くみとめられる。膨大な数の安価なアシアの奴隷が、彼らの生活水準を引き下げてしまったのである。

非常に警戒すべき兆候がすでに明瞭にあらわれている。いまや大きな職種別職人組合は、結束してカティリナに抵抗姿勢を示している。職人たちは、カティリナが内密で奴隷たちに解放の約束を与えたことでひどく腹を立てているのだ。カトーは失業者に穀物を無償配給する件では、所管の組合と長いこと話し合いを続けた末、やっと承諾してもらったということである。アシア関係の株券は下落した。

十一月二十五日（深更）

〈キノコ〉はわれわれに対して、前代未聞の汚ない策略を弄していたのだ。彼は、カティリナの選挙運動からは、すでにはじめの頃から、つまり所管の組合が動かず、元老院と直接穀物無償配給制の取り引きをしていることを聞いたときに、すぐ手を引いていたのだ。そこで彼はただちに、卑劣な穀物の投機に鞍替えした。しかし彼が今度われわれに加えた仕打ちは、まさに錦上花をそえるものといってもよい。

Cは今日の夜、穀物無償配給制が施行される結果、街頭クラブがまったくやる気をなくしてしまうことが予想されるが、こういう事態を前にして銀行（プルケルのグループ）に対し、暴動の準備を今後も進めてゆくための新たな条件を口述しておこうと決心したのだ。この件は今では相当危険すぎるものになっている。Cは一週間前、商工会議所で、今になって暴動を種に使って財界《シティ》を脅迫するという手はまちがっているということを思い知らされた。彼は暴動をすっかり片づけてしまうぞと言って脅迫すべきだったのだ。夜、彼は民会広場《フォールム》にあるマニウス・プルケルの家に行った。わたしも同行し、書類を持参した、大部分は地所購入に関するものであった。プルケルは来訪を前もって知らされていたらしく、彼の銀行の帳場に何人かの財界《シティ》のお歴々を招いてあった。みんなが席につくと、Cは前口上もなく、事務的な口調で言った。

「皆さんは再建された街頭クラブに対し、大変好意的な関心をもつことを示して下さった。さて現在、クラブの指導部は、元老院案の穀物無償配給によって、街頭クラブの会員の一部の士気が多少とも低下することになるのではないかということを恐れております。個人、それもかけがえのないような個人たちの政治的主体性というものが、非常な借財の重荷によってすっかり弱められることも稀ではありません。クラブの存続は、クラブにふみとどまることが『頭と首』を賭けることを意味するようになった現在では、彼らに民衆派の勝利はとりもなおさず自分たちの勝利だという感情をつくってやれるかどうかにかかっているのです。皆さんはビジネスマンでいらっしゃるから、当然クラブに必要な金額やその用途などに関する専門的な詳しい資料を見たいという希望を表明されました。そこでわたしは、皆さんに若干の数字を閲覧していただけるようにとりはからっておきました。ここにもっとも緊急に支払わねばならない債務のリストがあります」

彼の話を、まったくポーカーフェイスで聞いていたプルケルは、そこでうなずいた。Cはわたしから書類の入った折鞄をうけとり、しばらくそのなかをさがして彼自身の地所購入のリストをひっぱりだし、それを銀行家たちに渡した。プルケルはその紙を受けとり、しばらく黙ってそれを検討していた。それから顔をあげると、内心の動きを多少あらわしながら言った。「この、しかもかなり大まかな梃子《てこ》入れの計画を実行に移さぬかぎり、民衆派運動の強化に関する真の関心をわれわれの側からは期待できないと考えられるのですか？」そう言いながら彼は、その紙を他の銀行家たちに回覧した。「駄目ですね」とCは確信をもって言った。

プルケルはまじろぎもせずに彼をみつめた。プルケルは小柄で太った禿頭の男で、白茶けた顔色をしていた。彼はまるで自分の足の指先にある痛風のしこりを見るようにCの顔をしげしげと眺めた。ふたたび口を開いたとき、彼の声は荒かった。「とするとあなたは、われわれがあなたの個人的な投機の財政援助をしないと、すべての行動計画を潰してしまうぞとおっしゃるんですね。そういうご意見でしょう？」

Cは数秒間、同じようにじっと彼を見つめた。それから彼は固い口調で言った。「違います。どうやらわたしは皆さんに、間違った書類をおまわししてしまったらしい」――「そうでしょうとも」とプルケルは素っ気なく言うと、これまで一言も口を出さなかった彼の同業者たちの手から、例の紙をとりあげ、それをテーブル越しにCに突き返した。Cは立ちあがった。彼は驚嘆に値するほど平然たる態度を示した。彼は言った。「わたしの印象では、この瞬間はどうも真面目なビジネスの問題で発言をするにはあまりふさわしくないような気がします。こういう話し合いというものの成果があがるのは、友好的な雰囲気のなかで話が進められる場合だけですが、どうやらこの場にはその空気がありません」

「ひょっとすると」とプルケルは言ったが、まだ坐ったままで、ゆっくりとその先を続けた。「あなたの、どうやらひどく貴重なものらしいあなたのお時間を、もう少しわれわれのためにさいていただけるでしょうな。今まではわれわれは政治家としてのあなたとお話するという光栄に浴しました。そこでそのあとわれわれが是非にとお願いしたいのは、これから私人としてのあなたと会談をすることです。つまりわれわれはまったく偶然にこの、そう、あなたが誤ってわれわれに廻された購買リストを拝見しましたが、これには無関心どころではありません。昨日以来われわれはあなたの署名入りの一連の借用証書を手に入れています。この証書はクラッススを通じてわれわれの手に入ってきたもので、その総額は九百万セステルチウスになります。例によって財政的には前からの重荷をしょいこんでいるあなたが、それでいてまだこれほど巨額の地所の投機にすっかり打ちこんでいるのを見て、われわれはひどく驚き呆れるばかりでした。たぶんあなたはこの説明をなさりたいとお望みなのでしょうな？」Cはまるで稲妻に打たれたように立ちあがった。〈キノコ〉はCの救いを求める叫びから、ある結論を引きだしていたのだ。彼はCを破滅の手に委ねていたのだ！

わたしはCがこの会談の結果を完全にはっきりと捉えたとは考えない。プルケルは彼に対して、まるで自分の社員に話すような言い方をした。彼はCに、無愛想に、Cがのっけから持ちだした民衆派運動の強化の準備を、「たとえどんな形であろうと」継続するように指示を与えた、しかも「少なくとも十二月十日までは続けろ」というのだ。Cは一言も口に出す勇気がなかった。彼の地所の投機はもう救いようがない。彼はいまではきっと、どこにどれだけの土地を買ったかということさえ覚えていないだろう。それにもちろんまだ手金を払っただけだし、その金もムキアの金なのだ。しかも彼はどの金も高利で借りているにちがいない。

十二月十日とは、メテルス・ネポスが護民官に就任する日だ。

十一月二十六日

あれだけ打ちのめされても彼の気分はもう上向きになっている！　朝半時間ほど馬場に行ってきたら、被保護民《クリエンテス》の面会時間にはもう堂々たる大人物になっている。まるで肉屋への払いも不要だし、ムムリウス・スピケルのことなんか眼中になく、武装蜂起の準備もいらず、銀行家など意に介さぬというかのように！

彼はまさに図太い神経の持ち主だ！　彼自身は少なくともカトーが穀物無償配給を始めて以来、武装蜂起は不可能と見ているはずなのに、しかも相変らず貧民地区での武装蜂起の準備を進めさせているのだから、まさに巨人のような神経といってよい。

Cの手紙をもってアレクサンデルのところへ行く。彼の小さいけれどもやりきれないほどきれいに整頓された部屋で、彼は地区指導者のなかに放たれたわれわれの秘密の連絡員であるプブリウス・マケルと、武装蜂起の計画を練っていた。マケルは、乾《ひ》あがった皮帯のような長身の男だが、一山の本の上に腰をおろし、それぞれの目抜き通りの集会場として選ばれた居酒屋の名前をメモしていた。ふたりは、クロディウスの息のかかった街頭クラブと協力し、職種別職人組合の反対派の組合員および民衆派の選挙対策委員会のリストに載っている有権者たちのなかから武装幹部として働く人物を養成しようとしているのだ。最近またいくらかでも軍資金が自由になるようになってから、戦闘集団の編成が強化された。

アレクサンデルとマケルは、クラッススのすこし騒がしいけれども壮大な美邸のなかで、誰にも怪しまれずに活動を続けられる。しかしアレクサンデルがカトーの穀物無償配給政策を論ずる語り口から（「あいつは民衆派の政策の眼目である『土地と穀物』のなかから、正確なお偉方の嗅覚を使って穀物のほうを盗みとりやがった。これでお偉方は民衆をうまく釣っておける――土地問題を選んでいたら民衆は紐つきではなくなったろうに」）、わたしは彼がもう自分の準備している一揆にあまり自信をもっていないことを読みとっていた。

Cの手紙にはたぶん、あまり性急に事を運ぶなという指令が書いてあったのだと思う。なぜならプブリウス・マケルは、不平そうに「毎日話が変るな。今日は急ぐな、石橋を叩いて渡れ、と言っているが、先週は仕事が遅すぎると言ってきたじゃないか。それで決行の日時は書いてきたことがない。ところでな、血で血を洗うような大殺戮の計画は組織的にやらなきゃならないし、それに結構金がかかる、お偉方が気持よく身体を洗える大浴場に金がかかるのと同じことさ（大殺戮〈原語では血の浴場〉と浴場をかけた語呂あわせ）」わたしのびっくりしたようなまなざしに気づくと、彼は素っ気なく言った。「上のほうの人たちも、願わくばこういう事件が、数千の家族をいろいろなことで巻き添えにしてしまうということを知っていてもらいたいな」

アレクサンデルの言葉は、彼が選挙のことを決して忘れていないことを明らかに示していた。

わたしはひどく不安な気持で家路についた。

十一月二十六日（夜）

クロディウスの秘書であるパエトゥスといっしょに、Cの希望で街頭クラブの集会の行なわれる酒場へいってみた。入口で身分証明書を調べられた。集会のあいだじゅう酒を飲むものはひとりもいなかったが、これはローマでは前代未聞のことだ。

テーマは、「われわれは奴隷にクラブへの入会を許可すべきか？」ということであった。ひとりの弁士は、入れてもいいが、個別的なケースに限るべきだ、という論旨を詳しく述べた。もうひとりの弁士は、まちがいなく失業者のようだったが、ひどく興奮して、「奴隷たちというやつは、決しておとなしく自分の属すべき場所に留まっていないで、際限なく次から次へと要求をもちだすものだ、自分はローマ市民だから、奴隷と共闘はしない」と述べた。

酒場が薄暗いので顔ははっきり見えなかったが顔色のよくないやせこけた大柄な男が荒々しく言った。「おれたちが奴隷と同じ蛭《ひる》に吸いつかれて絞りあげられているあいだは、奴隷を攻撃するような馬鹿げた演説はやめにしようではないか！（このもっともな正当な意見が、大多数の賤民の保守的な偏見のために受け入れられないのである）」

しかし彼はすぐに弥次り倒されてしまった。われわれがそこを立ち去るとき、まだ五、六人の男が彼をとりかこんで、腹をたてながら彼を説得しようとしている光景が見られた。クラブの代表者は、戸口までわれわれを送ってきて、「士気は衰えていません。元老院の穀物無償配給政策は、われわれのクラブを動揺させたりはしませんでした。アレクサンデルの作った『やつらが穀物を撒きちらしても、おれたちの目潰しにはならないぞ』というスローガンは、クラブ会員に大喝采で受けとられました。みんな施しを求めているのじゃなく、職を求めているんですからね」とわれわれに保証してくれた。

Cは穀物無償配給政策という攻撃にクラブがどんなふうに耐えているかを知ろうとしたのである。わたしの報告をCはあまり関心を示さずに聞いた。彼はまた完全にやる気を失っているようだ。一日じゅう図書室で横になってギリシアの小説を読んでいる。

十一月二十七日

野菜市場のうしろの貧民区でわたしはひとりの失業中の左官屋と奇妙な会話をした。またま八階建のアパートのひとつが倒壊したのである。崩れた建物のあとを、奴隷たちの群が片付けていた。その男は、みすぼらしい台所戸棚の残骸に腰をおろして、数人の生き残りの居住者が、瓦礫の山をひっくり返して、自分の家財の残りを掘りだそうとする光景を眺めていた。もうもうとあがる埃を通して、わたしとその男は、ひとりの女が、シャベルを使って働いている奴隷のひとりの顔を殴りつけるのを見た。女は、その奴隷にもっと注意してシャベルを使えと言っていた。するとわたしの隣にいたその男は突然「仲間どうしが殴りあいをしているな」と言ったのだ。「こういうことがおしまいにならぬかぎり、連中は決して今よりいい家には住めないでしょう。わたしの仕事をやっている仲間はみんな素寒貧《すかんぴん》ばかりです。わたしはもうこの町では一文も稼げない。わたしはカティリナのところへ行くんだが、それは彼が奴隷とも手を組むつもりだと聞いたからですよ。われわれは、奴隷と連帯していかぬかぎり、民会《フォールム》や議事堂《カピトール》に巣喰う蛆虫どもを抑えることはないでしょう。やつらをのさばらしておくかぎり、選挙があろうと革命が起ころうと、何もかも結局は欺瞞に終ってしまいます、ただの欺瞞にすぎないのです」わたしはすっかり考えこんで家路についた。

わたしはケテグスの家を訪れ、カティリナの陣営にいるカエビオの消息を求める飛脚を出してもらうようにたのむことができた。念のために、ルーフスの名も言っておいた。そのあとはすこし気分が落ち着いた。少なくとも何らかの手は打ったのだ。

わたしがちょうどグラウコスに剣技の稽古をつけてもらっているとき、あちこちの穀物倉庫でかなり大きな暴動が起こっているというしらせを受けた。カティリナ一味の連中は、数日来、穀物無償配給有資格者の帳簿に載らなかったすべての連中に、倉庫へ行って穀物を要求しろと煽動していたのだ。この帳簿はもう昔のもので、アシア戦争以来失業者の数はものすごく増加しているのだ。午後五時に、各所の穀物倉庫の中庭は人でいっぱいになり、救援を求められた警察ももうこの大群衆のなかを通りぬけられないほどだった。数ダースの人間が踏み潰された。そのなかには女たちも混じっていた。穀物管理局の役人もふたり興奮した群衆に襲われたという話だった。夜になると、そのふたりは殺されたという噂が流れた。大倉庫のうち四つまでは、群衆によって完全にからっぽにされてしまった。

二つの地区の街頭クラブは、カティリナ一味と協力して活動した、この騒動では、またもや無数の奴隷が加わっていることが認められたが、奴隷たちにはとくに乱暴な行為に出るものが多かったという。

十一月二十八日

穀物倉庫での流血の大惨事は、大衆をさらにラジカルな方向にむかわせるだろう。もはや「民衆の友カトー」などと言う人間は誰もいない。国家の側からの福祉政策はまったく放漫であることが暴露された。現実にローマの半分は失業中なのだから。

ムムリウス・スピケルは、彼や彼の同僚が労働者街に差し押えに行くと日増しにひどい抵抗にあうようになってきたといってこぼしている。彼はどこにいってもカティリナ一味のアジテーションの影響力を感じるそうだ。人びとはもう、彼が差し押えようとする担保物件を、黙ってさしだそうとはしない。彼は疲れきってこの家の主室に坐りこみ、「実のところ、この家に差し押えに来るほうがずっと楽なんですよ」と言った。

十一月二十八日（夜）

グラウコスの話では、カティリナの陣営に大変な仲間割れがあったそうだ。牛肉市場前のある居酒屋、ここには二十二人のカティリナ党員が出入りしているが、この酒場でシリア人の奴隷が半死半生になるまで殴られた。その理由はこのシリア人が、ローマの軍団兵は彼の故郷の町を占領したあとで、シリア女の強姦を始めたが、ひとりの隊長がそこを見過ごし通ると、立ちあがり、敬礼をした、と主張したからだという。これが四日前の話だった。そのあと、九人の党員が、奴隷を党から除名しろと要求した。それからは喧嘩沙汰が絶えず、そして奴隷のあるものは失業して骨と皮になっている職人たちよりよく栄養をとっているので、喧嘩でも決して分が悪くないという。幹部はその調停役を買ってでている。奴隷をぬきにしては暴動を起こせないと思っているからだというが、なるほどこれは絶対に本当だ。しかしこういう調停に乗りだすと、今度は幹部は、奴隷でない党員から突きあげられる。一方奴隷たちは、とくにスタリウスが、ローマの平民は、まだ奴隷と組んで事を起こすほど落ちぶれてはいない、と発言したことでひどく腹を立てている。

わたしはこの問題について、グラウコスと長い間話し合った。なるほどわたしも奴隷だが、わたしは自分が、ローマの破産した貴族どもや、零落して腐りきった平民どもほど「落ちぶれて」いるとはぜんぜん思わない。

十一月二十九日

アレクサンデルが警告にやってきた。彼は今日Cにこう言った。「わたしは絶対に信憑性のある情報を手にいれました。〈ふくらはぎ〉はカティリナから手紙を受けとりましたが、そのなかでカティリナは、反乱は、奴隷身分の廃止と平行して行なわなければ不可能だということを詳しく述べています。われわれは決してこんな計画には乗れません。こんなやり方は、われわれの事業をゆがめ、犯罪的性格を帯びさせてしまうものです」

Cは逃げを打った。彼は、カティリナ自身は、すべての道徳的な支えを失い、なにをやっても構わないという心境になっているのだから、こんなことだってやり兼ねないことを認めた。ただし、カティリナ一味に加わっているローマの平民は、こんな冒険主義に身を委《まか》せることはなかろうと言うのだ。

しかしアレクサンデルが帰ってしまうと、Cはひどく興奮しているように見えた。彼は一時間以上も、ひどく落ち着かぬ様子で庭園を歩きまわっていた。昼食にフルウィアがやってきたとき彼はいつになく寡黙だった。わたしは巧みに話をもっていきながら彼女から話を聞きだした。もうずい分昔、彼女はある小さな宴会に出席し、名前は言いたくないが、カティリナ一派の領袖たちと、奴隷の問題について議論したことがある。彼らは、ローマの民衆が自分たちだけで元老院を片付けてしまう可能性は疑わしいと言っていたそうだ。元老階級出身の将校たちに抑えられている軍隊は、倍の俸給をもらってあらゆる暴動を鎮圧することになるだろう。民衆の半数は、小作人、間借り人、その他元老たちの債務者から成っている。このことはいつの選挙をみてもわかる。奴隷たちはもし反乱が彼らに何の公約も与えてくれないならば、むしろ自分の主人を守ることになるだろう。そしてローマ市民ひとりに対して奴隷の数は五人だ。だから、少なくとも奴隷を味方につけ、少なくとも彼らの自由を約束しなければならない。そのあとでいろんなことが分かってくるだろう等々。しかしいったい奴隷は外国人だろうか？　そうだ、市民権を獲得しないかぎりは彼らは市民ではない、そしてローマ人は、市民権を剝奪されぬかぎりは市民である。そして市民権を奪われる一番ひどい形は、死である、たとえば暴動が失敗して死ぬというような形だ。「あれだけ多量の奴隷をローマにもたらしたルクルスの美しい大邸宅が、あのピンキウスの美しい邸が、いつか奴隷の所有物になるなんてことがあるの？」とフルウィアが心配そうにたずねた。Cは明らかに彼自身もショックをうけたようだったが彼女を安心させようとした。「貧乏な奴らが、奴隷と共闘しなければ政治行動をやれないというなら、けっきょく貧乏なやつはいつまでたっても政治行動はできないということでしょう」と彼は放心したように言った。わたしがそれに同意すると、とても感じはいいけれどすこし頭のほうがお粗末なフルウィアがわたしにたずねた。「じゃあなたは、奴隷が自由解放の身になることには賛成ではないの？」わたしは彼女に、わたしはまるでそんな気持はないと断言した。Cはわたしを見つめながらこうつけ加えた。「もしうちの奴隷たちがわたしを襲うとしたら、まずカエサルよりさきにラールスを殺さなければならんだろうよ、フルウィア」残念ながらわたしもCの言う通りだと思う。

フルウィアはやがて帰っていった、われわれが口数の少なかったのですこしお冠だったようだ。Cはそれからベッドに横になった。彼はひどい下痢だと訴えたので、クラッススのおかかえ医者を二人借りてくる始末だった。

十一月二十九日（深更）

もう二時になるというのに、今日Cが横になっている図書室にはまだあかりがついている。彼はアリストテレスの著作を朗読させているのだ。医師たちは彼の胃の変調は、ただ精神的な興奮が原因だと言っている。

彼は今や「武装蜂起」による作戦がいまにも流血の奴隷蜂起に変る可能性がでてきたことを知らされるだろう。カティリナの一味に採用される奴隷の数がますます増えるようになってからは、党に残っているのは札つきの碌でなしばかりになってしまった。なるほど街頭クラブは奴隷たちとは切り離されているが、しかし来たるべき暴動では街頭クラブはもはや主導権を握ることは決してないだろう。そしてもし奴隷たちが、理性や道徳のいっさいの鎖をかなぐり捨ててしまったら、どんなことになるであろう？　ローマの市民は今も飢えているが、もしも奴隷がぜんぜん働かなくなってしまったら、簡単に飢え死にしてしまうであろう。奴隷によって運びこまれる大量の荷がとまってしまったら、首都ローマの食糧補給は二週間ともたないであろう。奴隷の乗組員がいなかったら、穀物積込船は一隻も動かなくなってしまうのだ！　まったく気の狂いそうな話である。

わたしのカエビオはいったいどこにいるのだろう？　薄汚ないごろつきどもをかき集めたといわれるあのファエスラエの兵営にいるのだろうか？　雨が滝のように流れこむ、テント暮しだろうか　エトルリアでもきっと雨が降っているにちがいない。

十一月三十日

ガリア人の商人が今日の被保護民《クリエンテス》の面会時間にやってきた。彼はクレモナ市の肥ったファウエラの紹介状をもっており、ポー平原地方のみならず、キサルピー族のガリア地方がカティリナにかけている期待について多くのことを語った。Cは半時間ほど彼とふたりだけで話し合った。
午前中に彼はわたしを——一通の手紙をもたせて——キケロのところに使いに出した。キケロはわたしのいるところでその手紙の封を切って、驚きと恐れと勝利感の入りまじった不思議な表情でその手紙にあわただしく目を通し、わたしの存在など無頓着に、急いで彼の書斎に入ってしまった。この手紙には何が書いてあったのだろう？

町なかの緊張はもはや限界に来ている。すべての兆候は爆発の間もないことを示している。カティリナの徒党は夜中にマルスの原の練兵場《カンプス・マルチウス》で軍事教練をやっている。そして民衆派の街頭クラブは、もうとっくに最後のひとりまで武装を済ませている。キケロ氏の息のかかった警察にはもちろんこの事情はすべて知れわたっている。ところが不思議なことに、キケロ氏は、時おり自分に対して企てられた暗殺計画を発見することで我慢しようとしている。そのかわり元老院側は精力的に活動している。元老院は、キケロに対する圧力を日に日に強くしているそうだ。カトーは、何が何でも、こういう「一切の魑魅魍魎」を徹底的に一掃してしまうことを望んでいる。それは何より、いまやますます支配者的な姿をとりだしてきたポンペイウスの要求に対して、しっかりと対処するためなのだ。まったくのところ、キケロがなにゆえに攻勢をかけないのかは、誰にも理解できないことなのである。キケロを骨抜きにしているのは、アシアからやって来た大物、ネポスなのだろうか？　なぜならそういうあいだにも、民会広場《フォールム》では、ひそかにいろいろな戦いが進行しつつあった。この戦いでは、新任早々の護民官（ネポス）が、徴税請負権の契約書のいっぱい詰まった鞄をかかえて重要な役割を演じていた。財界《シティ》の態度はまったく正体がつかめない。二、三の銀行は、先にはカティリナ一揆の金融をしていたのに、それからあっさりとこの一揆を見放した。その後別の財界《シティ》グループが敏速にこの話に乗ってきたが、これは明らかに別の目標を狙っている。そして現在では、よりによってポンペイウスの子分である男が、カティリナを援護することに手を貸してやっているという話である。でなければなぜ、誰だってカティリナ派であることを知っているあの執政官アントニウスが、カティリナのエトルスク軍団に対する派兵の指揮をとるわけがあろう！　それにもっとも驚くべきことは、日々恐ろしさを増してくるカティリナ一味の反乱計画の噂があるにもかかわらず、アシア関係の有価証券が、株式市場ではふたたび高値をよびつつあるということだ。このわけがわかるものがいたらお目にかかりたい！

十二月一日

カエビオの消息はまったくない。絶望する。

この数日、カエビオのことばかりいろいろ考えてしまう、政治的にも。わたしのあれほど身近にいた彼のことについて、わたしはどれだけのことを知っていたろう？　われわれは、大邸宅に住み、この地上の大人物たちの身近にいて、この町の数十万の人間のことをどれだけ知っているだろう？　何ひとつ知らないのだ。わたしは一介の奴隷にすぎない。しかし彼、ローマの市民であり、自由の民である彼が、何ごとであれわたしを頼らなければならないのだ。それはわたしが心付け《チップ》をもらえる役職についているという理由があるからにすぎない。もちろん彼はわたしより教養がない。だがわれわれの恋が破滅に終ったのはそのせいではなく、わたしが彼に時期を失せずに香水店を買ってやらなかったせいなのだ。失業者たちはもはやカティリナ以外には何の希望ももてない。昨日はまだわたしは、今なおカティリナ一味に残っているものは、札つきのどうしようもない連中ばかりのような気がしていた。しかしひょっとしたら、その連中こそ数十万の人間ではなかろうか？　このカティリナの運動は、やっぱり民衆の運動なのかもしれない。考えてみるとよい。キケロ氏は独裁制をめざす陰謀計画（カティリナ一味の）を暴露した。職種別職人組合は声を大にして非難している。カティリナは奴隷問題に手をつけた、そしてすでに、陰謀加担者を通報したものには、奴隷なら十万セステルチウスと奴隷身分解放、自由民なら二十万セステルチウスという、莫大な報奨金が与えられると布告されているのに、通報者はまったくあらわれない。ところが陰謀の存在することを知らないものはないのだ！　とするとひとり残らず加担者だというのだろうか？

カティリナ派が攻撃を開始することは、毎日期待されている。彼らが待機している原因は、クロディウスが準備を終えてないと称しているからである。本当はしかし、ただCが行動開始の許可を出していないからに過ぎない。

十二月一日（夜）

今日はまた〈キノコ〉がやってきた。Cに法務官《プラエトル》（市裁判官職）の立候補をすすめるためである。Cは相変らず慎重な態度をとっている。この態度から察すると、驚いたことに彼はいまだに地所の投機に望みをかけているらしい。彼は官職につく意志がないのだ、なぜならば元老院議員はこのようなビジネスをすることを禁じられているからであり、禁じられていればさすがにこのビジネスを手がけることも簡単にはいかなくなるからである。〈キノコ〉はひょっとしたら公的にはわれわれよりもっとこの件にまきこまれているのかもしれない。結局はわれわれが、財政的にもカティリナをもちこたえさせる状態ではないことは誰でも知っている。しかしクラッススはちがう、彼は金を船に積んでしまったということである。しかし「彼はローマの半分をかついでいくわけにはいかないさ」とCは冷たく言った。「やつの貸し家のひどい木造バラックは船で輸送などしたら潰れてしまうこと疑いなしだからね」

〈キノコ〉はすべての政治的な活動から完全に身を引いてしまった。神経が完全に参ってしまったのだ。きっと一晩も眠っていないのだろう。彼は元老院の手先の警察と、カティリナの徒党を怖れている。おまけに「街頭クラブ」を恐がっている。とくに彼もよく知っているように、今この連中は「金持は敵だ」というモットーのもとに結集をはじめているからだ。彼はポンペイウスを怖れ、財界《シティ》のポンペイウスの競争者たちをも怖れている。しかし彼が誰よりも怖れているのは奴隷たちだ、なによりもまず奴隷たちなのだ！　彼は真夜中に自分の図書室の司書をたたき起こし、汗をかきながらその男のベッドの縁に坐りこみ、朝が白みはじめるころまで死後の生活を話題に話しこんでいる。

財界《シティ》でこう感じているものは彼ひとりではあるまい。しかもそれなのに、まったく不可解なことだ！　財界《シティ》は相変らず（カティリナに）金を流しているのだ……

十二月二日

元老院は激怒している！　カトーが、財界《シティ》から選挙の後でも依然としてカティリナ運動に融資していた金額を正確に報告したそうだ！

おまけにカプアからは不安な報告が伝えられている。カプアの剣技奴隷教習所で暴動が起こったというのだ。今日はこの暴動の話で町じゅうもちきりだった。貧乏な連中さえこんなことを話しているのが聞かれた。「内乱が起こったら、奴隷の反乱てことになるぞ。そうなったら何もかもおしまいだ」

十二月二日（夜）

財界《シティ》には骨身にしみるほど恐ろしいことなのだ。商工会議所は会議を開き、会員のなかでカティリナおよび「カティリナと関係をもつ諸運動」に金を融通したものが誰かを調査する決議を行なった。ところでプルケルおよび彼に合流したグループはもちろんこの会議には欠席した。

財界《シティ》は今やおののいている。「奴隷が攻めてくる」という噂が、

十二月三日

ついに噂どおり攻勢がかけられた。しかしカティリナの側からではなく、「キケロ」の側からの攻勢だった！

朝の四時にアエリミア橋のたもとで、「ガリア商人」の代表団が警察に足留めを喰らい、荷物を検査された。すると有名なカティリナ一味の男の署名のある、国家反逆罪に当る内容の手紙や文書が発見された。

一時間後にケテグス家の家宅捜索が行なわれ、大きな武器庫があることがわかった。陰謀者たちは寝込みを逮捕され、コンコルディア神殿に連行された。キケロはそこに元老院を召集しておいた。彼は元老院に〈ふくらはぎ〉とカティリナの文通を提示した。この文通では、カプ

アの剣技奴隷たちに暴動を起こさせる件に関する細目が述べられているということだった。この記録は差し当ってはまだ秘密にされている。ともかくレントゥルスとケテグスは、これほど彼らの明白な罪状を示す資料をつきつけられては、否認のしようがなかった。これらの連中は当分の間、元老院のメンバーの個人の邸に身柄を拘留されることになった。

そして正午ごろ、スタティリウスが、武装したものたちに連行されてうちへ連れてこられた。彼の身柄はCにあずけられたのだ！

C自身は、午後になって、すっかり疲れきったように顔色も青ざめて帰宅した。彼はなにも食べず、スタティリウスのいる部屋にも入っていかなかった。

しかし彼の（それにクラッススの）名前は、元老院では挙げられなかったそうだ。ということはつまり、Cもクラッススも陰謀にはそれほど本気で加担してはいなかったわけだ。

わたしは残念なことに一日じゅうCとガリアの商人の話し合いのことを頭から追いだすことができなかった。

十二月三日（夜）

ローマの五地区が軍隊によって占拠された。部隊（ピケヌム地方の農家の子弟で編成された軍団）は通りを巡回している。この連中は往来で炊事をしているので、賤民たちが兵隊の野戦炊事場のまわりに押しよせている。兵士たちは気がよかったり、あるいはどうしていいかわからなかったり、それどころかすっかりおどおどしてしまって、まめまめしくそらまめスープを配ってやっていた。しかし気骨のある連中は施しをなにももらわず、話によると、自分の飢えている子供たちが兵隊たちから食物をもらうとそれを手からはたきおとしたという。

十二月四日

すでに昨夜からまたおどろくべき噂が町じゅうにひろがっている。この噂はキケロが八時すぎに公表した押収書類の内容をはるかに上まわるものであった。公示板やポスターの前に立って、大変な数の群衆が、ケテグスの家に麻くずや硫黄がみつかり、それに正確な放火計画も発見されたという報告を読んだ。それによるとローマは十二カ所で放火されることになっていたという。

グラウコスは、この主張は根も葉もないことだと言い張った。警察が、こういう証拠の品をあらかじめ、それも手押車にのってしまうほどの量だけ、ケテグスの家にもっていっておいたのだ。

ガリアの商人たちは、ある煽動者の書類を配られたというが、その書類は偽造されたものであった。なにもかもがでっちあげ工作なのだ。しかも押収された手紙には、反乱成功後の告示の草案があり、この告示では、奴隷を解放するとうたわれていた！　こう聞かされれば、少なくともねぐらだけはもてるような人間なら、もう決して陰謀加担者たちに賛成することはなくなるだろう。職人なら誰でも奴隷を雇っているのだ。

夜になると、反乱では水道をとめることも計画されていたという噂がひろまった。

各街頭クラブは、名状しがたい混乱に襲われた。アレクサンデルは、地区委員を召集し、彼らに、カティリナ一味は町で奴隷たちにも武器を与えたりしたという証拠がみつかったのだから、この行動からは手をひくべきだと説いた。二十一人の地区委員のうちやってきたのは六人だけであった。しかもそのうちふたりは、はじめは、奴隷の問題がどうであれ、ともかく戦うべきだという意見をもっていた。他の連中は、クラブ会員は指示がなくてもまちがいなく今夜じゅうに武器を片づけてしまうだろうと保証した。

カティリナの一味は、キケロが陰謀の全貌を暴露したので、どうやら完全に手足をもがれてしまったらしい。

クロディウスはローマ市外に潜伏した。

今日の午後またCとクラッススの名が陰謀の加担者として挙げられるようになった。公証人をしていた警察のスパイのウェッティウスとかいう男が、財務局《クエストゥル》に出頭して、Cを陰謀の資金提供者だと告発したのだ。

Cは午後にふたたび元老院にでかけた。カトゥルスは朝まだきにキケロをたずねていったという話だ（議事堂《カピトール》で彼をつかまえたのだ、執政官キケロは、昨夜帰宅せず、議事堂で夜を明かした）。そしてCを逮捕してもらいたいという緊急請願をしたのだ。しかしキケロはそれを拒んだということである。

Cは、自分の不利になるような資料はなにもないと確信している。

そして事実彼は議会では何も責任を問われることなく夜になって無事帰宅した。

彼はすっかり逆上しているポンペイアに、元老院で彼の告発者のひとりが、クラッススという名を口にするやいなや四方八方からの野次で黙らされてしまったという話をした。元老院議員の多くのものは、クラッススの債務者である。Cもまた、今回の嫌疑を免れて青天白日の身になることができた。「おれのほうは」と彼は言った。「債権者がいすぎたんだな」

しかし逮捕された連中はひどいことになりそうだ。長老たちは、今度の件では血の流されることを望んでいる。もちろんキケロは、死刑を考えることはいっさい拒んでいる。彼は繰り返し、いま死刑の判決を下すのは民会の承諾をうけていないから非合法であり、そんな処置をとったら必ず自分の身の上にはねかえってくるにちがいないと言っている。しかしそれでもいまキケロの邸にはカトーほか五人の連中が集っている、彼らはいくつかの対抗手段をもっているらしい。

マニウス・プルケルが訪問を告げたとき、Cの主室では人々がまだ会談中だった。アフリカヌス・クッロも一緒にやってきたが、彼は知らぬものはいない著名な財界人で、彼の発言は財界を左右する。他に三人の名の知れた徴税請負業者もいたが、みな青ざめて神経質になっていた。

図書室へと移ると、このご連中はみんな、単刀直入に自分の願いの筋をもちだした。これはまったく驚くべきことだった。彼らは白けきったことばで、Cが明日、元老院の最終決定会議で逮捕者たちを弁護し、どんなことがあっても死刑判決だけは回避するようにしてもらいたいと提案した！　Cははじめのうちはとても落ち着いていた。彼はこの連中の重大なミスを指摘し、彼らに敵対する空気が強いことを伝えた。小柄でぐにゃぐにゃした五十男であるアフリカヌス・クッロは、Cの話をたっぷり聞いてから、やっぱりただただこう繰り返すばかりだった。「どんなことがあっても死刑判決をさせちゃならん。そんなことをさせたら、元老院が絶対的な勝利を占めてしまうことになる」Cはわたしに席を外させた。

お歴々は二時間半後にようやく帰った。彼らが立ち去ったあと、わたしが図書室に入ると、Cはヒステリーのように嗚咽してからだを痙攣させていた。「どんなことがあったって、そんなことをするもんか。あの無節操なやつらめ、おれのことを何だと思っていやがるんだろう？」

明白なことだが、彼が銀行の要求をみたしてやれば、民衆派の連中がこの陰謀計画にどれほど深くかかわっているかが誰にだってわかってしまう、とくに彼がだ――しかも元老院が攻撃の刃をとぎすましている時点でこんなことをすれば！

十一時ごろ、〈キノコ〉がやってきた。彼は昨日から今日のあいだで少なくとも二十ポンドは痩せたようにみえる。彼は夜遅くまで家にいた。スタティリウスはしきりにCに面会を求めたが、もちろん無駄であった。

十二月五日

朝早くから町じゅうがざわざわしていた。街頭には興奮した人びとの群があふれていた。カティリナに好意的な発言をするものはもうひとりもいなかった。指物師たちは例外なく、カティリナ一味は自分たちの鋸屑《のこ》に火をつけようとしたのだと信じこんでいた。床屋の店では、この地区でカティリナ派で有名な男の髪を刈ってやらなかった。街頭の男たちの目からもいまやウロコが落ち、真相がわかるようになったわけだ。

ローマには百万あるいは百五十万の奴隷がいる。かつてハンニバルはローマの城門の前でローマを脅かしたが、奴隷たちは門のなかにいるのだ！

Cが議事堂《カピトール》にでかけているあいだに、わたしは手紙を届けにカトーの妹であるセルウィリアのところへいった。人はなんと言おうと、彼女は本当に彼を愛しているのだ。彼女は彼の手紙を読み、すぐに返書をわたしてよこした。

民会広場《フォールム》は立錐《すい》の余地もないほど人でいっぱいだった。銀行はすべて閉鎖されていた。警官がたくさん出ていた。何時間も前から人びとは元老院の決定を待っているのだ。

わたしが議事堂《カピトール》についたとき、会議はまだ行なわれているさいちゅうだった。わたしはCがすでに大胆にも「カティリナ一派に対する寛大な処置」を望む演説をしたと聞いた。わたしは心臓の動悸を首のあたりまで感じた。ちょうどわたしは、商人階級の、おもに若い人たちのあいだに立っていたが、彼らはみな武器を携えていた。彼らはキケロの市民防衛隊の連中で、もっぱらCの演説を話題にし、その演説を恥知らずだと非難していた。ひとりは叫んだ。「あのカエサルという野郎がいちばんひどいやつよ。もちろんあいつは金をもらっているのさ。袖の下をもらわなきゃ、あいつは口を開きはしないさ」そして別の男がそれに答えて言った。「カティリナの金の臭いがこの辺にまでしてくるぜ！」わたしはアフリカヌス・クッロのことを考えて、思わず笑いだしそうになった。

おしまいにわたしは、Cの手にセルウィリアの手紙をすべりこませることができた。

夜になってはじめて、彼がたいへんなセンセーションをまき起こしたことを知った。

Cが予測した通り、たちまち騒ぎが起こったのだ。彼がわたしから手紙を受けとったとき、老いぼれ間抜けのカトーはちょうど死刑に処すべしという動議を提出し、遠慮会釈なくCが共謀していた疑いがあると弾劾しているところで、いまCは妙な手紙を受けとったが、それを公開してもらいたいと要求した。カトーは、たぶんその手紙はカティリナに近い人物からの密書臭いという含みをもたせてこう言ったのだ。Cは愛想よく彼に、カトーの実の妹からの手紙をさしだした。老いぼれ呑ん兵衛のカトーは、この手紙をみて激怒のあまり蒼白になり、この「色事師め」と罵りながら手紙をCの足もとに叩きつけた。このエピソードによって、Cにむけられた嫌疑はあっさりと滑稽さにすりかえられてしまった。Cはこういう細かい細工にかけてはすごい手腕をもっている（この逸話はプルタルコスにも出ている）。

　本心では誰も死刑執行が行なわれるだろうなどとは思っていない。いたるところでささやかれているのは「われわれはアシア的な独裁制下に暮してはいない」という言葉である。法律が明瞭に規定しているところでは、ローマ市民は民会の同意がなければ死刑の判決はできない。宵闇が迫ってきたとき、逮捕されたものたちはキケロに連行されて聖者通りと民会広場《フォールム》の、沈黙している人垣のあいだを通っていったが、誰もがこの連中はただ拘禁されるだけだろうと思っていた。それでも聖者通りが民会広場にぶつかるあたりで、〈ふくらはぎ〉は失神してしまった。そこで閉店している銀行の並ぶ通りを、この気絶した男をかついで通らなければならなかった。そして群衆の最前列に立っているので、ケテグスの汗びっしょりの髪の毛まで見ることのできた人たちは、この小さな行列がどこにむかってゆくかを予想できたであろう。それでも連行されてゆく連中の誰ひとりとして、群衆に何かを叫ぼうとするものはなかった。まだほんの二日前にはこの連中にすべての望みを託していた多くの人びとのなかでただのひとりさえ、連行される連中に手を振るものはなかった。

この連中は奴隷問題という触れてはならぬ掟に手を触れたのだ！

マメルティヌス監獄から執政官がふたたび姿をあらわしたとき、彼は額に汗を浮かべ、まるで人が変ったようになり、立っていることもできない有様だった。そしてこもったような声で「あの連中はもう生きていない」と言ったが、群衆からは非難の言葉はまったく聞かれなかった。そして彼が一時間後に議事堂を立ち去ったとき、彼は、元老院の有名人たちにとりかこまれた。彼らは執政官を「祖国の父」とよんで挨拶した。このお歴々こそ、大戦争を遂行し、ローマから多大の獲物をせしめた連中だが、こいつらがいま、自分たちを救ってくれた執政官に感謝した。そのとき群衆のなかでも暮しむきの上等のやつらが前に進み出た。彼をたたえるよびかけの声がばらばらとあがった。家々の戸口にはランタンが吊され、露台から女たちが彼に手を振る光景がみられた。

朝Cが、逮捕された連中にとっての唯一の危険は、キケロが臆病であり、しかも自分が臆病に見えやしないかと不安を抱いていることだ、と言ったのは正しかった。晩に聞いたところによると、Cはクリア会（氏族会）を立ち去るときに、暗殺されそうになったそうだ。市民防衛隊の連中だ！　数人の元老院議員がCの前に立ちはだかった。まったくこれから何が起こるか見当もつかない。

夜彼はわたしに五万セステルチウスを渡した。これで一番さし迫った銀行への利子は払うことができる。この金はプルケルからもらったのだろう。プルケルは、商工会議所が捜査されるのを恐れているのだ。

十二月六日

早く起きてしまった。カエビオのことでよく眠れなかったからだ。ティベル河を川下のほうへ歩いて行こうと思った。ごみ箱のなかの残飯をあさっている、ひどいぼろを着た男をつかまえて、彼と話してみた。彼はティベル橋の橋の下に住んでいる。前はカンパニア地方の農民で、土地は強制競売に付され、ローマに流れてきたが、屠殺場でほんの短期間、仕事を見つけたのだ。キケロのことをどう思うか、とたずねたら、彼は「それは誰のことかい？」と言った。もちろんこういう連中が何千人もいるのだ。

十二月七日

まったくあてはずれの穏やかな日々が続く。

午前中にCは庭園で、養鯉池の二匹のまだらの鯉をみつめながら、憂鬱そうに言った。「わたしも地所の件が片付いたら、本気で文法書の仕事を始めるのだがな」しかしどうしたら彼が地所の件を片付けられるというのだ？　彼がこんな風に自分の著述（もう数年前から始めるつもりでいる）のことを話題にするときには、わたしは心の中で、まるで池の鯉にまで執達吏ムムリウス・スピケルの差し押えの赤紙が貼られているような気になってくるのだ。

十二月八日

一昨日から世間はすべて、共和国を救おうという世論にぬりつぶされている。

財界《シティ》は祝賀会をひらき「独裁制度の阻止」を祝った。キケロは今や時の人になった。

アレクサンデルは、カティリナ一派に対する死刑判決についてこう言っている。「貧しい連中の頭のなかに及ぼす死刑の影響は、はかりしれない効果をもつ。犯罪人は死刑にされる。したがって死刑にされるものは犯罪人なのだ。しかしこれにはもっと含みがある。支配者たちは、自分たちがどこまでやる気があるかを示したのだ。彼らは首が斬り落とされることを望んだ。ということは、これから先彼らが首を賭けても戦うということだ。しかも、なにより具合の悪いのは、死刑判決が、民衆派のキケロ氏によって下されたことだ。元老院は、死刑執行人を選ぶすべを心得ている」

あまり表立ってではないが、警察の捜査は着々と進められている。目下のところは、実力者には遠慮して手を出していないが、それはカティリナがまだ完全に葬られていないからだ。しかしまもなく大規模な裁判が始まることになろう（！）。いまはあまり有名でない連中だけが逮捕されている。毎日家宅捜査が行なわれた話でもちきりだ。

職種別職人組合は、こんどの一揆に共闘しなかったのに、敗北の分け前だけは蒙《こうむ》った。陰謀にまきこまれた組合員をすべて組合から追放したけれども、それもほとんど役に立たなかった。元老院は、今回の勝利を十分に利用し、市民権所有者名簿を厳重に調査すると発表した。

もちろん一番痛手を蒙ったのは、指導者を根こそぎ奪われた突撃隊や街頭クラブの会員たちである。貧民居住区には警察が出たり入ったりしている。貧しい連中は逃亡することができない、逃亡する費用もないし、どこへ行っても飢え死にするのがオチだから。彼らは手を拱《こまね》いて逮捕を待つよりほかはないのだ。運よく助かっても彼らは、まちがいなく店を差し押えられ、動産を街頭で競売に付されることになろう。この連中はまず選挙に使われ、今度は暴動にも使われたのだ。

Cはいつになく取り乱していた。カティリナ一味はどうやら彼をかなり抱きこんでいたらしい。彼の筆蹟で書かれたある手紙が問題になっている。これは恐るべきことだ。

　午後彼はクラッススのところに行った。彼は法務官《プラエトル》の立候補をすることを了解した。こんな変化した状況では、つまり〈キノコ〉がその噂を聞きつけたらきっと法務官の職もそう簡単には買えなくなるにきまっている。クラッススもそうなったら、彼に金を前貸しするだけということになろう。昨日ならまだ彼も、その金をCに贈与してくれたろうに。

十二月九日

　警察が昨夜あれからついにこの家にもやってきた。彼らが知りたがったのは、Cが旅行中の十月二十八日ごろどこにいたかということであった。これは執政官選挙とカティリナの最初の反乱の試みが行なわれた日付である。Cはムキアとカンパニア地方の温泉に出かけていた。これはあまりよかったとは言えない。彼らは、Cがエトルリアのカティリナの軍団と行動をともにしていたと思っているのだ。

　Cが帰宅し、わたしが彼に報告すると彼は言った。「やつらにもう一度たずねられたら、わたしは本当のことをしゃべってしまうだろう。そうしたらやつらは、公開裁判の席上でわたしにそれをもう一度繰り返させようかどうかと思案することだろう。しかし結局は、捜査をやめるほうを選ぶだろう。わたしはやつらをよく知っているよ」

彼は、「わたしはポンペイウスのことをよく知っているからね」とつけ加えてもよかったはずだ。しかし彼はわたしに対しては相変らず外見を繕っているのだ。

今朝は、被保護民《クリエンテス》の面会時間には、面会人はふだんの半分もやってこなかった。カティリナの件は、けっきょく身分の低い連中のあいだで、予想以上にわれわれの人気を落としてしまう結果になった。なぜなら、今日まではまだ家宅捜査は行なわれていないのにこの有様だからだ。しかし警察がカティリナ加担者の追跡をやっていることはもちろんみんな知っている。われわれの被保護民の一部は、たぶん警察の姿のみえるところには恐がってよりつかないのだろう。

法務官《プラエトル》の立候補の準備で多忙をきわめる。立候補にいる金も本当にひどく値上がりした。クラッススのあの穀物相場の投機で得た利潤の一部はあっという間に消えてしまった。対立候補には、元老院派から湯水のように資金が流れこんでいるのだ。ただ、〈キノコ〉が、今度の選挙には首がかかっているのを知っていることだけは結構なことだ。彼は自分でマケルとの交渉にのりだした。たぶんわたしたちは、市の裁判官（法務官）の役職を、手遅れにならぬうちに手に入れるだろう、新年になるころ。それまではカティリナが完全に片付けられることはないだろう。カティリナがまだ完全に葬られぬうちは捜索もそれほど急いで行なわれることはないだろう。

株式市場はいまだかつてなかったほど神経質になっている。「状況が整理された」あとなら、有価証券は高値になるだろうと期待されていた。ところがそのかわりに、暴落がやってきたのだ。穀物の会社が二つと武器製造工場数社が破産した。大銀行の屋台もゆらいでいる。それにもっとひどい事態が恐れられている。

Cは地所の価格がどうなっているかをもうほとんどたずねなくなった。地所も、ほかの物価とともに暴落した。わたしの報告に彼は重苦しく沈黙して耳を傾けている。わたしの推測では、これらの地所はムキアの件を清算するために購入されたのだ。ところがこれがCの状況を悪化させるだけになった。とくにポンペイウスが帰国したら絶対にこのことに気づくにちがいないから、なおさらのことである。

彼の帰国は新年早々になろう。

明日メテルス・ネポスが、護民官として最初の動議を出すと言っている――アシア戦争の勝利者（ポンペイウスのこと）を、カティリナの潰滅のために、イタリアの地に呼び返そうという提案だ。

十二月十日

メテルス・ネポスが動議を提起したが、通らなかった。その理由、もうカティリナ追討に特別の軍隊を編成する必要はない。カティリナはとっくに片付けられているのだ。

十二月十一日

株式市場にとって暗黒の日。すべての株は底なしの暴落。とくにアジア関係の株券の大暴落《がら》(わたしも千セステルチウスだけ貧乏になった。キケロは彼の財産の三分の一を失ったということだ)。銀行はひるで閉鎖された。

倒産が続く。この暴落の原因についてはいろいろ取沙汰されている。ポンペイウスが徴税請負の契約金を次つぎにがっちりとりたてたという噂もある。またカティリナがプレネステを占領したという噂や、カティリナが戦闘に出て敗北したという噂もある。またポンペイウスがやっぱり元老院からカティリナ追討の援軍として呼び返されたともいわれる。いったい真実はどうなっているのだろう?

クロディウスが嘲笑的に語ったところによると、民会広場《フォールム》で午後になって株式暴落について恐るべき事件が続々と細かい点まで知れわたってきた。銀行家のキットゥス・ウルウィウスは、鉄筆の上に倒れて(ローマ時代は、立てた刀の上に身を倒すのが自刃の方法であったから、自殺であろう)、重傷の身をベッドに横たえている。彼の子供たちは、彼には株式相場のことは黙っている。それを知ったら彼は包帯をひきちぎってしまうだろう。クッカ(穀物輸入商)はこの恐慌が始まったとき、彼の書記たち全員を呼び集め、彼のマネージャーに、原帳簿をよみあげることを命じた、この儀式は、列席者一同の嗚咽のうちに行なわれたという。ウィトゥリウス(地所不動産業)は彼の事務所に黒い板片を貼りつけ、彼を殺してくれる気のあるものがいたら名乗りでてもらいたい、と布告した。すると申し出るものが殺到したという。

ピリウス・クアルウスの家では、（これもクロディウスの話だが）グロテスクな事件があったそうだ。この有名な船会社の持ち主の妻君は、息子とふたりの娘を連れて喪服姿で民会広場を横ぎっていった。すると数人の失業者が大声で彼らを弥次り、後ろからこう叫びかけた。「おまえたちのとこでは何百万死んだかい？」この連中は、この一家が失った金のために喪に服しているのではなく、破産したために自殺した一家の家長の喪に服しているのだということを知らされていたにちがいない。肥大漢の老人バルウィウス・ククムブルス（徴税請負業）は、ひと騒動の原因をつくった。帳場からとびだしてきた彼は、アジア戦争の戦死者の名簿が貼られている広場の大円卓の前に立っている女たちにむかって、我を忘れて叫んだのだ。「もうちへ帰りな、戦死者は犬死したことになるんだよ！」女たちは抗議の声をあげ、ついには警察に連行される騒ぎだった。

十二月十一日（夜）

大銀行が、アジア関係のビジネスの繁栄には、もはやいかなる期待もよせることはできない、と最終的に確認したとき、大恐慌が起こった。

夜、元老院は、すべての未決済の負債は当分支払いを延期すべしと布告した。銀行は明日も閉鎖されたままであろう。

キケロは病床に横たわっているという。

十二月十二日

ひとすじの光明が見えてきた！　この半年の恐るべき混乱の上に、いまや突然、秋のように澄みわたった空と破産という明瞭な事態がひろがっている。

Cは今日すばらしい仕事をもって帰宅した。彼は深更、朝の三時ごろというのにわたしを連れて図書室に行った。外では清掃車がごろごろと通りすぎる音がしていた。彼は、（ムキアから）決定的な力をもつ大銀行が、カティリナによる不穏の続いたこの三カ月のあいだじゅう、ポンペイウスに独裁官を引き受けさせようと交渉を続けていたこと、しかしアシアの徴税や関税の請負の件に関してそうただちに一致点をみつけられなかったことを聞きつけたのである！　財界《シティ》にとっては、アシアで十億セステルチウス以上の金を失うかどうかの瀬戸際なのだ。これらの大銀行は、はじめはカティリナを支援した。ポンペイウスが徴税や関税の請負契約にあまり積極的にならないので、こういう手を使ってポンペイウスに圧力をかけようとしたのである。つまり彼らはポンペイウスに、独裁官に就けることのできる人間はほかにもいる、カティリナ氏でもクラッスス氏でもいいのだ、ということを示そうとしたのである。それにポンペイウスのアシア軍団のほかにも、カティリナ一味の軍隊もいるしカエサル氏の民衆派の息のかかった投票権をもつ家畜の大群もいたのである。だからその時の問題は、圧力をかけられた元老院と組んで（キケロと結んで）カティリナに敵対するか、それともカティリナと組んで（クラッススと結んで）元老院に敵対するかということではなかった、ただただいかにしてポンペイウス氏を脅迫するかが問題だったのだ。そのために必要な不穏な情勢を、彼らは資本を逃避させることによってローマにつくりだしたのである（わたしはケレル（皮革屋）の謎のような言葉を思いだす。あのときあの言葉はわれわれには不可解だった）。それにパンの値段の操作も不穏な情勢をつくりだすために使われた。しかも財界《シティ》はこういう情勢を生みだすために金を流していたのである！　カティリナ氏にもカエサル氏にもキケロ氏にも流していたのだ。そしてついに大ポンペイウスが譲歩すると（それまでに大分時間がかかった、なにしろアシアまでは大変な遠距離なのだ）、突然共和政を守れという叫びがあげられ、キケロが民主主義についての大アリアを歌った！　まさにこの時点（ポンペイウスが徴税請負権の問題で譲歩した時点）で財界《シティ》はポンペイウスの軍事独裁を承認したのだ！

カティリナの選挙は潰された。しかしそれで結着がついたわけではなかった。ポンペイウスと同盟しても、元老院を裁可せざるを得ないところに追いこめなければ何の役にも立たない。

ポンペイウス自身がアシアの長剣の先にこの案をつきさして上呈した場合に限って、この同盟は裁可されるだろう。クラッススの件もまだ片付いてはいない。大銀行は彼に、自分たちがポンペイウスと接衝していることを明かしていないという用心深さだ、それはクラッススがポンペイウスの仇敵だからだ。しかしクラッススは、穀物無償配給政策を、カティリナからという希望を破棄したあと、今度は元老院を脅迫したがまだとりつけらていなかった。彼は、十一月十三日ごろには、元老院から穀物無償配給政策を引き出すまで払い続けたが、それはカティリナを恐れたからではなく、クラッススのことを自分の手で倒したいと思っていたポンペイウスを恐れたからである。というのは、そのころ大銀行にとっては、ポンペイウスにイタリア進撃の可能性を与えてやることが必要になっていたからである。こうなると、カティリナには「危険」という烙印をおす必要がおこってきた！　そしてカティリナや街頭クラブに流れこむ金の水門がまた開かれることになったのだ。

たしかに、われわれはすべて暗中模索の状態だ。カティリナの件は最初から最後まで、ほんのわずかのチャンスもなかった。それにわれわれの地所購入にもまったく望みがなくなった！　地所は今では二束三文の値打ちもない。もしカティリナが勝ち、彼の移住政策が実施されていたら、いまごろCはローマでもっとも富裕な男のひとりに数えられていたことだろう。少なくともカティリナが、ポンペイウスと彼の軍隊がカティリナ制圧のためにイタリアの本土に呼び返されるまでもちこたえていたら、移住計画は、やっぱり実施されていたろう。ただしこの場合はポンペイウスの手によってだ。そしてわれわれはこの場合だって大儲けをしたろう。財界《シティ》は不穏な情勢をしかるべき時期まで保っておけなかったために、敗北を喫した。いまや財界《シティ》は苦境に陥っている。ポンペイウスとかわしたアシアに関する協定書は、今ではそれを書きつけてある紙以上の値打ちはなくなってしまった。元老院は決してこの協定を裁可することはないであろう。そしてローマの失業者の大群もまた苦境に陥り、敗北を喫した。元老院と財界《シティ》を恐怖させようと思っていた大衆は、奴隷を恐れたのだ！　この崩壊はローマ世界帝国全土を土台から揺がすことになるだろう。

Cはそれからわたしをびっくりさせるようなことを口にした。「しかしわれわれがこの件全体を、商売《ビジネス》をやれる機会だと見做《な》していたのはやっぱり間違いではなかったな。われわれの見方も銀行と全く同じだったのだ。これはわれわれの勘が正しかったことを証明しているよ」

十二月十三日

もうカエビオの消息をきく望みはほとんどなくなってしまった。ケテグスは死に、死体は埋められてしまった。そしてカティリナの本営との連絡はいまや完全に断ち切られた。わたしにはもうなんの力も残っていない。

十二月十五日

株式市場の大波瀾はさらにひろがってゆく。多くの中小工場が破産にまきこまれ、さらに何千の職人が路頭にほうりだされた。大規模な移住政策の枠内で考えられるいろいろな契約に対する望みもまったく消えてしまった。今日の元老院の会議は、こうしたすべての政策を却下してしまった。

床屋の店では、今度のことでキンベル人やテウトン人が侵入したときにもみられなかったほどの興奮した雰囲気に包まれていた。わたしのよく知っている青銅工場の持ち主は、大声で言っていた。「これならわたしの工場を、カティリナに放火されたほうがよかった！」と。

カティリナのことは――近ごろではほとんど話題にされなくなった。彼はエトルリアのどこかに四分五裂した彼の軍団とともに待機して、政府軍の攻撃を待っている。大銀行は彼の追討のために、いつでも敵側に寝返る気のあるアントニウスをさしむけることによって、カティリナをともかくもちこたえさせておこうと試みたが、これも今では失敗してしまった。アントニウスは二重に贈賄をうけたのだ、キケロは彼に、自分の縄張りであるマケドニア地方を譲らなければならなかった。アントニウスはその見返りとして、配下の司令官のうちで国家に忠誠を誓っている連中に命令を下した。

かわいそうなカエビオ！

十二月十七日

ともかくこの半年間にひとつのことだけは証明された。Cはスケールの大きな政治家ではなく、将来も決してそうはならないだろうということだ。あれほどすばらしい能力をもっているのにだ！　ローマがいまだかつてなかったほど必要なもの、つまり、まったく惑わずにわが道をゆき、大きな理想を実現しながら世間に自分の意志をおしつけてしまうような強い男には彼は決してなれない。彼はそれだけの性格ももたず、理念ももっていない。彼はほかにやることがないから政治をやっているが、しかし彼は指導者的な天才を持ちあわせていない。わたしは未来のことにはまったく絶望している。

十二月二十日

やっと法務官《プラエトル》の選挙をすませた。市の裁判官となったCがカティリナ事件の捜査を担当することになれば、たぶん彼は、政治家ガイウス・ユリウスを、どんな嫌疑からも青天白日の身にすることに成功することだろう。われわれは〈キノコ〉にまた結構多額な借金をした。九百万セステルチウスである。カティリナ一揆はまったく商売にはならなかった。

年末

わが家の正当な収入の一覧表をつくった。絶望的だ。たとえば大神官の職に就いていることによって今年一年間に手に入れることのできた金は三十二万セステルチウスというはした金にすぎない（それも予言者の着る新しい衣裳の発注の謝礼としてエジプトの麻織工場から送られた小切手と、ケレス（ローマの豊饒の女神）の祭典を延期した賠償金も含めてだ）。この職のための出費は八十四万セステルチウスかかった。その利子を八分も払っている！　もちろんCがちゃんと計算をし、時どきというのではなく、あんなに滅茶苦茶に釣の会などを催すことをしなかったら、もっと節約できたのだ。彼は財務官《クエストル》の選挙を妨害するような予言を予言者に言わせるために二万セステルチウスとったが、大神官として主催した宴会に二万二千も出費した。なによりひどいのは、財界《シティ》が破廉恥にも、こういうすべてのことを「好意」として当然のように要求することだ。そしてわれわれはこういう仕打ちを我慢しなければならない。われわれが手形を使っているからだ。まったく永久にこの悪循環が続く！

第Ⅲ部　以って範とするに足る属州の行政

ムムリウス・スピケルの館に通じる石くれだらけの小道を、まだ早い午前中の爽やかな大気に包まれてのぼってゆくと、道の両側のオリーヴ畑から歌声が聞こえてきた。ヴォリュームが増大されるかと思うとまた絞られ、それからまた新たに音量がふくらんでくる、かなり均等に揃っている。歌の文句はわたしには理解できなかった、たぶん外国語の歌なのだろう。

わたしは考えにふけりながら歩いていった。湖から吹いてくる冷気をふくんだそよ風や、穏やかな風景に開いた見はらしやこの歌声が、資料を読むことで一夜を費したあとのわたしには心地よく感ぜられた。塵埃《じんあい》と流血の混乱にみちあふれた世界の首都ローマは、わたしの気分の底のほうに沈んでいった。まるでこのそよ風が、あの忌わしい騒音を吹きとばしてくれたかのようだった。突然わたしは、ほっとするような気持で、わたしの昨日読んだああした大事件からもう三十年という月日が経過したということをしみじみと感じた。

歌声は強くなり、大気を異様にふるわせた。彼の領地の始まる門のところにスピケルが立っていた。彼はひとりの奴隷と話をしていた。わたしに挨拶すると彼は、わたしといっしょに一瞬オリーヴ畑のほうに視線を走らせた。

「なにを歌っているのです」とわたしはたずねた。

「あれはケルト語ですよ」と彼は答えた。「わたしはオリーヴ園にはケルト人を使っているのです。ケルト人とダルマチア人をね、しかしなかにはローマ人の労務者もいますよ、こんなことは二十年前にはとうていできなかったでしょう。労務者同士のあいだに闘争心を保たせておくために、人種を混ぜなければなりませんでした。騒がしい時代でした。わたしはいまは、同じ地方の出身者だけで編成した組分けをしてみて大変いい結果をあげています。こうすると組同士が競争で仕事をするようになります。民族の誇りにかけてね」

わたしたちは丘をのぼって行った。しゃべっているあいだ、彼はわたしの顔付を窺うようなことはなかったが、しかし彼が、ラールスの手記を読んでわたしがどんな印象を受けたかに大変興味をもっていることは感じられた。そこでわたしは手短に、まだわたしは自分の考えを整理することができません、あなたから受けとったあの手記は、年の終るところでおしまいになっているのに、事件のほうはまだ完全に結着がついていないからです、と言った。

「手記の続きはすぐお渡ししましょう」と彼はあっさりと言った。「次の年である九二年の手記は、しかしあれほど完全なものではありませんよ。わたしは今朝自分でもちょっと目を通してみました。筆者は個人的な不幸のためにすっかり打ちのめされて、彼の体験した事件のほうは、ごくたまにしか書きとめていないのです。おわかりでしょう、例のカエビオのことですよ」わたしたちは図書室にゆき、スピケルの寝室においてある手記の第二巻めがもってこられるのを待った。老人がわたしに献じてくれた白ぶどう酒の香りが、たくさんの本の皮のかすかな香《にお》いと混じって気持よく感じられた。

彼は言った。「あなたにもう二、三、知っておいていただきたいことがあります。九二年の夏、わたしはCに対する負債項目表の一部を手に入れることに成功しました。わたしはある銀行と協力してこの仕事にとりかかったのです。わたしには、ほかにも担当中の別件がたくさんありましたが、しかしCの件はわたしの仕事のなかでも次第に大きな部分を占めるようになってきました。おしまいには、わたしはいわばCの件だけに専心するようになってきました。Cの苦境が、わたしにとっては生涯の幸運の転機になったわけです。九二年の終りにわたしは、Cの件の調査に協力していたあの銀行の管理職に迎えられることになりました。銀行からみれば、わたしは、Cの件に関する限り、一種の専門家だったわけです。Cの全負債額を、わたしは九三年の終りになってようやくはじきだしました。三千万セステルチウスを越えていましたよ」

そこへ手記が運ばれてきた。今度の巻はとても薄かった。そこでわたしは帰途についた。

ケルト人の奴隷たちの歌声が、湖のほうに下りてゆく小道を歩いてゆくあいだじゅう、追いかけてきた。

ラールスの手記2

九二年一月一日

家中大騒動だった。Cの就任式である。

一日千秋の思いで待っていたネポスからの金を入れた封筒がやっと届いた。このアシアのボスは、ずいぶんわれわれをやきもきさせた、しかしとにかく金は着いたのだ。もちろん法務官《プラエトル》の法服《ローブ》はまだできあがっていなかった。仕立屋とのあいだにもひと悶着あった。胸飾りの刺繍の部分は、土壇場になってやっと針で縫いつけられるという有様だった。Cは一時間遅れて民会広場《フォールム》に到着した。仕立屋が帝国の最高裁判官の法服を、現金支払いが済んでからでないと引き渡さないとは、この「世界の首都」の状況はまったくまともではない!

しかし式典のほうは厳かに進行した。かなり多数の民衆が出てきた。一揆に関連した家宅捜索をされはしないかとほとんどの家々が恐れているので、町じゅうが相変らずひどい不安に包まれている。街頭クラブは、Cの声涙下る大演説にすべての望みをかけている。ひとりの老婆が人垣をわけてCのほうに駈けより、Cの袖をつかんで叫んだ。「タエシウスのことをお忘れなく!」彼女はたぶん、Cがクラブの会員の顔をひとり残らず知っていると思ったのだろう!

Cは先導の儀仗士たちが老婆をひきずり出そうとするのを、やさしい言葉でおしとどめた。先を進みながらCはかなり大きな声で「下々のものの誤ちは、わたしには上に立つものの誤ちほど気にならない」と言った。この話はもちろんいたるところに報道された。

また彼がふつうなら法務官《プラエトル》に「ふさわしく」まず議事堂《カピトール》にでかけてゆき、今年の新しい執政官に恭々しく儀礼的な訪問をするのが通例なのに、それをしないですぐ実務にかかったことも、拍手をもって迎えられた。やがて明らかになったところによると、彼は元老たちを自分のいる民会広場《フォールム》に来させるという処置を選んだのだった。

彼が高台に設けられた象牙の椅子に坐り、六人の儀仗士が彼をとりまいて立つか立たないかのうちに、もう彼は実務的な声で、ユピテル神殿の監理役《クーラトル》（監理官という訳語もあるが共和政時代はまだ正式な役職ではないらしい）を呼んでくるように命じ、自分は民衆に対して、彼がどのような帳簿をつけているかという責任を負わねばならないと言った。この処置のひきおこしたセンセーションはものすごいものだった。

監理役は、元老院の大物の老人カトゥルスであった。集会の儀式がまだ終らないうちに、Cの儀仗士があらわれて、クリア会（氏族会）のなかでも最長老のこの名望ある男を民会広場に召喚した。この長老に、議事堂のユピテル神殿再建に際しての金銭の用途を述べさせるためである。まったくおろおろして宏壮な邸宅からやってきたこの老人のあとから、ひどく興奮した元老院のお歴々が全員ついてきた。

この一行が駈けこんできたとき、Cはまだ演説のまっ最中であった。彼は神殿の屋根の、金メッキした銅板のことについて、誤解のしようのないあからさまなあてつけをたっぷり行ない、神殿建設のための浄財は全イタリアにおいて集められたものであることを想起させ、そしてはっきりとこう言った。「イタリアの農民たちが、鋤を買うかわりに献金を送ったのは、ローマの土建屋たちが、農民のために神殿を建立するかわりに自分の別荘を建てるためではなかったはずだ」ところで追っ取り刀で駈けつけた元老院のお歴々がまず耳にしたのはポンペイウスという名前であった。

つまりCは、カトゥルスのかわりに、神殿の完成の事業は大ポンペイウスに委嘱すべきだと要請したのである。この名、このポンペイウスという名こそ、神殿に刻《ほ》りこまれるべきである、なぜならばこの名、ポンペイウスは、人びとに信頼の念を呼びおこさせる名だからであり云々……、しかしこれまでの監理役は帳簿を公開すべきである、とCは言った。

彼の演説は元老院議員たちの怒りの叫びで中断された。カトゥルスは演壇に登ろうとしたが、Cはそれを拒み、彼に下の席にとどまっているように命じた。形式上の問題をめぐって醜い争いが起こった。Cはその争いを中断し、昼の休憩を宣言した。

Cは彼の大神官室に戻り、元老院議員たちは一団になって、話し合いのためにカトーの邸に行き、民衆たちは楽しい期待に胸をふくらませながら民会広場に残っていた。座席をとられないためである。

Cが、わずか五つの文章のなかで十一回もポンペイウスの名を出した彼の演説の巧みさを讃えている数人の紳士たちに囲まれて朝食をとっていると——そこへキケロが面会にきた。彼は微笑を浮かべながらCのほうに歩みより、とても愉快そうな様子をみせ、おまけにいくつかの洒落までとばしたが、彼が元老院からさしむけられた仲介者であることはすぐ明らかになった。彼は、Cがきっと自分の行なったちょっとしたキャンペーンの成功にさぞ満足しておられるだろうと確信していますと言った。「あなたは事実、たとい老カトゥルスが完全につけている帳簿を提示した場合でさえ、この老人の名前にひどい疑惑がまとわりついてしまうように話をしむけることに成功されました。帳簿をみせたところでカトゥウルスは、帳簿のつけ方だけは完全だ、と言われるぐらいがオチです。ところが、カトゥルスにとって困ったことに、彼は今も今後も決して帳簿を公開することには同意しないでしょう。帳簿をみせることはすでに、かけられた濡れ衣を認めるような結果になりかねないからです」彼はさらに強調して言った。「もし誰かが立ちあがって、長々しい演説をして、自分は母親の銀の匙を二本盗みはしなかった、と言ったら、どんな印象を与えますかね！」現実にカトゥルスにとっては、こういう嫌疑に対して一言でも応答することは、彼の威信にかけてもできないことである。ついでに言えばこの老人はすぐに帰宅してベッドに入り、興奮のあまり病気になってしまったという。

カトゥルスの使いのものが、C宛の手紙をもってあらわれたとき、キケロはさらに言い足していた。

Cは手紙に目を通すとそれをかくしに突っこみ、真面目な顔をしてキケロに言った。「カトゥルスが手紙をよこしましたよ。帳簿はきちんと整理してあるそうです」

Cが食事の休憩の終ったあとで、この件の取り扱いを、普通の業務処理に付すると言い、二、三の重要でない別件をさきに扱ったとき、群衆はいささか当てがはずれたようだった。

夕方フルウィアが友人のクリウスとやってきた。わたしが彼を一番最近見たのは、あの銘記すべき十二月四日のことで、この日にCは元老院で逮捕されたカティリナの加担者の寛大な処置を求める演説を行なったのである。Cが集会を立ち去る際に、キケロの息のかかった青年たちに襲撃されたとき、Cの生命を救ったのはこのクリウスだった。そのときわたしは、彼のCに対する敬愛の深さに驚いたものだが、一週間後に、彼がCとカティリナの連係の証拠を握っており、あらゆる秘策をつくしてCを恐喝する――恐喝がだめなら二十万セステルチウスの懸賞金をせしめようとする――つもりだったということが明らかになった。Cは食事をしながらクリウスに言った。「クリウス君、ぼくは法務官《プラエトル》として、カティリナの陰謀にまきこまれたすべての人物に対する調査を行なわなければならないのだ。話にきくところではわたしもそういう人物らしい。ウェッティウスとかいう男が、わたしのサインのあるカティリナ宛の手紙を持っているそうだね。わたしはわたしに対する嫌疑を明日調査させてみるつもりだ、もしわたしが自分が罪を犯しているのを発見することになったら、それこそことだな。おわかりだろうが、もし懸賞金をせしめたいなら、きみは急いだほうがいいよ」クリウスは笑っていたが、しかしわたしは彼がその晩のうちに、Cの仇敵で、目下調査を行なっているノウィウス・ニゲルのところへ行ったことを知っている。

一月二日

Cは、護民官ネポスが明日、ポンペイウスと彼のアシア軍団をカティリナの蠢動を叩くために呼び返す動議を提出するとき、それに強力な支持を与えることを約束したために、今日ひどい困難に直面することになった。彼は、元老院に流れている、C自身がカティリナの黒幕だったのだという主張を、もうこれ限り根絶やしにしなければならなかった。そこで彼の部下である調査官のニゲルが捜査の手を彼の身辺にまでひろげることに対してなにも手を打たなかった。この調査は、彼に関する限り、潔白という結果が出たにちがいないが、しかしそれはあくまでも彼だけに関してである。なぜならこの陰謀は全体としてみると非常に強力で危険なものと見做《な》されているにちがいない、そうでなければ、この陰謀にさしむける援軍としてポンペイウスを呼び返すことはないはずだ。Cは遊び半分にこの困難を解いていった。午前の早いうちに彼は、若いくせに不機嫌な男、慢性の肝臓病みのノウィウス・ニゲルにひとりで調査をやらせたが、調査に当らせたのは雑件ばかりで、剣技奴隷や、小商店主や、街頭クラブの会員数人に対するものばかりで、Cが陰謀に通じていたことなどを問題にするわけにはいかなかった。彼自身は元老院に出かけていって、クリウスにむかって、自分に対する告発を言ってみろと要求した。クリウスはそれに応じて、自分はカティリナ自身から、Cとつねに連絡をとっていると聞いた、と証言した。Cは自分がカティリナと連絡のあったことは否定しなかったが、キケロにむかって、数日前のある日、カティリナ一味が逮捕される前に、事実を暴露し警告しながらあなたに渡した手紙を公開してもらいたい、と要請した。キケロは渋々と二、三言でその手紙をもらったことを認めた。そして元老院ももともとこの件を徹底的に追及する気はなかったので、クリウスに対してあっさりと国家反逆者摘発の賞金を与えることを拒んだ。それからCは民会広場《フォールム》に戻ってニゲルの料理にかかった。彼は象牙の肘掛椅子に席を占めると、この若い男に対して厳しい句調で、わたしは調査局がわたし自身に対する資料を集めていると聞いたが、わたしは罪を犯した覚えはない、しかしもしわたしに不利な明白な証拠をつきつけられれば、文句をいわずにいさぎよくこの法務官の椅子から牢獄にゆくつもりである。しかし一方、こういう資料がでてこなかった場合には、ノウィウス・ニゲル君、きみを牢獄に連行させるつもりだ、なぜならば君はこの件において、何の理由もなしに、上司に対して差し出がましい振舞いにでたのだからな、と言った。ニゲルの顔色はいつもよりもっと黄色くなったようにみえた。そして数人の裁判所の儀仗士を走らせてウェッティウスを迎えにやった。この男こそ、予備調査で、Cのカティリナ宛の手紙をもっていると主張した人物である。彼はその手紙を、この件が審議される以前に役所に引き渡すことを拒んでいたのだ。沈黙のうちに使いのものの帰るのを待った。Cは椅子に坐り、かっかと燃えている火鉢の上で、ほっそりしているが力強い両手を暖めていた。

そこへ儀仗士たちが帰ってきて、ウェッティウスの家にいったが彼は在宅していなかったと報告した。そのうちウェッティウスが、すでに昨夜召喚状を受けとったことがわかった。Cは奇妙な目つきでニゲルを眺め、その男は、法廷に対する反逆的態度をとったために、ただちに処罰されなければならないと要求した。ニゲルは、あまり似つかわしくないある種の威厳をもって、差し押えを指示した。儀仗士たちはふたたび立ち去ってゆき（あとで聞いた話によると、例の不幸な男の没収された動産は即座に二束三文で叩き売られてしまったという）、そしてウェッティウスが連れられてきた。彼の服はびりびりに破られ、頭には傷をこしらえ、民会広場《フォールム》にやってくる途中で暴漢に襲われたことをどもりながら告げた。手紙は紛失していた。Cは椅子がひっくり返るほど激しい勢いで立ちあがった。彼はその男を牢にほうりこみ、自分は退席した。夕方になると、自分で予告した通り、ノウィウス・ニゲルも牢にほうりこんだ。こういうやり方によって、市井の貧乏人たちには、街頭クラブの会員たちに対して下されたニゲルの判決がCによって差し戻されたことがはっきりわかった。しかもCは、自分にとって必要だった目的を果たした、つまり国家に反逆する広汎で危険な陰謀を立証したのである！　まさに名人芸だ！　夜グラウコスが、ウェッティウスから強奪した手紙をもってきたとき、Cは素っ気なくいった。「やつらがひる日中の強盗が出没してもとにかく平穏と秩序を保ちたいと思ったら、ポンペイウスを呼んでこなければならないさ」と。

夜ネポスと長い話し合いが行なわれた。

一月三日

われわれが民会広場《フォールム》に出かけたとき、ひどく冷たい一月の嵐が、クラッススの所有する倒壊寸前の貸し家の屋根をふきとばしていた。儀仗士たちはがたがた震えていた、Cは顎のあたりまで大きなガリア製の布外套にくるまっていた。民会広場は、ネポスが一夜のうちにカンパニアから荷車でよび集めた剣技奴隷でいっぱいだった。この連中はみんな気色を悪くし、骨の髄まで凍えていた。彼らのなかにわたしは、かつてポンペイウスの古参兵だった戦争不具者たちのいるのをみつけた。両替の店は閉まっていた。ネポスがすでにカストル神殿の前に坐りこんでいると、そこへCがやってきて並んで坐った。そこでわたしは、フルウィアの言葉によればほんとにほっそり締まった腰つきをしているネポスが、ただちにポンペイウス召喚の要求をよみあげるだろうと思った。しかしネポスはそんなそぶりはすこしも見せなかった。銀行のわきには、強風を避けるために、タール塗りの防水ズックの幕が張ってあった。その幕を風が二度も吹き倒した、そして連隊長殿（ネポス）はそのたびに立ちあがって幕を立てなおすのを監視した。Cは黙って坐ったまま、巨大なマントを羽織った禿鷹のように待っていた。

それから、剣技奴隷の群をかきわけて、カトーがやってきて神殿の階段を上り、Cとネポスのあいだに坐った。彼も護民官としてそうする権利があるのだ。彼は、誰も彼がそこにゆくことを妨害しなかったので驚いているようだった。しかし武装したこの連中は、彼を加害するためではなく、Cとネポスを防衛するためにいるのだった。

二人はもちろん、この請願が十二月十日の最初の請願と同じように、決して通過する見通しのないことを承知していた。いま必要なのはただ、法律に抵触する行為を相手から誘発することなのだ。こうすればポンペイウスは、自分の腹心の護民官に暴力を用いたという口実で次の行動に移る理由をもてるのである。

喜劇は速やかに進行した。ネポスは立ちあがり、演説を読みあげようとする様子を示した。カトーはたえず口を挟み、ついにはネポスの口を押えようとした（これによって、昨晩ネポスが恐れていた最悪の事態がおこったのである。ネポスはそのとき「カトーは自分の手を洗って潔白さを示すことはあるまい」と言ったのだ)。ネポスはそこで激怒し、まわりに立っている数人の剣闘士に合図した。カトーは、顔を真赤にして(彼は例によって朝から飲んでいたのだ)、ネポスの手から原稿をもぎとった。すると剣闘士たちがカトーをつかまえて彼をひきずりだした。ひとりの傷痍軍人が丈夫なほうの足で彼を蹴とばした。下の席からは投石が行なわれたが、この石も用意して持ちこまれていたものだ。カトーは身をふり離して、小柄なぶざまな恰好をさらしながら神殿に逃げこんだ。Cはこういう場面を退屈したように眺めていた。が、この時ようやく護民官ネポスに、彼の請願を読みあげるようにうながした。ネポスは、原稿を奪われてしまったのでそれはできないと言い、カトーが戻ってくるまで、この不埒な行為について抗議をしていた。今度はカトーが武装した連中を連れ、その先頭に立って戻ってきた。この乾分《こぶん》の若者たちはまったく有効に反撃した。彼らは太い棒をもち、相手の頭を狙った。Cはゆっくりと立ちあがり、相変らず、この事件に対する興味をすっかり失ったというような態度で神殿に入っていった。

ところでここを抜けだすのはそう生易しくはなかった。彼は実のところ、裏口の扉から脱出を敢行する前に、外套と法務官の法服を脱ぎ、剣闘士の上衣に着換えなければならなかったほどだ。

帰宅すると彼はすぐ熱い風呂に入った。われわれは、元老院が彼とネポスの罷免を発表したことを知った。

さてこでいよいよ巻き返しに出ることになろう。ネポスはもう船に乗るために出発した。この法律に抵触する事件をポンペイウスはさぞや喜んでいるだろう。護民官の演説を妨害するというのは、人民の基本法に対する侵害なのだ。

一月二十三日

アレティウムにむかう軍用街道を幌馬車でゆく旅の三日目に、わたしはフロレンティアから下ってきた商人たちから、アントニウスとカティリナの軍団の戦闘が酣《たけなわ》であるというしらせをきいた。彼らの話では戦場はピストリアだという。ここからその場所までは二日の旅程だから、戦闘は今ごろは決着がついていることだろう。商人たちは、商売上戦いの決着のつく前にローマに着こうとしているのでひどく急いでいた。幌馬車の枠組の骨に幌の布を叩きつける冷たい風の音が邪魔になって商人たちの言うこともよくききとれず、詳しいことはほとんど理解できなかった。来るのが遅すぎたのではないかというわたしの恐れが、一日じゅうわたしをとらえて離さない。夜になっても、一瞬としてそのことが頭を離れなかった。

わたしはカエビオのために、完全に合法的な書類をもってやってきたのだ。彼が捕虜になっていた場合ですら、少なくともこの書類があればローマに連れ戻すことはできる。

アレティウムに着いたのは午後だった。そしてどこできいても、戦闘の勝敗はまだわからなかった。それでも先週、百単位で数えるぐらい多数のカティリナ軍の脱走兵が通り過ぎ、カティリナ軍は四分五裂になったと話していたそうだ。われわれはもうこういう連中に出会うことはなかった。朝の白むころ、われわれは、まるで死に絶えたようにひっそりと横たわっているフロレンティアを通過した。しかしそれは朝が早いためだった。フロレンティアを過ぎるとすぐに、戦闘地帯から逃げてきた農民たちに出会った。この連中は自分が戦ったわけではないが、戦闘を見てきたため、緊張のあまり見ているほうがびっくりするほど蒼ざめた顔をしている。彼らは戦闘は続行中だと言った。話によると、カティリナには勝つ見込みはまったくないそうだ。なぜなら彼の背後の山の北斜面には、クィントゥス・マテルスの新規の軍勢が待機しており、もしカティリナがアントニウスの軍団の囲みを破ることに成功したら、彼を捕捉しようと待ちかまえている。カティリナとその部下にはもう死ぬ見込みしかない、と彼らは言った。わたしは気分が悪くなり、嘔き気を催した。

フロレンティアでひとりの農夫が馬車にあがりこんできた。彼も報告をもたらした。それによると、カティリナ軍団には糧食が尽きてしまい、そのために山道を越えてガリアに行軍することができなくなり、戦わざるを得ないところに追いこまれたのだという。とすれば彼の最後の戦いは、彼の蜂起そのものとまったく同じ、飢えという運勢のもとにあるわけだ。

駆者はピストゥスという名前の、非常に思いやりのあるローマの青年だが、わたしを好奇心のこもった目でみつめている農夫を黙らせた。わたしは疲労のあまり、安らかでない眠りに落ちた。

目が覚めたとき、われわれの幌馬車がほかの車とぶつかって、動けなくなっていることに気がついた。われわれは山のような負傷兵の群に出会ったのだ。付添いの兵士たちが罵りながら走りまわっていた。負傷兵たちは、ありあわせの包帯をされて、たいていは屋根もない車の上に、無表情でころがっていた。それでも相変らずわれわれの書類は調べられた。わたしには、ローマの兵士たちが敵軍のよう思えた。戦闘はもう何時間も前に終った、カティリナは敗れて死んだ、彼といっしょにすべての部下も死んだということだ。この瞬間からわたしはふたたび希望を抱きはじめた。不思議なことに、わたしはたえず「来るのが遅すぎなくてよかった」という言葉を繰り返していたのだ。

われわれは反対側からこちらへ向かってくる部隊のあいだを通り、野営の陣地を通り抜けていった。兵士たちは暗い表情で、歌も歌わず、ふつう勝利を占めた兵士たちとはまるでちがった様子で行進していった。わたしはひとりの捕虜も見かけなかった、ただのひとりも。それでもこれがなにを意味するかを認めようとはしなかった。

通りの十字路になったところで、カティリナ軍がその下で戦った、マリウスの鷲の旗じるしを、戦利品としてファエスラエにもってゆく一中隊に出会った。かつてはローマ軍は、この鷲の旗じるしのもとに、祖国をキンベル人から防衛したのだ。

われわれが、ピストリアの町の前の、主戦場となった場所についたときには、もう日が暮れかかってきた。

わたしの受けた第一印象では、ここはたくさんのものを見るには不向きな場所だということであった。平野は平らではなく、ほんの一部しか見渡せなかった。小さな部隊があちこちで、松明《たいまつ》の火で石のように凍りついた地面を掘りおこしていた。別の部隊は、戦死者の山を調べていた、戦死者の姿はあまりはっきり見えないので、武具の破片のように見えた。数日前にここに雪が降ったらしく、灌木のあいだにはまだ雪が残っていた。

わたしはがくがくする膝頭をこらえて馬車をおり、何の目的もなしに通りに沿って歩きだした。左右には武具の破片が散乱し、松明の光が動いていた。風はやんでいた。少なくともわたしは、もう凍える寒さは感じないような気がした。馭者は、わたしと並んで歩きながら、時折りわきからわたしの様子をうかがっていた。またわたしの書類を調べたある部隊で、わたしは戦闘の経過についていくつかの話を聞いた。今はもうそのことをよく思いだせないが、それでもわたしは、ひとりの士官の触れたある細かい話だけは今でもはっきり覚えている。カティリナはアントニウスの軍団にむかって進撃するほうを選んだ。この軍団と戦えば、相手の兵隊は首都の失業者から徴募されてきた連中なのだ。マテルスの軍団は、ピケヌム地方で徴兵されたばかりの、屈強の農家の息子たちで編成されている。しかし、失業者と失業者が戦いあうことにならなかったら、戦闘もこんなに凄惨ではなかったかもしれない。わたしの馭者（ピストゥス）は、どうしたらある特定の人物を探しだせるかを、いろいろ聞こうとしてくれた。ひとりの軍団兵は、肩をすくめながら言った。「少なくとも七千人はいたんだぜ」

わたしたちは、今度は野原を横ぎりながら進んだ。いちどわたしは立ちどまって、すこし離れたところから、死人をもちあげて地面にあけた平たい穴に埋めている一部隊を見つめた。かなりの大部隊で、地面に掘られた穴の数も相当なものだった。ロープが張ってあった。ちょうど選挙のときに、練兵場《カンプス・マルチウス》をロープで区切るようだった。

また道を急ぐと、ひろびろとした平原に出た。ここでも黒い塊がぎっしりと積み重なっていたが、死体処理の部隊の影はなかった。

わたしは身をかがめて、屍体の顔ひとつ見ることもしなかった。それにもかかわらず、わたしは、自分が捜索をしているような気がしていた。その気持をもちつづけるためだ、とわたしは思った。ここでは、敵味方の区別はまったくつけられなかった。どちらもローマ人だし、ローマの軍服を着ている。そして誰もが同じ階級の出身なのである。お互いに相手に突撃するとき彼らは同じ言葉で命令を聞いた。カティリナの軍団は、もちろん、アントニウスの軍団と同じ利害をもつ人間からなりたっていたわけではない。かつてのスラの屯田兵たちは、エトルリアの農民と肩を並べて戦った、この農民からとりあげられた田畑は、屯田兵たちに与えられたのだ。その屯田兵たちは、また大地主から田畑をとりあげられることになった。カティリナが彼らに示した、なんとか耐えられる生活の見通しという誘惑に逆うことができなくなって、彼らはキケロ氏によって徴募された古参兵の軍団相手に絶望的な戦いを行なった。この古参兵たちも、抵当に入った自分の田畑を離れてローマに流れつき、カンパニア地方の田畑を抵当にとられた農民といっしょに、戦争にいけば一日五十セステルチウスの日当がもらえるという見込みに抗しきれなくなった連中である。勝利者たちも敗北者たちも、この戦いの本来の眼目になっている両アジアの支配権を手に入れることはできなかった。彼らはアジアの諸王の兵士たちを守ってやることもできなかったし、ローマの将軍の兵士たちを征服することもできなかったのだ。

ところで戦死したカティリナ側の兵士たちのなかには、奴隷はひとりもみつからなかった。カティリナは十二月三日の情勢の大変化のあと、自分の軍隊から奴隷を追い出さざるをえなくなったのである。だから、この戦いでは、専らローマ人とローマ人が戦いあったのである。

数時間後に馭者はわたしを馬車に連れ戻した。この帰り道の途中で、ひとりの兵士が、曖昧な身ぶりでひとりの士官にむかって、暗い、雪の残っている野原のある個所を指さしているのを見た。彼は言っていた。「やつはあの辺に倒れていますす。わが軍の戦死者の山のまんなかにね」たぶんこれはカティリナのことであろう。

四月七日

大神官の公邸に引越した。スブラのあたりのもとの邸は、われわれが家を出たとたんに債権者たちがいわば潮のようにおしよせてきたことだろう。たぶん彼らは、主室の柱の一本一本まで奪いとろうとつかみ合いを演じているだろう。聖者通りのこの公邸では、もちろん改築はまだ済んでいない。改築の金が一文もないからだ。ポンペイアは広間《ホール》で暮している。

Cの最後の希望（そして彼の債権者たちの希望でもあるが）は、今はポンペイウスの帰還することだけである。しかし彼は、自分の軍団を連れてやってくるにちがいない、とすると、元老院がまたゆるぎない地盤を回復した今、それはそう簡単には通らないことである。

ポマード頭がいなければ、どうやって家計の切り盛りをしていいか途方にくれそうになることが度々ある。彼はわずかの金で何とかやっていく手を知っている。

わたし自身は、できるだけ何も見聞きしないことにしている。わたしはほとんど毎晩のように、あちこちのドッグ・レースにでかけている。

六月十九日

われわれは、来年赴任する属州としてヒスパニアを割り当てられた。

＊
＊
＊

ごろた石の道路の右手に、時折り、斜面の下部の松林にかぶさって突きだした岩壁の上に建てられた、小さな木々に包まれている木造りの建物がその奇異な恰好でわれわれの目を惹いた。二度三度とその建物をよくみてみると、実はそれは軍艦の半分であるということがわかってきた。下男のセンプロニウスは、居酒屋で情報をきいてきて、わたしに、あれは小さな戦艦の前部で、ここに暮している詩人ウァスティウス・アドレルが、自分の庭園につくらせたものだと報告した。彼は数十年前この戦艦でアクメの町を攻略したのである。この詩人にわたしは夜、スピケルの邸で会った。彼らは会食していたのである。この詩人には何となくミイラのようなところがあり、彼の召使が、夜になると、このミイラがばらばらになってしまわないように、白い包帯で彼のからだをぐるぐる巻きにするところさえ想像できそうだった。彼は、専ら自作の詩句と彼の遠征によって手にいれようとした彼の名声のためだけに生きている男だ。彼という人物の勇気を疑うものは誰もいない。彼は自分の軍団の先頭に立ち、拳に剣を握りしめ、白兵戦のなかで戦った男である。しかし彼の剣というやつは、国家の武器庫からではなく、カンパニア通りの古物店から手に入れた逸物だったらしい。そして彼自身の軍事行動を行なう場所を選ぶとき、後になって自分の美しい詩句をふりまくための著述をするときに、具合のいい戦場を選んだにちがいない。彼は彼以前の別の作家が行なったよりもはるかに多くの言葉をつかって、ラテン語をゆたかにしてくれたというわけだ。

会話しているときの彼の態度は非常に騎士的でまったく自然であり、非常に洗練された控え目な態度を持している。われわれを客として迎えてくれたスピケルは、すでに前もって、わたしが当地に滞在していることの目的を、アドレルに教えておいたらしい。そこで彼は、非常に丁重な物腰で、ただちにわたしの関心のあるような話題をもちだしてくれた。

「あれは偉大な男でしたよ」と彼は食卓にのせたしなやかな手で、パン屑をこねて小さな人形をつくりながら言った。「まさに歴史家が必要とするような人物ですよ。民衆の代表でもあり、元老院の代表でもある男。こういうたぐいの人物の肖像は、この本からあの本へと、何千年も描き続けられてゆきますよ。これには水彩絵具がいくらかあれば十分でしょう。ただねえ、失礼して申しあげますがね、スピケル、もしある作家が、彼について何か書きたい気をおこした場合、紙に二行以上の文章を書けるかとなると、これははなはだ疑問ですね。表面をもつものがすべて銹《さ》びるというのではありませんが、芸術というものは銹《さ》びていくものでしょう、ちがいますか？　例えばここに、エトルリアの百姓家の椅子があるとする、非常に有用な物品です。四世代経ったあとでも、この椅子は芸術的価値を失わない、なんという材を使っているのだろう、とあなたはおっしゃるでしょう。文学からいうと、いま話題になっている男は、ブルトゥスに剣をつきたてられた何物かにすぎないのです。あなたは何千回おっしゃってもかまいませんよ、『彼は大帝国の建設者だ、世界的なスケールの定石《じょうせき》をふんだ男だ』とね。ところがこれには錆なんかつきませんよ、その定石氏にはね。もちろん、芸術なんてしょせんなんの役にも立ちやしません？　だが残念ながらわたしはその芸術の立場に立つ男でね」

天井が低く美しい部屋のなかはひどく静まりかえっていたので、外の奴隷小屋のまわりの番犬の吠える声がよく聞こえた。執達吏あがりの銀行家スピケルは、椅子に背を深くよせかけて坐っていた。灰色の骨ばっていて巨大な姿をした彼は沈黙したままだった。光が強く詩人の顔にあたっていた。その顔は黄色い蠟でできているようだったが、二つの黒い目は生き生きと輝いていた。

かなり時間がたってから、詩人はふたたび口を開いた、ついでにいうと彼は、正しい表現をみつけるのがむずかしいとでもいうかのように、いくぶんつかえつかえ話した。しかし彼の話し方をきいていると、それが決して慣れた口調ではないことに気づいた。

「もちろん帝国建設などということをやりとげる人間の生涯にも冒険と思われる行動を発見することはできますよ。この偉大なる定石氏も一度だけ我を忘れたことがあります。両替所襲撃のときにあげられた叫び声は、今日でもなお消えてはいませんよ（一四九ページ参照。カエサルは民衆のエネルギーをみて、ふと財界に刃向おうかとさえ考える）。わたしが今言っているのがどのエピソードのことか皆さんにももうおわかりでしょう。なぜなら、世界的な規模で定石どおりに偉業を達成する男たちの場合、危険な生き方をすることは立派なひとつのエピソードになりますからね、複数形を使ったりして申し訳ありません。皆さん。カティリナはどうです！　あの汚点となった男。陰謀、密書や秘密のアジト！　短剣や誓いの言葉。どのかくしにも計画を忍ばせ、元老院では仲間に送るいろいろなサインまでつくっていた。もし喉仏に手をやったらその時は……地獄よ、門を開け！　といったことまできまっていた。追放公告、権力、警察、結局は指が喉仏にさわることはなかった。裏切者め！　また新たにささやかれる話！　キケロは夜間臨時会議に元老院を召集した。深夜の闇をついて走ってゆく騎手。銀行は閉鎖。それからあの血の海のような惨劇（カティリナ派の処刑をさすものか）。最後は警察による捜査で幕切れ、といってもともかく生きのびましたよね。もちろん、陰謀に加担したことは否認した。しかし生きのびたとは言えません。ベッドに身を横たえたのです、ひとりの奴隷といっしょにね。その件については証人もちゃんとひとりいるんです」

詩人は軽蔑するような微笑を浮かべた。彼は今、パン屑をこねてつくった団子や人形で、戯れていた。

「われわれの定石氏は、カティリナの悪名高い反乱に巻きこまれました。一通の手紙のせいで巻きこまれたのです。たぶんあの人びとを讃嘆させた簡潔な文体で書かれた手紙で！　なんと、定石氏にこんなこともできるのでしょうか？　靴の爪先で、巫女たちや穀物商人たちの坐っているあんなにも薄い金襴の敷物に穴をあけ、そして、七つの沼から七つの丘にむかって何が匍《は》いだしてゆくかを見るなんてことを？　遠方の失ってしまった農地から、なんとか清算の分け前にありつくために、よろめきながらやってきたもう人間とも獣とも見えないような連中といっしょくたになった、クラッススの長屋を追い出された虫だらけの連中がなんであるかを見るなんてことができるでしょうか？　この連中は先頭に鷲の標章を掲げたりはせず、ほかの鳥の旗じるしを掲げているのです。カピトル神殿のユピテル像は、この数週間のことを思い出すと、以後数十年も、からだがむずがゆくなるだろうと思います。そうですとも、偉大な民衆派の頭領は、ここに自分の選挙民をみつけたのです。なぜなら、ザマの戦いでも、両アシアの戦いでも敗れたものたち（ブレヒトによれば、賤民はどんな戦いでも敗けるのである）は、非常に近くに、おなじ地下室に住んでいるのです。こういう見地からいくと、まったく別種の凱旋式というものも考えられますね、この場合には赤い飾り毛の兜をかぶった将軍にその先頭に立ってもらい、安心して白馬にうちまたがってもらうのです。そして彼らは、戦利品であるカンパニアの農地と、イタリア全土の平パン菓子をこの行列にもちこむわけです。彼ら、つまり、自分の住居《すまい》の支配者にもなれないこの〈世界の支配者〉たちはね。しかしわたしたちは何を話題にしていたんでしたっけ、そう、わが定石氏はもちろんこんなことはありません。サルスティウス（ローマ共和政末期の歴史家。カエサルと親交を結ぶが、彼の暗殺後政界を退き、『カティリア陰謀事件』『ユグルタ戦記』等の著作に専念した）が伝記で証明しているように、彼は小羊のように信仰あつく、手づかみでものを食べ、まるで生きてもいないような鳴かずとばずの状態でした。たいへんな失礼な言い草ですが」

彼はそこでふたたび沈黙した。まるで湖の波のざわめきに耳を傾けているようだった。それから、われわれの誰もが何も発言しないので、彼はさきを続けた。

「しかも何も手を打っていなかったわけではありません。横領されたという公金の件で調査が行なわれそうな気配が起こると、そういうチャンスを狙って、下から立ちのぼる沸騰を使って脅迫を行ない、革命というようなことを呟き、貧民街の貧民たちのご機嫌とりのような怪しげな態度をとったのです、そうなると警察も心得たもので、なかなか有効な手段に訴えるようになりました。飢えている大衆のことをさりげなく触れると（軍隊的な簡潔な言い方で）元老院はまた好意的な態度を示すようになりました。もちろん、こういう悪臭を放つ貧民の奔流に嫌悪を感じ、長衣《トーガ》に彼らのよごれをつけられると、吐き気を催すようにそのしみを拭きとったものです。もしこういう手合いが〈解放〉されたら、それを利用して、ヴェスタ神殿の処女の巫女たちを強姦してかたわのような私生児を生ませたり、温室に押し入って菊の花のかわりに大根を抜いたり、高価なギリシアの布地を自分たちのバラックの隙間風の穴ふさぎに使ったり、文法書に糞をひっかけたりするようなまねをするだろうということはわかっていたのです。数人の文士は彼らのこういう行動が、教育をないがしろにされたためだと思って彼らの弁解をしてやるでしょうがね、ともかくこういう事態はいっさい予見していたのです。なにしろギリシア的教養をそなえている男でしたからね。しかしそれを承知の上で、しかし政治に手をださねばならなかったのです。おしまいには、クリア会（氏族会）にノアの洪水のような大混乱をもちこむまでは、少なくとも洪水の余波ぐらいはまきおこすまでは、政治をやっていかねばならなかったのです。飢えた農民などはごめんだ、その農民を苦しめる高利貸とだけ手を組んで破産した職人なんてごめんだ、ただ土地抵当権をもつ連中だけと手を組んで、というわけです。いやいや、例のお方は〈貧困〉も忘れていたわけではありませんでした。偉大なる民衆派の首領は、〈権力を奪われたものの絶望〉を思い出しました。それを使う以外には彼は、権力を奪うものを脅迫する手を見つけだすことはできなかったでしょう。元老院はあまりにも小さすぎました。拡大する必要がありました。特権をもつ盗賊たちの数は少なすぎる。この数は、特権をもたぬ盗賊によって補う必要がありました。独裁官の威嚇的な眼光のもとで、警察力を使って財貨を手に入れていた盗賊どもは、自分で財貨を手に入れていた盗賊たちと握手をかわすことになりました。そこで、例の無頼の徒たちはどうなったでしょう。この連中を下積みのままに抑え、締めだし、なるたけ多数を死なせるという公約が、たくさんの袖の下を使いながらとりかわされました！　さて、この連中がクリア会に殺到したとき、彼らの多くは殺されたでしょうか？　たしかに、金のじゃらつく音を聞けるような身分になったのは、この無頼の徒のうちのほんの小部分でした。まったくわずかな部分でした。しかし強力でした。それにうるさい連中でした。この連中と取り引きするには、叫ばなければならない。まあ、例の男の元老院をごらんなさい、あれは市場みたいなものですよ。もし、ある画家に現代むきの画題を探してやるおつもりなら、これですよ〈シラミとりするローマの元老院議員たち〉。そうですとも、たしかに偉大な男だった、あなたの使用人はね、スピケル！」

ウァスティウス・アドレルが、彼の言うところでは、健康上の要請があるといって、早めにここを辞去したとき、スピケルとわたしは彼を邸の前まで送っていった。

「あの男はいつもあんな風に早く帰ってしまうのですよ」と老人は声を抑えて言った。「自分のしゃべったことをただちに書きとめておくためですよ。最後の数分間など、彼はまるで針の筵《むしろ》に坐っていたみたいに落ち着かなかったでしょう。あなたは気がつかれませんでしたか、彼は、こんなに小人数の聴衆を前にしてしゃべったことを、暗記しておこうと必死になって努力していたのを?」

この銀行家と彼の客人の違いは非常に大きい、ほとんど筆舌につくしがたいほどだ。ふたりとも卑しい身分から身を起こした、スピケルは被解放奴隷の息子であり、ウァスティウスは自分が被解放奴隷の身である。ふたりとも子供のときは首都の裏街の溝を遊び場とし、ふたりとも長ずるに及んでカエサルの元老院に議員として席を占めた。しかし銀行家のほうは食事のときいまだにぴちゃぴちゃ舌つづみをうつ不作法をあいかわらずなくせないが、詩人で軍人である男のほうは、一度はその風習をなくしたあとで、ふたたび平気で舌つづみをうつようになるというほどの余裕をもっている。

われわれはしばらくのあいだ、詩人の手提ランプが坂を下ってゆくのを見送っていた。詩人の邸は丘の上にある。その丘はスピケルの邸のある丘とは、灌木に蔽われた深く切りこんだような谷によって隔てられている。邸はほとんど満ちている月の光を浴びて、まばらなオリーヴの森の木の間がくれに鈍い光を放っている。木造の船首をのせた岩壁はここからは見えない。

わたしが物珍しさから、そのことにふれると、スピケルは不愉快そうに言った。「あの船首のことで言うべきことといったら、それは、技師の技術が驚嘆すべきものだということぐらいでしょう。あの船首を丘の上にもちあげるのに、どれだけの苦心が払われたと思いますか?

船首を丘の上まで引きあげるとき、やつは技師たちに、彼の邸の木を一本でも傷つけてはいけないと命じたのです。この船を丘の上までもちあげるには、あれを昔、戦場のアクメにもってゆくよりはるかに多くの脳味噌を必要としたのですよ」

わたしたちがまた部屋に戻って坐ったとき、スピケルは言った。「有名なわれわれの友人である男が、船首を岩壁の上に据えようという考えをおこすようなやり方に慣れているのは、困ったところでもあるのですが」「しかしあのちっぽけな男ラールスの手記には、スケールの欠けているところがあります。彼は小物らしく、オプティミズムはわずかで、ペシミズムはひどく大きいのです。九一年の事件についての彼の描写は概してすこしペシミスティックすぎるイメージを与えます」

彼はわたしが返却した薄い手記の巻物を、骨ばった手で量るようにしながら、彼の机に戻しておいた。

「Cはたしかに失敗に終ったカティリナ事件のあと、別の立場、つまり以前よりしっかりした立場に立つようになったのです。政治の世界は、ビジネスの世界と同じものでしてね。小額の借財があることは自慢になりませんが、大量の借財となると事情が違ってきます。本当にものすごい借財のある人は、名望を得ることになります。彼が多額の借金をしょいこんでいることに震え戦《おのの》くのは、彼自身だけではありません、彼の債権者も同じなのです。彼に、大きな商売を斡旋してやらなければならない、さもないと彼はやけをおこして、なにもかもほっぽらかしてしまいますからね。それに彼とのつきあいを避けることもできなくなる、年じゅう彼に返済の督促をしなければなりませんからね。要するに彼は一種の力をもつようになってくるのです。何度も敗北を喫した政治家ってのも同じことです。彼の名前はすべての人の口の端にのるようになる。彼に従った連中は、苦境におちこみますが、それゆえにますます彼を必要とするようになるのです。なぜなら、彼らはもう彼に慣れっこになっており、自分たちの苦境の打開を彼だけからしか期待しないようになるからです。彼にいろんなことを依頼した連中も、決して彼を黙って没落させはしません。彼はもういろんなことを知りすぎているのです。いちばんの難関は、大がかりなビジネスに割りこむことです。ひとたびそこにもぐりこんだとなれば、他の連中がいくら躍気になっても、その男をまたそこから外へほうり出すことはむずかしい、ある男の行動がいい結果を生むかどうかなどということは、さして重要なことではありません。結果が重大であればあるだけ、それは悪い結果であってもいっこう構わないのですが、その男はますます重要な人物になっていきます。カティリナの陰謀事件はCを高みにもちあげることになりました。たしかにこの陰謀は民衆〈派〉を失墜させましたが、しかしまさにそのためにCを民衆派の筆頭の地位に据えることになったのです。敗北はひどいものでしたが、しかし敗北の憂き目をみた敗者たちを相手に何か始めようと思ったら、彼のところへ行かなければならないという状況ができあがったのです。もちろん彼は足蹴までも引き受けました。民衆派の政策などハナもひっかけられぬものになりました。元老院は、財界《シティ》を抑えるのに多少の出費を要しました。失業者に対する穀物無償配給だけでも、一年間に国家予算の八分の一、二千五百万セステルチウスが計上されていました。しかしこの金はむだに捨てたわけではありません、もともとその金が元老院自身の金ではないということはともかくとしてね。アシア征服による国家収入の増大は二倍をはるかに上まわりました。財界《シティ》のアシア征服における利益配当はすでに相当に引き下げられていました、そして〈偉大なる〉ポンペイウスは、今こそ国家から勝利の名誉以上のものを要求してやる汐時が到来したかどうかを熟考したにちがいありません。秋ならばまだ手を貸してやることのできた民衆派系の組織は、潰滅のどん底から再起していました。財界《シティ》はあらゆる秘術をつくして貧民を裏切ったのですが、ただひとつの術だけを使い忘れていました。それは、犠牲者には何も気づかせてはならない、という戦術です。カティリナ一派の連中が最終的に、残虐に粛清されてしまったあとで、広汎な大衆のあいだの気分はまったく逆の方向に変っていきました。ピストリアの戦いで勝った兵士たちは、背嚢にパン屑ひとつ持たないで戦った絶望的な反乱軍の兵士たちの勇敢さを物語りました。彼らは、こういう話を、キノコの生えた崩れ落ちそうな長屋アパートでしゃべっていきました。それにぜんぜん無一物というわけではないにしろ、銀行の意のままに操られている人びともこの話をしました。この反乱を鎮圧したのは民衆派のキケロでしたが、その彼と名誉を争ったのが〈偉大なるポンペイウス〉だったのです。ポンペイウスの名はもう人気のあるものではなくなっていました。元老院は権力を握りました。首都の警察の数は倍増され、その調査書類には、人を罪に陥れるような記録が満載されていました。街頭クラブは完全に解散させられ、剣闘士の隊まで潰されました。元老院は必要とあらばイタリアの全土で、農民から徴募した新鮮で信用のおける軍団を編成することができました。農民たちは、土地問題の解決などという政策には、まったく関心を持ちませんでした。土地問題の解決は、農民からみれば、都会の失業者を自分たちの競争相手としてしょいこむことを意味します。ポンペイウスの始めたあの馬鹿げた奴隷の輸入ではまだ不足だといわんばかりの厄介なお荷物です！

それに財界《シティ》は、これ以上はおちぶれられぬほど破産していました。財界《シティ》はこれまでにないほど熱烈に、ポンペイウスの帰還を待ち望んでいました。財界《シティ》は〈強力な人物〉の登場を至急必要としていたのです。財界《シティ》は彼から本物の行動力を期待していました。民会広場《フォールム》には、ふたたび彼の名声がこだまするようになりました。銀行家たちは口を揃えて言いました、彼の天才は立証された、彼はアシアでそれを示したのだ、彼はミトリダテスを片づけたほどの男だから、どうしてわれらのカトーを片づけられないわけがあろう？と。あの男ポンペイウスは、失うほどの名声をもっている男です。

もちろんCもポンペイウスを待っていました。ポンペイウスが彼の軍団を率いてやってきたら、一月の事件に関する警察の捜査はなくなるでしょう。この捜査は、秋にCが彼の警察と関係のある役職をおりたら、ただちにはじめられるにちがいなかったのです、彼自身が裁判官でなくなった瞬間に、彼は犯罪者になるはずでした。そこで彼は独裁官ポンペイウスの登場を待ちうけていたのです。

大ポンペイウスは沈黙したままでした。彼はアシアの事業《ビジネス》を着々とひろげ、政治のことは知らぬ顔というようでした。彼は財界《シティ》とは、相変らず租税関税請負の契約を結んでいました。ところがこの契約は、元老院の手によって裁可される必要がありました。しかしなんといっても彼は軍団を連れて戻ってくるわけですし、勝ち誇ったこの軍団が心から裁可を希望していることの契約も悪いはずがありませんでした。財界《シティ》は、活気にあふれた自信たっぷりな態度を見せびらかしていました。ところがアシア関係の有価証券はひどい低値をつけるようになっていました。戦争の報告についての、財界《シティ》の本当の意見はどうなのかを知ろうと思ったら、株式市場の報告を読まなければならないのです」

老人はしばらくのあいだ、何か考え込んだようにわたしの顔を眺めていた。老人はわたしにどれだけのことを話してやったらよいか考えこんでいるようだった。しかしひょっとしたら、自分のこれから言おうとしていることを、どうしたらわたしにわからせられるかを考えていただけなのかもしれない。彼が、わたしの顔に退屈の表情を読みとったということも考えられる。彼はわたしが、複雑なビジネス、ともかくビジネス一般に対して、彼の抱くような生まれつきの興味をもたないということはよく知っていた。当時わたしはまだ未熟で、政治的な大事件や、世界史的な意味をもつ出来事を扱うとき、それを純粋にビジネスという立場からみると、非常に多くの点が明らかになってくる見通しがあるものだということをまるで知らなかったのだ。このときのわたしは、意識的に、辛抱しながら次の話を待っているという態度をとっていたのだと思う。

突然彼はふたたび話しはじめた。

「われわれがどうやってカティリナ問題の結果しょいこまされた苦境を切りぬけたかをあなたにお話しましょう。わたしたち、といいましたが、わたしにもとばっちりが及んでいたのです。あなたもご存じのように、ポンペイウスは軍団を率いず、軍団を連れずに帰ってきました。九二年の初頭なら、あの両アシアの征服者がこんな帰り方をするなど、だれも想像しなかったでしょう。いっしょに執政官になったとき以来、ポンペイウスとは倶に天をいただかぬ仲のクラッススは、その夏でも、まだ彼を避けてマケドニアに逃れたほどです。元老院でさえ、クラッススがまた民会広場《フォールム》に姿をあらわしたとき、巨大な艦隊を率いてブルンディシウムに到着したポンペイウスが、このさきいろいろな動きをみせるだろうと予期していました。Cがクラッスに会ったとき、彼はもうポンペイウスが軍団を率いないでくるだろうということを知っていました。クラッススはいろいろな情報源をもっていたのです。
　Cはその日の午後のうちにわたしを自宅に招きました。彼はミネルウァ神像のわきに立って、十数人の奴隷に、荷造りを言いつけていました。彼は言ったものです。『ポンペイウスは一個人として帰ってくるだろう。クラッススはまたローマに戻っている。わたしは自分の属州に出発するつもりだ。あなたはその手順を整えてくれますか？』わたしはたずねました。『お出かけの必要があるのですか？』『そうですよ』と彼は答えて、わたしをじろりと見ました。『あなたがわたしを出発させてくれるならね』
　わたしはこのときまでに、彼の債務の大部分を、わたしの管轄下に集めてありました。わたしに協力させて、彼のごちゃごちゃになった債務の件を整理した銀行からみれば（だいたいこれがこの銀行の唯一の業務だったとさえいえます）Cの出立は、場合によっては致命的な打撃を意味しました。『あなたの保証人になってくれる人が誰かいますか？』とわたしはたずねました。『いませんよ』と言って彼は、また荷造りの指示を与えだしました。『とすると、いかなる事情があっても、あなたを属州に旅立たすことはできません』とわたしはきっぱり言いました。『あなたの借財は三千万あります』実際には彼はもっと借金があったのです。そのころわたしはまだ、彼の気違いじみた地所の先物買いのことをまるで知りませんでした。彼ももちろんそのことには触れず、それでも自分からこう言いました。『わたしの借金はもっと多い。債権者の見通しは絶望的ですな、きみ。まさかあなたも、自分の本業はそっちのけでこの件にかかわっていらっしゃるのではないでしょうね？』

わたしは『たしかにそっちのけにしています、それにあなたに降参するつもりはまったくありませんよ』と、とくに念をおすように言ってやりました。それでも彼は平然とした顔で荷造りの監督を続けているので、わたしは腹を立ててそこを立ち去りました。

邸じゅうは上を下への騒ぎでした。彼がこの邸に住むことができたのは、この家が彼のものではなく、公邸で国有物だったからです。彼の妻のポンペイアを、彼はこのときはすでに追い払う羽目になっていました。彼女とクロディウスの醜聞《スキャンダル》事件が起こったあとだったのです。

クロディウスは、貴族の婦人たちとヴェスタ神殿の処女の巫女たちによって、男子絶対禁制で行なわれる収穫祭《ケレス》（ポーチのまつりのときともいう、前年十二月のこと）が――この年はCが法務官《プラエトル》だったのでCの邸で行なわれたとき、女装してこの席にもぐりこみ、ポンペイアと寝ようとしたのです。彼は正体を発見され、宗教的冒瀆のかどで裁判にかけられるところでした。

Cは妻に愛着をもっていました。ラールスの命名では〈ポマード頭〉といわれるクロディウスは、自分はポンペイアに会うためではなく、関係のあることが町なかで知れわたっている自分の妹のクロディアに会うために忍びこんだのだが、Cはクロディアのことでポンペイアに焼餅をやくことになったのだ、と主張して、Cをなだめようとしましたが、効き目はありませんでした（クロディウスはルクルスの妻だった自分の妹と近親相姦関係にあったといわれる）。Cはクロディウスを家からほうりだし、ポンペイアには離縁状を送ったのです。夜わたしはCの邸に戻ってきたとき、この不愉快な事件にもかかずらわせられることになってしまいました。わたしは、部下を連れ、それに、Cがこの町から出立することを禁じている令状ももっていました。邸内に入る前に、わたしは五十人ぐらいずつの人数をあちこちに配置して邸をとり囲ませました。危険な目にあったときの彼は非常に俊敏なことを、わたしはよく知っていましたからね。

　はじめにわたしは、彼に属州ヒスパニアの国庫歳入額の記載してある書類を提出させました。その額は（関税、租税、貢物）約二千五百万でした。事態は絶望的でした。
『ヒスパニアにしては高額すぎませんかね』とわたしは言った。『このうえ、自分の取り分にどのくらいの額を絞りあげるつもりですか？』――『必要だから、それはやるつもりですよ』――『一千万も絞りあげれば』とわたしは言った『あなたは告訴されるという重荷までしょいこむでしょう』――『二千万は絞りますよ』と彼は言った。『それに告訴されることは絶対にない。わたしはヒスパニアから、執政官《コンスル》に立候補するつもりだからね』

　この答を聞いたとき、いまでもはっきり思い出せますが、わたしのなかで何かががらがらと崩れていくような気がしました。一瞬わたしは、自分がわっと泣きだすのではないかと思いました。わたしには家族があるのです。しかし次の瞬間にわたしは、彼ととことんまでつきあってやれ、と決心したのです。狂気の沙汰ですが、彼はわたしに信頼感をおこさせたのです。もうどうしようもなかった、彼はわたしに信頼感を呼びおこしてしまったのです。

わたしたちは、細かい問題に入りました。そして話はクロディウスとの絶交のことにも及びました。ここに至ってCを救いうる唯一の男は、クラッススだけだということが明らかになってきました。そして彼を援助するようにクラッススを動かす手段はたったひとつしかありませんでした。つまり、もう一度カティリナ事件をむしかえし、このレモンをもう一度絞り出してみることでした。Cは目下まだ法務官に在職中です。クラッススを法廷に召喚することもできるのです。彼に罪をきせるための証拠品の問題になったとき、クロディウスのことを思いついたのです。

どこかのクラブにクラッススがカティリナの運動の資金を援助していたという証拠がまだとってあるはずでした。この証拠を握っているのがクロディウスでした。クロディウスは、わが身を守るために、この証拠を保管させておいたのです。Cは、わたしがクロディウスを迎えにいってくることを諒解しました。

邸の前にはCの荷物を運ぶ車が並んでいました。わたしは用心のためにこの車を、部下に押収させておきました。クロディウスがはたしてやってくるかどうかまだわかっていなかったからです。

しかしクロディウスはすぐについてきました。Cとクロディウスは冷やかな挨拶をかわし、しかしただちに話し合いに入りました。クロディウスは、裁判で証人としてのCの陳述を必要としており、その陳述の代償として、クラッススに不利な証拠品を渡す意志をもっていました。Cの母堂が入ってきたとき、わたしたちはちょうどその合意に達したところでした。Cの母は小柄な老婦人で、上品ですが、それでいてなかなかのうるさ型でした。彼女は、わが家の名誉を汚した男が、夫としての名を汚されたわが子と同席しているのを見たとき、遠慮会釈なしにずけずけとものを言いました。彼女はクロディウスだけでなく、自分の息子にも、思っている通りのことを言いました。彼女は息子に、お前はこの男を家から叩き出してくれると思うよ、と言いました。彼女の言葉は非常に激しいものでした。わたしは、貴族階級の人間も、こと一家の名誉にかかわることになるとなんとまあひどい言葉使いをするものかとびっくりしたものです。

クロディウスを必要としているCは、困った状況においこまれました。でも彼は立派にこの母と太刀打ちできることを示したのです。『お前は自分の名誉よりも〈ご清潔なビジネス〉のほうを大事にするつもりなのかい』という母の問いに対して、彼はきっぱりと堂々と答えました。『そうですとも』と。彼は断乎として、政治的問題に私情をさしはさむことを拒みました。

彼の手短な言葉のはしから、わたしは彼が、目下の状況では、自分の運命より、世界帝国ローマの運命のほうが大事だと確信しているな、という印象をうけました。ものも言わなくなってしまった彼の母は、たぶんそれとは違った印象をうけたのでしょうが、ともかく部屋を出てゆきました。

わたしたちは取り引きを終え、わたしはクロディウスといっしょに証拠の品をもらいにでかけました。そしてCはクラッススに使いを出しました。

クラッススとの会談の模様は、一生わたしの記憶を去ることはないだろうと思います。わたしたちが彼に、三千万に達するCの借財の保証人になってくれという提案を切りだしたとき、はじめは彼はただ笑っているだけでした。『なんできみはずらかろうとするんだい？』と彼はたずねました。『ある筋では、ぼくがポンペイウスを呼びもどす話に肩入れしているなどと邪推しているらしいよ』――『そうかね、そんなことを言ってるかね』と彼はいささか悠長に言いました。『それじゃきみは、きみの友人のポンペイウスに、借財の立替えをしてもらったらいいじゃないか、どうだね！』――『彼だとそれ相応の見返りを出せないからね』とCはぬけぬけと言いました。『じゃわたしになら見返りになるものをひとつぐらい持っているのかい？』とクラッススは面白そうにたずねたのです。

『そう、どうやらね』とCは答えました。『きみも知っているように、ぼくは法務官だよ』

――『ああ、知っているとも、きみをそれにするのに、一千万も出費したのだからね』――『それなりの功徳はあっただろう』とCは平然として言いました。『ぼくはカティリナ事件の身の潔白を証明できたからね』――『それが法務官になるというビジネスの目的だった。しかし、アジア軍団をよびかえす話は別だぞ』とクラッススはすこしむっとして言いました。Cは彼の顔を鋭く、しかし好意的な感じは残しながらみつめ、それからこう言ったものです。『たぶんきみの身の潔白も証明できるだろうね』

クラッススは、虫に刺されたようにとびあがりました。『それはどういう意味だ?』Cは泰然自若として言いました。『法務官の身であるわたしのところに、かつて街頭クラブの指導者の身であったわたしが当時保管しておいた、きみに不利な若干の証拠品が送られてきたのだよ、きみ』――『どんな証拠品だ?』とクラッススは嗄れた声でたずねましたね。『会社の名前の入った貨幣の袋が二、三個ね、これが非合法組織の資金にまわされたものであることは明瞭だ』

クラッススは重い吐息をついて、『これは恐喝じゃないか』と言いました。『そうさ』とCは冷たく言い放ちます。『ということはつまり、おれに二、三個の革袋を、三千万セステルチウスで売りつけたいということかい?』『そうじゃない』とCは親しさを失わずに言いました。『袋にそんな値打ちはないさ。きみにはただ立て替えてもらうだけだ。ヒスパニアから帰ったら、すぐきみに三千万は返す。ぼくはただきみがぼくを信用してくれるかどうか試してみたいだけさ』――『きみなんか信用していないぜ』と〈キノコ〉は押し殺したような声で言いました。『それじゃきみはこれから心配で夜も眠れないことだろうな』とCは言いました。『その袋はどこにあるんだ？　あまり面白くもないその問題に移る前に、ぜひその袋を拝ませてもらいたい』

わたしはそれを尤《もっと》もなことだと思いました。わたしは五個の袋をテーブルの上にのせました。でぶのクラッススは袋を改め、一瞬沈黙して、この件から抜けだすためにかかる金のことを考える前に、この件に足を突っこむときに投資したすべての金額のことを思い出しました。それからわたしは、彼の乾分《こぶん》の件をすこし整理する話し合いを始めました。アジア関係の株に手を出しすぎたプルケルの一味は、十二月の大暴落《がら》でひどい痛手をうけ、すこし現金《なま》の顔を拝む必要があったのです。大クッロが黒幕であるだけに、金はなおのこと必要だったのです。わたし自身が取りたてを依頼されている金の額は一千百万ほどありました。そのうちの六百万をクラッススに立て替えてもらいました。他の債権者とは、彼が『誠意をもって話をつける』と約束してくれました。われわれの仕事は同意に達したのです。

Cは部屋の隅に坐って、ギリシアの小説を読んでいました。

歴史家のなかには、クラッススがCの金を立て替えたのは、彼がCの思いきりのいい積極的な行動性を買っていたからだ、と主張する人も何人かいます。しかしわたしが保証しますが、彼は、Cを買ってなどいませんでしたよ」

外の夜の闇のなかで、大声で呼びかわす声がした。老人は話を中断して耳をすませた。声はかなり遠くでしたらしく、もうあたりは静けさが戻っていた。彼は立ちあがり、身をかがめて、陶土製の柄つき甕《アムフォラ》から、わたしの容器《カラフ》に酒をついでくれた。酒をついでいるあいだに、彼はもう一度つぐ手を止めて耳を傾けた。外はまったくひっそりとしていた。そこで彼は腰をおろし、話のさきを続けた。

「わたしは、彼が債権者に対してとっていた態度によって、彼に尊敬の念さえ覚えたということを、隠すつもりは毛頭ありません。彼が堂々と相手を見下す態度をとっていたのは、彼が金について独特な考えをもっていたことによるのです。彼は決して貪欲ではありませんでしたし、ひとのものを自分のものにしてしまうことを狙ったりはしませんでした。彼はただ自分のものとひとのものの区別を認めようとしなかっただけです。彼は、自分はどんなことがあってももちこたえなければならない、という立場をとっていたのです。わたしがしばしばびっくりさせられたのは、彼が自分の借財に対してとっているまったくあけっぴろげでまるで気にかけていない態度が、彼の債権者たちを警戒させることにはならず、かえって債権者たちに気にしないという態度を感染させてしまったことでした。わたしはあなたに、クラッススとの話し合いのことを詳しくお話ししましたが、それは、まさにこの会談のなかに、あの有名な〈Cがどんなときでも失うことのなかったおどろくべき快活さ〉というものがすでに認められるからです。そんな顔をしながら、彼はそのとき、クラッススだけでなく、わたしのことも欺いていたのです。彼は自分が地所の投機をやっていることを黙っていました。ここでは彼が、この事業を、落ち目になった時期や、ヒスパニアの属州総督《プロコンスル》（コンスル代行）時代を通じて、ともかくやり続けるなどという芸当がどうしてできたのか、という問題には立ち入りますまい。このことはラールスが九四年の手記に報告していますからね。九二年には、彼が地所を買いあさっているという話は、プルケルとそのほか少数のプルケルの息のかかった銀行しか知っていなかったのです。ヒスパニアでは、彼は主にプルケルのグループと手を組んで仕事をしていました」

彼は突然言葉を切り、耳を澄ましながら椅子の背に身をよせかけた。外の声がふたたび大きくなっていた。その声は、奴隷小屋のほうからきこえてきて、今は番犬の吠える声もそのなかに混じっていた。

わたしたちは、急ぎ足の足音を聞いた。それから、窓に、小柄なガリアの人足組長が顔を出した。彼はわたしたちに、奴隷のひとりが脱走しました、と報告した。

「犬を使え」とスピケルは言った。「しかし革紐から手を放すな、犬を放したら、奴隷をひとりなくすことになるからな」

彼は真鍮製の皿を叩き、外套をもってこさせた。わたしたちは外に出た。小屋のそばを通りすぎると、そのなかから、革の鞭の鳴る音と、訊問を受けているものの苦痛の叫びが洩れてきた。その物音を背に、犬をつないだ紐をもった奴隷たちがでてきた。松明は不要だった。この夜は捜索には十分なほどの月あかりだった。

老人は黙って歩いていった。彼の動きは堂々としており、力強く、一挙手一投足が慎重を期したものであった。彼の顔付きは暗かった。

あの道の曲り角で、われわれはガリア戦争の退役古参兵に出会った。彼は一匹の小犬を連れていた。この犬が、番犬の群のあとを追おうとするのを引きとめるのに彼は大骨を折っていた。スピケルは、彼にずばりと、脱走した奴隷をみかけなかったか、と尋ねた。

小柄で肩幅の広い男は、しげしげと彼の顔をみつめ、それからゆっくりと首を横に振った、わたしたちが先を急ぐのを彼は身動きもせず見送っていた。

スピケルは憤慨を抑えながら言った。「もちろんあいつは知ってるんですよ、賤民どもは手を組みますからね」

わたしたちはそれほど遠くまでは行かなかった。わたしたちがいたってなんの役にもたたないのだ。しかしふたたび図書室に引き返したとき、番犬の荒々しい吠え声が湖の岸辺のほうにむかってゆくのが聞こえてきた。

老人は自分のグラスに赤ぶどう酒をなみなみと注いだ。彼の手は震えてはいなかったが、その声は、自制を保っていることが、彼にどれだけ骨が折れるかということを示していた。彼の顔は相変らず灰色、というより今は土気色だった。脱走した奴隷はどんな罰をうけるのですか、というわたしの質問に対して、彼は答えた。「なに、わたしはひとりだって殺させたりはしませんよ。わたしは金を払って奴隷を買ったのです。わたしは、自分のためにオリーヴ農園で働かせている連中の骨を叩き折らせたりするような馬鹿ものとは違いますよ。それにね、死刑だと言ってもあの連中は恐れやしませんよ。やつらはわたしたちのように、人生に執着をもちませんからね」

カエサルのイスパニアにおける行政活動について話しはじめたとき、彼はようやく次第に落ち着いてきた。カエサルのこの行政は、周知のごとく以って範とするに足るといわれているものである。しかし話を続けているあいだにも彼は、たえず外の夜の物音に聞き耳を立てているようだった。そしてこの晩の彼の話は、ふだんよりはるかに激しく攻撃的なものだった。わたしはずっとあとになってはじめて、なぜ彼が、この行政の経過を物語るとき、しごく当然だと思われる讃嘆をこめた話し方をしないで、残酷な部分や暴虐的な部分をことさら具体的に強調しようとしたかという理由がのみこめるようになった。

「Cは」と彼は言った。「ローマをひどく急いで立ち去ったので、自分の率いる軍団の糧食や武装や給与などに関しての元老院の訓令さえも受けとっていかなかったのです。彼が〈魔法のように素速い旅立ち〉をするという評判は、彼の多くの債権者たちがひろめたものだと思います。

しかし彼は、ローマを立つ前に、プルケル・グループの指令はちゃんと受けとっていきました。このグループはポンペイウスの軍隊によって、エトルスクの鉄鉱山の軍需製品供給をストップさせるという使命を負わされていました。イタリア最大といわれるこの鉱山は、もうかなり掘りつくされていました。Cのヒスパニア行政は、まさに、合理的な、つまりビジネスという見地からおこなわれた最初の行政だったのです。

この事実を、歴史家たちの著作からそう簡単に読みとることはできません。ある理由から、それは主としてCが凱旋式を挙行したかったからなのですが、Cはすべての行政を戦争として報告する必要がありました。そこで彼は、峡谷地帯で盗賊のような襲撃を行なう山岳民族との戦いを語りました。自分の町を捨てて山岳地帯に逃げこんだので、また連れ戻してこなければならなかった住民たちのことも述べられていました。こういうことは、属州総督の報告書の常套的な報告です。Cの執った政策はそれよりはるかに興味のあるものでした。

そのまったく斬新なところ、重要な点はなにかというと、彼がヒスパニアの商売人をヒスパニア人として扱っただけでなく、商売人としても扱ったということです。彼はできるかぎり、彼らを援助してやりました、自分の同国人を敵にまわしてまでね。なによりもまず必要だったのは、ヒスパニアの平定化を達成することだったのです。この目的のためには、いかなる手段も恐れず、もっとも暴力的なやり方を用いました。

彼のとった文化政策のうち、もっとも有名なのは、ルシタニア（ポルトガルの古名）の山岳民族を峡谷地帯に移住させたことです。ルシタニアの商人たちは、銀鉱や銅鉱や鉄鉱の鉱山で、労働力が絶対的に不足していることをしきりと訴えていました。山岳民族たちは、鉱山の労働よりは、高原でおだやかな牧畜生活を送るほうを好んでいました。実業家たちは、まったく当然のことですが、おいそれとはたどりつけぬ高原に住むこの連中を、徴税吏につかまえさせようとしても、いつもうまく逃られてしまうことを訴えました。

歴代のローマ総督は、数十年も前から、その土地の財界《シティ》の訴えにまったく耳を貸してやらず、そして、ルシタニアの市民《ブルジョワ》と、反抗的な牧畜民が戦うときは、決してどちらの味方にもなりませんでした。山岳民族は文明からいうととても低い段階にありました。奴隷というものはほとんど存在していませんでした。相当に産出する鉱石も、他人の力を借りなければ十分に利用することはできませんでした。それは、採鉱法が原始的だったためと、この労働に適した労働力が不足していたためです。

しかしローマ軍の進出が行なわれたのは、Cが到着してすぐ、この地方ではまだ人柱を捧げる習慣さえあるということを知ってからでした。このような野蛮な状態を消滅させるには、素早く容赦ない処置をとる必要がありました。そのために人間の生命が失われることがあるかもしれないが、最後にはそれだけの犠牲を払うだけの報いはあるのです。道路がないところにいって、これは水の乾あがった川の支流だと考えて、入江に進軍してしまい、満潮時になると武器や荷物ごと溺死してしまったローマの部隊《コホルト》のどれもが、決して無駄死にしたわけではなかったのです。彼らの溺死した谷の上の丘には、今日でも、現地とローマの商人たちの館が立ち並んでいます。そして、当時武器の打ちあう響きや負傷者の呻《うめ》きでみちあふれていた峡谷は、今日ではふたたび平和な鉱山の槌打ちの音や、呼びかわす奴隷たちののどかな声がひびきわたるようになっています。

短期間の戦争の経過が、凄惨でなかったといったら嘘になります。それにCの作戦のすべてが成功したというわけではありません。しかし彼は部下の兵士たちからは嫌われていませんでした。彼が投げ与えた恩賞はけちくさいものではなかったのです。そして彼は、ローマで、良心のやましさなく戦勝の凱旋式を要求することができたわけですし、凱旋式を催す資格として要求されている、戦死した敵兵の数五千という数字をひねりだすために、ほかの司令官のように、戦争にまきこまれて死んだ非戦闘員の一般住民の数も加えるなどということをする必要はなかったのです。

ローマの部隊《コホルト》は、この遠征では、現地の部隊と手を組んで戦いました。Cの軍隊の三分の一はルシタニアの部隊でした。ローマの徴税請負人と当地の市民《ブルジョワ》の関係、ということはつまり、ローマの財界《シティ》と当地の市民《ブルジョワ》の関係ということになりますが、この関係も非常に親密だったわけです。プルケル・グループの後押しをうけながらCは、自分の治める属州の徴税を軽減してもらいたいという要求を貫徹しました。その際彼は、この属州が、彼の武力制圧政策のために疲弊しているということを証明したのです。徴税請負権の競売が行なわれる前に、彼はいろいろな申込者とプルケル・グループの間に話し合いをとりつけておいたので、普通の競売の場合のように、高値がつくことをあらかじめ防いでおけたわけです。彼は鉱山を、現地の財界《シティ》の手に委ねておき、ルシタニア人たちには債務支払猶予措置を設けてやりました。彼は、現地の工業界を、活動を継続して、彼らの負債を現地の労働力を完全に投入することによって少しずつ返済していける状態に置いてやることができるような方法を考え出したのです。鉱山の収益の三分の二は、ローマの財界《シティ》に流れこむようになりました。

山岳地帯の遠征の戦果として、大量の奴隷が手に入りました。しかしまだそれだけでは仕事にはなりません。高原の怠惰な生活に慣れたかつての遊牧民は、何度でも都会を逃げだしてしまうので、暴力で連れ戻さなければなりませんでした。Cはできうるかぎりの力を注ぎました。

彼の成功はエポック・メーキングなもので、なによりも、この新しい方式をポピュラーなものにするために多大の貢献をしたのです。租税のパーセンテージは引き下げられたのに、帝国への納入額はたえず増大し、財界《シティ》もまた、不満など起こすわけはまったくありませんでした。財界《シティ》は、ほしいだけの鉱石を手に入れることができたのです。財界《シティ》は今日では、鉱山に四万の奴隷を就業させ、銀山から年に四千五百万セステルチウスの収益をあげています。

しかしまた、属州平定によってCの得た分け前も、それ相応におおいに満足すべき額でした。彼の得た利益が何であったかということについては歴史家たちの意見は一致しています。ブランドゥスは、Cは、ヒスパニア人たちが彼の公平無私な態度に熱烈な感謝をあらわすしるしとして、持ってきた金は受けとってやるべきだと思ったから、それで金をとったにすぎない、と言っています。ネポス（コルネリウス・ネポス、前九九～二四、ローマの歴史家）は、軍団を率いるほどの男は誇り高く、乞いもとめることはしない、と言い、そしてCは献金を命じたのだろうと推定しています。二、三の他の歴史家は、彼は敵から金をとったのだと言い、また別の人たちは、いや友好関係を結んだ原地人からとったと言い、またあるものは、あの金は貢税の一部だと言い、あるいは銀鉱の利益配当だと言います。またCが金をうけとったのは、ヒスパニアでだとも、ローマに帰ってからだとも言われます。これらの歴史家の言うことはどれも正しい。誰もが知っているように、Cはいくつものことを同時にやれた男です。彼はたったの一年で三千五百万セステルチウスこしらえました。帰還してきたとき、彼は前とは別人になっていました。この一年で彼は、自分に内在していた能力を発揮したのです。彼はまた、属州というものが潜在的にもっていた可能性を示してみせたのです、そして、歴史的に有名な彼の名言、〈わたしはローマで第二人者であるよりは、ヒスパニアで第一人者でありたい〉という文句も、まったく正当なことです。わたしが彼を信用したのも、十分な理由があったことが証明されました。わたしの働いていた小銀行も、もはや小銀行ではなくなりましたよ」

小柄なガリア人がまた部屋に入ってきた。彼は顔も蒼ざめ、髪の毛をふりみだし、肉体的に疲れ果てていた。

「なにも捜しだせません」と彼は言った。

老人は無表情で彼の顔をみつめた、するとガリア人の顔色はさらに蒼ざめたように見えた。彼は急いで身をひるがえすと部屋を出ていった。

老人は、ごつごつした顔を夜の窓のほうにむけ、数分間沈黙していたが、それからまったく同じ調子で話を続けた。「まったく別人になった男が、まったく別の国になったローマに帰ってきたのです。民衆派は九二年の恐るべき大敗北からふたたび立ち直っていました。ポンペイウスによって征服された、世界の半分という大地域をどう消化したらよいか、という大問題は、カトーを首領とする元老院の血みどろの勝利によって、ただの日常の議事におとしめられ、なんの解決も下されていなかったのです。財界《シティ》の活動が不可欠であったのに、その活動は行なわれませんでした。大最の奴隷がローマと全イタリアにあふれていました。しかし労働力が増えれば増えるほど、労働《しごと》は減っていきました。財界《シティ》は、穀物無償配給によってどん底に落ちました。大きな領地をもつ地主たちは、穀物農業経営から、ぶどう酒とオリーヴ栽培に鞍替えしようと狂奔する傾向を示しました。こういう基本的な事実を見逃したら、内乱も含めた以後数年の戦いを理解することはできませんよ。貧乏な連中にふたたびお呼びがかかったのです。民衆派にはもういちどチャンスが到来したわけです」

彼は立ちあがって、手記の巻物の入った小箱をとりあげながら、さらにこう言い足した。

「この手記からあなたは、民衆派の理念(民主主義)が完全に実現したことを読みとられることでしょう」

わたしはすっかり考えこみながら、わたしの仮寓に戻った。わたしの下着《トウニカ》(トーガの下に着る衣服)のたもとには、九四年と九五年のラールスの手記のしるされた巻物が入っている。

夜は生暖かかった、空には雲が出ていた。逃亡した奴隷は運がよかったわけだ。

わたしがその前を通り過ぎなければならなかったあの奴隷小屋からは、もうなんの声もきこえてはこなかった。

第Ⅳ部　三頭の怪物

ラールスの手記3

〔六九四年二月十二日から六九四年七月二十七日まで。編集者の手によって一部省略されている〕

読みの深い歴史家のすべてが執っている見解であるが、権威ある歴史記述は、この事件のなかに、カエサルがヒスパニアに対する勝利の凱旋式を行なうことを妨害しようとする元老院の試みを見ている。ローマの民衆派系の諸勢力は、自分たちのなかから司令官《インペラトル》を出したいと努力していた。名誉か権力か（凱旋式か執政官《コンスル》の地位か）という選択を迫られたカエサルは、躊躇せず権力のほうを選んだ。

六九四年（西暦前六〇年）二月十二日

凱旋式をやることは絶対に必要だ。だいたい、キケロがCのヒスパニア遠征についてとばしている恥知らずの洒落をはやらせないようにするためにも必要だ。彼はこんな冗談をひろめている。Cの凱旋式はアシア商業銀行のプルケルの手で催されるだろうとか、戦場の地名をよく調べる必要がある、それは銀行の支店の名前かもしれない、とか、大きな戦闘は債権者と債務者のあいだで行なわれたのであり、兵士が戦死《ゲファレン》したのではなく株が暴落《ゲファレン》したのであり、敵の権力を破ったのではなく、契約を破っただけだ、とか、Cは経済専門家や金融業者を山ほど随行させたので、軍団のほうは、陣営のそとに駐屯しなければならなかった、とか、兵士たちはせいぜい金庫の監視に使われたぐらいだという話である。すべて下らない与太だが、無知な大衆には結構効き目があるのだ。

もちろん金はかかる。しかしわれわれは来年は何としても執政官の地位を手に入れなければならないのだ。まさにこの理由から、マケルは、凱旋式を挙行することを強く望んでいるのだ。彼は、各地区の選挙対策委員たちが（裏の手を使って）探りを入れてみると、有権者のあいだにはひどい不信の念がみられたと言っている。カティリナの選挙のとき、最後の土壇場になって、結局金が貰えなかったことを、有権者たちは忘れていないのだ。もし凱旋式が行なわれれば、執政官候補者カエサルは金に糸目をつけないということが誰にもわかるだろう。もちろん町の連中には饗応をする必要があるし、金はばらまかなければならない、ただの半アースの銅貨でもだ。凱旋式の行列が行なわれれば、手工業の職人にはいい儲け口ができる。貧乏人たちは、銀行に流れこんだヒスパニアの銀の分け前にすこしでもありつくだろうか？　パン屋や肉屋や食器作りや機織職人たちが、戦争の恩恵に浴するのは凱旋式だけなのだ、おまけに、金だけが問題だ、などと考えてはいけない。貧乏人は金を貰う必要がある。それはもちろんだ。彼らは金がいるのだ。しかしどうせ貰うなら、自分が信頼している男から貰いたいのだ。市の行政というものは、けちくさく行なうことも、気前よく行なうこともできる。ところが職人たちの生活は、すべて行政がどう行なわれるかにかかっているのだ。すべての商売を見渡すと、半分以上の店は相変らず破産したままだ、それは、どの店も軍需品調達の営業態勢をとっていたのに、突然戦争が打ち切りになったからだ。もちろんこの際、できれば将軍を執政官に選びたいと思うだろう。ごく内輪の話のとき、スピケルも凱旋式を挙行するほうに賛成した。彼はドライな口調でこう言った。

「凱旋式をただの見世物《サーカス》と考えるのは、本質を見誤っている。これをやれば、信用が得られて金が借りられるようになる。わたしたちはいま財政的にあまりゆたかではないからこそ、出費をしなくてはならないのだ。町全体が、われわれの金の臭いを嗅ぎつけている。財政的な見地から言って、ふところには一文もなくても凱旋式の車に乗ってゆくところを町じゅうから見られるほうが、大金をふところに民会広場《フォールム》の銀行に入ってゆくよりは気がきいている。わたしはあの人にこういう手紙を書いたよ、『あなたが実業家《ビジネスマン》だというレッテルを貼られてしまうのは、財界《シティ》の受けを悪くします。あなたは政治家で司令官でなければいけません。おわかり下さい、これがあなたの商売《ビジネス》なのです。どうかお願いですから、伝統というものをシニカルに見るようなことはしないで下さい。聞くところでは、あなたは、凱旋行列なんて子供だましを、何のためにやるんだ、とおっしゃったそうですね。帯革屋や皮革屋の紳士たちのいうことをお聞きなさい。あなたが、ご自分の職業を重視しているということを示して下さい。そうすればあなたを信用して金を貸す人がでてきます。あなたは凱旋式をなさる必要がおありなのです』するとフルウィアは言ったよ。『絶対に凱旋式はやるべきよ。元老院はかんかんになるでしょう。まるであたしがアリスティプルスの店で新しい服をつくると、皆さんがかんかんに怒るようなものよ。わたし、ふしあわせなとき、わたしの銀行預金が心細くなったときなんか、あっさり新しいドレスを十着も注文してしまうのよ。わたしこれまで、後悔をしたことは何度かあるけれど、自分がどこへいってもはずかしくないドレスを着たということを後悔したことは一度もないわ。絹物はいちばん美しい肌よりももっと魅力的だということばかりじゃなく、ほかの人たちが、なりにお金のかかった人をみると、羨ましくてよだれが垂れそうになるということもすばらしいのよ、絶対に凱旋式だわ』

この問題は――それがCにとっても問題であったとしての話だが――結局プルケルの鶴の一声で決定したよ。彼はこう言ったのだ。『われわれは下着《トゥニカ》の袖から、同志的な臭いをまきちらさなければいけない。〈カティリナ〉と一言言えば十分だろう』」

ごく内輪だけのなかで報告されたこのスピケルの話から、アシア商業銀行の黒幕になっているグループは、選挙資金の調達のために凱旋式の挙行を望んでいるということが判明したのである。ガイウス・マティウスは、元老院で、Cのために凱旋式を挙行してもらいたいという請願を行ない、その論拠をあげた書類を提出した。

ところで、スピケルの話のなかで、われわれは財政的にゆたかでないという言葉は理解できない。Cはヒスパニアで、多額の金をつくったにちがいないのに！

二月二十日

元老院の委員会は、凱旋式に関しては、もちろん考えられるかぎりの難題をつくりだした。われわれが、戦死した敵兵の数のなかに疫病で死んだヒスパニア人や味方として戦ったヒスパニア人も数え入れたと主張するものもいる（凱旋式を行なえる資格のなかに屠った敵兵の数という項目がある）。われわれが、Cは同盟者となった原地人ともときには戦闘を交えることもあったという反論を提出すると、ではその事情を調査するぞと脅迫された。要するに、われわれを苦しめる魂胆なのだ。このうえ、われわれが執政官の選挙にのりだす気があることを知られたら、まったくお手あげだ。この計画はできるだけ長いこと秘密にしておかなければならない。

わたしはスピケルに、われわれの財政状態はどうなのかと、単刀直入にたずねた。「わたしは債権者たちには見られたくないのさ」というのが彼の答えだった。「どこを向いても、われわれにせっつこうとするやつらばかりだからね、財政問題は完全に安定したよ」わたしは安心した。

二月二十七日

マティウスの話では、元老院はCが執政官に立候補することを昨日から嗅ぎつけているそうだ。したがって元老院は、凱旋式の挙行を許可することは不可能だと見なしている。

二月二十九日

凱旋式が裁可された！　しかしなぜ許可されたかは、われわれのなかの誰ひとりとして理解できない。

三月七日

スピケルはもう数週間前に、ヒスパニアから、凱旋式の裁可がおりしだい、すぐ準備にかかってくれとCに依頼されていた。われわれはさっそく計画をたてることにする。一切を可能なかぎりの速さで進行させなければならない。なぜならCは、遅くも七月十二日には執政官に立候補しなければならないからだ。凱旋行列は、われわれからみれば現実には選挙運動の代りの役を果たしてくれるものなのだ。だから五月末にはすっかり準備を完了しておかねばならない。それにしかるべき威容を誇るものでなければならない。Cがまだヒスパニアに御輿《みこし》を据えたまま動こうとしないのは具合の悪いことだ。彼はどうやら、プルケルとの取り引き《ビジネス》にまだけりをつけていないらしい。

三月八日

ポンペイウスの催した凱旋式の模様を記憶に呼びおこす必要がある、なぜならわれわれの凱旋式は、きっと彼のと較べられることになるからだ。ポンペイウスのは去年の秋に挙行された。ポンペイウスは、すべての貴重な珍しい品々がアシアから到着するまで、一年以上も待たなければならなかったのだ。

あのときわたしは、この行列を、馭者のピストゥスと、スブラ地区の高台の長屋の九階から見物した（これは、かつてわたしをピストリアに連れていってくれた馭者の青年である）。あの行列は途方もないものだった。結局はこれは、いやしくも文明社会に存在がわかっている限りの東方世界の全域に対して得た勝利の凱旋であった。船に積み込めるかぎりのものはことごとく積み込まれた。わたしは、象にひかれ、巨大な車にのせられた、寺院の半分そっくりを、朝早く牛市場広場で見た。この車は、狭い路地を通れず、そこに放置されなければならなかったのだ。だいたい、全部の行列を通過させるには、二日間では足りなかったのである。戦利品で結局行列には使えなかったものも山のようにあった。

行列の先頭に掲げられたのは、二枚の巨大な文字板で、ここにすべての遠征が、簡潔な文体でしるされてあった。この板の高さたるや、路地の上に、洗濯物を乾すために張られた紐にひっかかるほどであった。その文字板を横に倒し、文字の書いてある方を上にすると、建物の窓から眺めている見物からもその字が読めるほどだった。

碑銘の末尾は、この遠征がアシアからの年間収入を倍増したという文章だった。

その文字板のあとに、戦車、攻城機、船首などをのせた車の行列がほとんど際限なくといえるほど続いた。そのあとから、国庫に収められることになっている、五億セステルチウスの価値のある銀を曳いた騾馬《らば》が行進していった。

小さな車に、宝石商たちによって配置されたミトリダテスの王の貴重な宝石のコレクションが載せられていた。二つの巨大な黄色の硬玉石を彫刻してつくった将棋台や、純金製の豪奢なベッドが三台、真珠でできた王冠が三十五もあった。黄金製の神像が三つ、冠《いただ》きが日時計になっている、真珠をちりばめた詩神の小寺院、ミトリダテスの玉座や王笏、銀製の彼の立像、金製の大きな胸像、珍しい熱帯植物の木が一本といったようなぐあいで、世界の半分の富と黄金が、悪臭のするローマの狭苦しい路地を運ばれていったのである。

いちど通りの上に張ってある洗濯紐から、一枚の洗濯物の肌着、それもつぎだらけのシャツが、ちょうど戦利品の黄金の神像の上に落ちてしまった。そのわきを行進していたひとりの兵卒が、そのシャツをつかみ、自分のからだに羽織り、上からわめいているシャツの所有者にちらりと合図を送りながら、そのシャツを着たまま行進を続けていってしまった。

「やつがぶんどってきたものだ」と私の隣でピストゥスが悪態をついた。

二日目には命のある略奪品が行進させられた。

ローマの凸凹の敷石を敷いた道路で、戦敗国の国王たちは何度もつまずいた。王侯たちや人質たち、アルメニア王ティグラネスの息子とその妻と娘たち、ミトリダテスの七人の息子たち、彼の妹、ユダヤの王様がひとり、スキティアの国王の寵姫たちが数人、ふたりの有名な海賊、彼らもつまずきながら進んだ。

それから今度は、絵を描いた巨大な石板が続いた。ティグラネスの逃走やミトリダテスの死が描かれている。そういう絵のあいだに、にやりと笑った野蛮人の異教神の絵や、ビテュニアの銀行家であり同時に聖職者も兼ねていた有名な男の肖像も混じっていた。

それから偉大なポンペイウスの登場だ。真珠をちりばめた車にのり、アレクサンドロス大王が纏ったといわれる肌着《トゥニカ》を着て、徒歩の副司令官たちや、馬にのせられた貢納品にとりかこまれ進んでくる。

「おれもあの行列に入って歩かされる必要がありそうだぜ」と馭者のピストゥスは言った。

「やつはこのおれもさんざんな目にあわせたのだからね」彼は失職したのだった。ポンペイウスが連れてきた奴隷のひとりに、彼の職を奪われたのである。

民衆は黄金をみるたびに叫びをあげた、車にのせられてゆく黄金でも、捕虜になった国王たちが身につけている黄金でもそんなことはおかまいなしだった。

平和の神殿の円柱の張り出しの上に、屋根のすぐ下で八時間も坐ったまま見物している一家があったが、この一家はたぶんロープでそこまでよじのぼったにちがいない。彼らは糧食としてパンや二、三片の乾魚をたずさえていた。おかみさんは、ぼろにくるんだ乳呑み児を胸にかかえていた。三人の小さな男の子たちは、高手小手に縛られたふたりの国王が追いたてられていくとき、声の涸れるほど叫びあっていた。

しかし概して貧民地区では、裕福な地区ほど、行列にかけられる叫び声は少なかった。

三月十日

わたしたちはヒスパニアの上等の戦利品の大部分を、ローマで製造させなければならないだろう、それも一流の会社に。第一に本物のヒスパニアの品々はあまりヒスパニアふうに見えない。第二にわれわれにはあまりにも戦利品の数が不足している。Cはヒスパニアで象牙製の寝椅子などは捕獲せずに、鉛鉱山の採掘権を獲得したのだ。神殿から黄金の神々を掠奪することはしないで、そういうものは彼らにそのままにしておいてやり、そのかわり今は彼らの収益の配当を受けているのだ。物量ばかりの残酷な獲物はもっていないかわりに、精神《あたま》でその埋め合わせはつけているのだ。われわれはヒスパニアの鉱山でとれた銀で造った、金管楽器《チューバ》を吹く二千人のらっぱ吹きを使おうと考えている。Cはヒスパニアの地名を書いたリストを送ってきた。それに大量の山岳部族の酋長たちが、目下ローマに送られつつある。二百人のよりぬきの美女も揃えた。この行列の呼び物になるのは、ヒスパニアの鉄鉱でつくった五百本の小さな鋤で、この鋤は最後にはくじ引きでカンパニア地方の農民に当ることになっている。おまけにCは、戦利品の一部を銀製の鎧のすね当てにして兵士たちに与え、兵士たちは凱旋行列にはそのすね当てをつけて参加する義務を負わせている。こういう処置は、われわれの行列に社会的な性格という特色を与えてくれる。ポンペイウスの行列にはこういう性格はまったく欠けていたのだ。

ピストゥスが以前つとめていた運送会社に、凱旋式の行列という大口の仕事を請け負わせてやる見通しがついた。会社は、ピストゥスに監督のポストを与えることを承知した。ピストゥスは小躍りして喜んだ。

わたしはこの二年間、未亡人のような暮しをしてきた。わたしはこの人の好いピストゥスの示す親切を黙って受けていた。好感のもてる溌剌とした若者の与えてくれる善意の慰藉《いしゃ》を受けとるように受けとってきた。彼の友人である金髪の軍団兵ファエウラのことも、わたしは彼と同じように気をつけて扱ってきた。打ち明けて言うと、このふたりの青年が競争でわたしに好意を示してくれることが、ときにはほほえましくなる。でもわたしは、自分が未亡人になったような気がする。すべての経験はもう過去のものになり、心には失った男に対する悲しみを抱きながら、いささか諦観の境地にいながら、若いふたりの求愛者を眺めている未亡人のような気がする。

このふたりを外に連れだしてやるのはとても面白い。ピストゥスはまるで驢馬《ろば》が屁ばかりこくように、年じゅう洒落ばかりこいている男だ。彼の話題といったらもっぱらドッグ・レースのことだけである。ほかのことにはなにも興味がない。犬に賭けることが、貧乏人の唯一のスポーツになった感がある。どこの床屋でも賭けが行なわれている。数匹の犬などは、どんな政治家よりも有名である。レースによってひと財産が動く。ピストゥスの意見では、貧乏人がささやかな裕福に達するたったひとつのチャンスはこのレースの賭けだという。本当に、いやしくも二、三アースでも賭け台にのせられるものなら誰でも賭けている。ピストゥスはこう言っている。「これは道楽だ、などという人がいますが、とんでもない間違いです。これは商売《ビジネス》なんですよ。賤民が、これ以外の方法ですこしはまとまった金にありつけることがあったら言ってもらいたいもんだ！」ファエウラは、彼が例によってひいきの犬のすぐれている点を数えあげていると、微笑を浮かべながらじっと我慢して彼をみつめ、それからやっとおもむろに口を開いて言う、「その犬は別にすぐれている必要なんてないんじゃないか？　どうせ、その犬の犬舎の持主が、競争相手の犬をレース前に酔っぱらわせてくれるんだからな」ファエウラは、すべては八百長だと考えている。しかしそれでも彼ももちろん賭けはする。八百長があろうとなかろうと、運さえよければ儲かるのだ。そして儲かりさえすればまともな仕事が始められるのだ。彼はぶどう山を持ちたいと思っている。

三月十一日

ファエウラはカンパニア地方の百姓の息子だ。アシア遠征には、彼は最後の半年参加しただけだ、彼はまだとても若い。わたしはよく彼にくっついて、牛市場広場の兵隊のたまる居酒屋に行く。社会学的な学習をするためである。

そこには、ポンペイウスの馘《くび》になった兵士たちが屯《たむろ》して、悪口を言っている。

ポンペイウスは兵士たちがイタリアの土を踏んだとたんに、法の規定するところに従って彼らを解雇した（ローマに入るとき、司令官は私兵を連れてはいけない）。彼は兵士たちに給与は全額を支払い、土地を与えると約束し、自分の凱旋行列のときにはローマに出てきてくれと頼んだ。報酬はまともな金額だった、この金でなら（五千セステルチウス）、土地さえはじめから持っていれば、食堂を開いたり、二、三人の奴隷を買ったり、ぶどうの苗や、ぶどう棚や、ぶどう絞り器などを買いととのえることはできた。偉大なるポンペイウスは約束を守り、元老院に兵士たちに土地を与えてくれと請願してくれた、ところがこの件がいささか長びいた、正確に言うと、まだ長びいているのである。お偉方というものは何ごとも悠々とおやりになる。そのあいだに、ちっぽけな資金などは、居酒屋や間借代で消えてゆく。あるものはもう一文なしになっている、それでもそのあとしばらくは戦友の情にすがってなんとかもちこたえるが、そのうちには戦友たちからも避けられるようになってくる。兵士たちは、アシアを征服するほうが、居酒屋の上席にありつくよりはるかに簡単なことだということを学ぶのだ。彼らはミトリダテス王をやっつけたが、ローマの酒屋の亭主には手もなくひねられてしまう。居酒屋には剣をふりかざしても入れてもらえない、金を見せなければ侵入できない、そしてなかに入って飲んでいる連中は、もう入れないで外にいる連中のことを考えると恐怖にとらわれ、残っている有り金の額を調べる。

ポンペイウスは今後、民会広場《フォールム》に姿をあらわしたら最後、彼の昔の軍団兵にからまれないですむことはないだろう。軍団兵は群をなして彼をとりまき、自分たちに対する尽力が足りないといっては彼を非難するだろう。ついこの間も彼は浴場を訪れたところ、軍団兵が入口という入口を塞いでしまったので、そこに五時間も罐詰にされたということである。したがって彼は、選挙の地区対策委員が保証しているように、非常にあせっている様子で、彼の動議の決定を行なう民会にも、十分に鼻薬をきかしておくように命じている。もっともこの老人は相当なしまり屋だから、マケルの話によると、出費はできるだけ抑えているそうである。
いまだにイタリアに入港しないCは、ある手紙で、非常な興味をもって、土地配分法を通過させようとするポンペイウスの戦いについての情報を求めてきた。ポンペイウスの依頼をうけた護民官のひとりは、元老院で土地法を議題に扱うことを拒否した執政官マテルスを入獄させた。元老院がその執政官を訪問しようとすると、例の護民官は、彼の護民官用の椅子を牢獄の扉の前におかせて、その上に坐りこんでしまった。周知のように、法律は、民衆の代表である護民官にむかって手をあげるものは誰であろうと死刑という厳罰で臨むことになっている。獄中のマテルスは、中から、左官屋をよんできてドアのわきの壁を破ってわたしのところへやってきてくれとどなった。そこで本当に壁が破られた。ローマは一週間じゅう、この話を笑い草にしたものだ。Cは、法律には抵触せずにしかも意志は貫徹するというこのやり口を、どうやら非常に重大な意味のあることと解しているようだ。われわれは彼に詳細な報告を送った。

三月二十日

凱旋式を銀一色のスタイルに模様替えしようというのはCの案だった。「みんなに、銀の凱旋式といわせるのだ」と彼は書いてきた。たぶん彼は、ヒスパニアの銀山を民会広場《フォールム》にもちこむのだからプルケルもこの案に賛成だろうと考えたのだ。ところが今日プルケルがやってきて、このことでさんざんわめきちらした。「まったく愚にもつかない平凡さだ！」と彼はスピケルをどなりつけた。「お前たちに何度言えばわかるんだ、おれたちはヒスパニアで戦争をやったのであって、商売をしたのではないんだぞ。今になってあの男は、銀ずくめの衣裳で旅行者みたいななりで凱旋行進をしてくるというのか！　悪趣味だ！　いったい本気なのか！　まったく戦術を知らないやり口だ！　お前たち、戦争とはなんだか知っているのか？　戦争とは死骸の山だ、煙のくすぶっている廃墟だ、艱難辛苦だ、軍団兵の鋼鉄のような歩調だ。ほんとうにまったく、こんなお膳立てをするのがそんなにむずかしいことか？」われわれは彼に一理あることを認めざるをえなかった。こういう仕事ではあっさり大失敗することがあるものだ。

三月二十一日

大変なスキャンダルがおこった。町じゅうが、昨日の午後ポンペイウスが彼の邸の庭に机を並べさせ、そこで公然と有権者に金を払ったという噂でもちきりだ。なんという野暮なことをやる男だろう。ついこのあいだ、わたしは民会広場《フォールム》ではじめて彼を面とむかって見ることができた。

どっしりした男で、蒼白いきめ細かな肌をし、目はとても黒かった。広い額には、横に何本も皺があり、眉毛は吊り上がり、まるで思想家だと見做《な》されたいようだった。黒い髪は手を入れてカールしてあった、もじゃもじゃのようだがそれは床屋にやらせたものであり、落ち着き払った態度で歩いていた、伝え聞くところによると、彼はひとからどんな状況にあっても落ち着き払っている、と言われるのが好きだそうだ。彼のわきを歩いているのが被解放奴隷のデメトリウスで、この化粧をした若者と、今彼はいっしょに暮しているそうである。

三月二十五日

Cは四月中旬にイタリアに着きたいと言っている。

三月二十七日

ポンペイウスの、古参兵に土地を分配してやるという動議は否決された。彼は出し惜しみしすぎたのだ。今はじめて彼がなぜあんなに公然と贈賄するところをやってみせたか、その理由がわかった。こうして部下の兵士たちに、彼が部下のために少しは尽力したと信じさせるつもりなのだ。グロテスクなことに、戦争とわずかでも関係のあることはすべて、まったく人気がなくなったこととの償いも貧乏人がしなければならないのである。アシアの戦争はいまでは誰からも嫌悪されている。この戦争は商売を破壊し、馬鹿げた奴隷の輸入によって農業を破滅させ、ローマを何カ月ものあいだ、内乱寸前という熱病のような危険な状態においた。

小作人や小百姓は、今は死にもの狂いで自分の畑をぶどう畑やオリーヴ農園に変えようと骨折っているが、彼らのなによりも恐れているのは徴兵されたり税をとられたりする新しい戦争であり、戦争のあとに続く内乱である。戦争はこれほど嫌われてしまったので、元老院も、ガリア地方から入ったばかりの不安な報告を隠して、ガリアでは最大の譲歩政策をとらざるを得なくなっている。

四月十二日

Cは四月の下旬にならないと帰ってこない。凱旋式を五月末に行なうつもりなら、これで早すぎるということはない。

四月二十七日

Cは相変らずヒスパニアで商売上《ビジネス》の取り引きを続けている。われわれは凱旋式を六月にのばさざるをえなくなった。これでまた出費がかさむ。

五月五日

ガイウス・マティウスがヒスパニアから帰還した。Cはプルケルやヒスパニアの商人たちと意見の一致をみることができるはずなのに、まだそれができていない。マティウスは言っている、「ローマ人に勝つよりヒスパニア人に勝つほうがやさしいよ」と。

五月二十二日

スピケルはCから一通の手紙を受けとった。それにはこう書いてある。「われわれがヒスパニアに対してみごとな勝利を獲得してもプルケル氏がわれわれに対して勝利を得たら、何の役にもたたなくなる」と。これはたしかにまったく正しい、しかしわれわれはどうやってこの巨大な凱旋式のプランを中止したり再開したりし、高くつく契約を延期したらいいというのだろう？　おまけに町ではすでに、Cはローマに帰ると、カティリナ裁判のときにとった態度のために告発されるのではないかと恐れているのだという噂が流れだした。これはもちろんとるに足りない馬鹿げた話だ、彼が帰れないでいるのは、どんな遠征のあとにも必ず必要とされる財務処理の問題にすぎない。

六月八日

Cが六月中旬に戻ってきていないと、凱旋式は選挙の時期と重なる、そうなると特別認可をとる必要がおこる。それなのに彼は相変らず出発してもいないのだ。

六月十二日

スピケルはひどくいらいらしている。われわれはいっしょに民会広場《フォールム》に行った。彼がすっかり打ちしおれてこう言ったからだ。「わたしの計画していた凱旋式は、すっかり水の泡になりました。わたしはCがヒスパニアの件であんなにしつこくねばっている理由は、この件が彼の最初のほんものの商売《ビジネス》になっているからだと考えるよりほかに説明がつきません。彼ははじめて、目と鼻の先に本当に金をつかみとれるチャンスをみつけたのです。そこで彼は、魚に嚙みつく飢えきった海鳥のような状況におかれたのです。しかもその魚が鳥にとっては大きすぎて、海中深くひきずりこまれそうになっているのですよ」

スピケルが文学的になるときには、絶望の気分がひどく進行していると相場がきまっているのだ。

六月二十一日

Cはようやく出発したそうだ。そもそも凱旋式は挙行できるのだろうか？

六月二十三日

ついに破局が来た。今日スピケルがアシア商業銀行で、すでに貸すと確約ずみの、ある金額をおろしてこようとしたら、プルケル氏とCの取り引きはまだ結ばれるまでにはなっていない、と行員に冷たく言われたそうだ。どうしたらいいだろう？　いまは一日でも貴重だ。今こんなふうに停滞してしまうと、凱旋式をやる十日前までに準備を済ませることは不可能になるだろう。しかもこれがぎりぎりの期限なのだ。スピケルは、われわれがこの日付けを守れるとは思っていない。たとえ明日の朝早く、凍結された金が流れこんできても駄目だと思っている。プルケルはなにを企《たくら》んでいるのだろう？　Cはプルケルとは契約を結ばずにヒスパニアを出発したらしい。

六月三十日

Cがついに到着した。もうぎりぎりの時だ、凱旋行列は途方もない金額を食う、スピケルは新たな融資を受けられる極限まで貸りまくった。一週間前からアシア商業銀行はすべての融資を停止している。われわれはすべての事業を停止させている。今は至急にヒスパニアからの金が必要なのだ。

Cはアルバノの山地の新しい邸宅に居を構えた。この邸を彼はローマに足を踏み入れてはいけない凱旋式までの期間に滞在するために、わざわざ建てさせたのである。わたしはもうこれで二年間も彼に会っていないので、彼が変ったかどうか大いに興味がある

七月一日

彼はまったく変っていなかった。スピケルとわたしが今日彼に再会したとき、彼はせかせかした神経質な足どりで両手をひろげてわれわれのほうにやってきて、まず開口いちばんこう言った。「金があるか？　わたしはすっかりたかられて文なしだ」

彼は、もうもうとあがっている塵埃のなかで、咳こみながらこう言った。新しい巨大な邸宅の一方の翼棟が、Cの気に入らないので、もう取りこわされることになったのだ。

スピケルは、死人のように真青になった。彼は一言も発しなかった。Cは彼を面白そうに眺め、われわれにただちに彼の新しい建築プランを説明しにかかった。彼はショックをうけた精神状態にある哀れなスピケルにむりやり言いつけて、大理石の切石の山をよじのぼらせ、それから半時間ものあいだ、岩壁のなかを穿ってつくった廻廊の模様を話させて聞いていた。

要するに、Cはむかしのままだった。

午後に、スピケルがわたしに現状について若干の事情をほのめかしてくれた。

Cはヒスパニアでの事業《ビジネス》の結着をつけるとき、銀山の利益配当証券の束を手に入れようとしてプルケルとライオンのように戦った。彼がこんなに奮闘したのは、その紙片に金銭的な価値があるためだけではなく、すでに約束してあるように、プルケルが自分の執政官立候補を財界《シティ》で援助してくれることが、これによってもっと確実になる、という理由によるのだ。プルケルがこれに対抗してとった手は、彼が財界《シティ》に、凱旋式をどうしてもやらなければいけないということを説明してやったという点にある。彼は、そうなったらCが、凱旋式の財政をまかなうために、自分を必要とせざるを得なくなると踏んでいたのだ。しかしCはその証券を担保に金を借りてしまったので、目下のところ、証券の束はまだ彼の手許にある。もっともこんなことをしていたので彼は出発が遅れてしまい、七月二十日以前に凱旋式を挙行することはもはや絶対にできなくなってしまった。しかしすでに十二日に彼は執政官立候補の届け出をしなければならないのだ！　したがって彼は、どうしても元老院の特別認可を必要とすることになる。スピケルは今は、プルケルに証券束を渡してしまったほうがいいという考えに絶対的に賛成している。いつまでも渡さないと、プルケルは、元老院で、認可が否決されるような手を使うこともできるのだ。もちろんこれは大損失を意味する。なぜなら有価証券は、凱旋式によってものすごく高値になるはずだから。認可されなかったらCはヒスパニアの商売の配当を本当にだましとられたことになる。しかしそれでもスピケルは、すべてを執政官になることに賭け、どんな事情があっても、これ以上Cの地所を抵当にして貸付けを受けたことにはしておきたくないのだ。彼は地所の件をもっといい商売だと考えているのだ。

七月二日

今日、元老院のわれわれの腹心であるガイウス・マティウスとマケルが到着した。われわれはただちに選挙の作戦行動の細目の話し合いに移った。

この相談にはヒスパニアの銀行家であり、プルケル・グループと共同で南ヒスパニアの銀山の搾取に当っているヒスパニアの会社の代表者であるコルネリウス・バルブスも参加した。彼は禿頭で、どんぐり眼の太った男で、神経質にからだを痙攣させるくせがあり、誰からも財政の天才だと思われている。彼はとくに財界《シティ》が、元老院による属州の行政を監督する機関を設けることに関心をもっており、元老院のなかでさえ、これまでの収奪的な行政法にひどく不満な相当の人数をもつグループがあると主張している。このグループは小アジアにかなりの不動産をもっているか、ひそかに徴税請負会社の利益配当をうけている連中だそうだ。だいたい、近年では元老院の貴族階級の家庭で、自分の財政問題は財界《シティ》を通じて処理するところが増えている。この穀物の価格の破滅的な暴落を前にして、少なからぬ地主が現金を必要としている、そして現金を彼らは銀行からしか手に入れられない。こういう連中はすべて、今日では、たとえキケロが何と言おうと、穏和な民衆派的《デモクラシー》な政策を慎重に遂行してゆくことを歓迎するだろう。バルブスは、元老院の議員であって、どんなことでも財界《シティ》になにかの骨を折ってくれたものには、財界《シティ》の企業の利益配当券を渡すようにしてはどうかと提案した。こうすれば、この議員連中を、民衆派の政策のほうにいちばんうまく縛りつけておけるというのだ。

彼は、民衆派の立候補者であるルッケウスのことには一言も触れなかったが、しかし彼の言ったことの多くはルッケウスに関係があり、わたしははじめて何故ルッケウスを立候補させたかということがようやく呑みこめた。ポンペイウスの随員として彼はアシアの諸都市が、貢納金を払えるように、多額の金を貸しつけた。そしていまは彼はまったく銀行の意のままにされている。オッピウス（銀行家）は彼に三日に一度は、元老院の行政の苛酷な処置によって、彼（ルッケイウス）がどれだけの損失を蒙《こうむ》っているかということを報告しているのだ。

こう言いながら彼は、ポンペイウス自身にも決して公けにはしたくない大きな傷口があるということを、うっすらと臭わせているのだ。

ポンペイウスはどうやら、自分の兵士たちおよび民衆のあいだで博している人気をどう使ったらいいか思案中のようだ。彼が昨年の秋にアシアから帰還したときには、元老院派に鞍替えすることが非常に自然だった。元老院派も人気のある男を非常に必要としていたのだ。彼はそれを試み、まだローマに着かないうちからカトーの妹に求婚した。町中で知らぬものはないCとムキアの関係をほのめかしながら、キケロは言った「ポンペイウスがなぜ再婚したいのか、わたしにはわかっているさ。カエサルはムキアに倦きがきたのだ、彼はカトーの妹をものにしたがっているよ」その時カトーは、ポンペイウスと姻戚関係になることをはねつけたので、ポンペイウスはしだいに、自分の人気を民衆派に役立てようという考えに傾いていったのだ。財界《シティ》はしばらくの間は、ポンペイウスは金で買える男だとふれまわっていた。この話はいまは完全に消えている。つまり財界《シティ》は彼を買収したのだ。その成り行きはこうだ。すでに遠征ちゅうに、数人の徴税請負人とその仲間の銀行家たちは、この司令官に、彼が元老院からいかに不当に扱われているかを証明してやろうと考えついたのだ。そしてあなたご自身も財界《シティ》のやっているおきまりの事業をおやりになったらどうですと彼を説きつけた。オッピウス銀行の助けで彼はシリアの王ニケメデスに相当額の貸付けをし、それでニケメデスがローマへの賠償金を払えるようにしてやった。財務家ポンペイウスはシリアの宮廷に金を貸した。その金を政治家ポンペイウスは宮廷から貢納金としてとりあげたわけだ。彼は五十パーセントに達する利子をとった。ところが彼は、ローマの元老院の行政が、財務家《ビジネスマン》の仕事の妨害になっていることを「身にしみて」知ったのである。元老院の行政によってたえざる強盗行為や掠奪にあい、町々は総督から放火するぞとおどかされて強奪され、穀物を奪われ奴隷を連れ去られて、国王はポンペイウスに利子を払うことができなくなってしまった。しかしオッピウスはポンペイウスに利子を請求したのだ！　この金銭的苦境にスキャンダルに対する恐れが加わった。なぜなら、この事業は目に立ってはいけないからだ、要するに財界《シティ》は、司令官ポンペイウスを自分の側の人間と見做《な》してよいいくつかの理由をもっていた。

Cは彼の椅子によりかかって坐り、大胆な思惑や、慎重なほのめかしや、あっと驚くような事情に通じた知識が、このヒスパニア人の口から立板に水のように流れでてくるのを気持よさそうに聞いていた。例によって彼はまったく不思議な人物を捜しだしてきたものだ！

すこし高慢のところがあるマティウスは、Cのようにこのヒスパニア人に好感を示しはしなかった。そしてマケルの疲れたような顔は、バルブスが山のように機智をとばしても決してほころびることはなかった。しかし話が細かい選挙の作戦の話になって、バルブスが銀行家のオッピウスの家と非常に近しい関係にあることがわかってくると、この事情は変ってきた。彼はオッピウスを通じて、まっく内密に、すでに昨年の秋にルッケイウスと、Cと同時に執政官に立候補する件について話し合いを進めていたのである！　民衆派からふたりの執政官候補者を当選させてしまうという彼の発議は、決して退けられもしなかった。ポンペイウスは、彼のアシアの協定をどうしても裁可させたかった。アジアの有価証券はひどい安値だった。財界《シティ》では、この選挙のために、一千万まで金を使っていいという意志である。オッピウス―ルッケイウスのCを支持する条件は、ただ、彼が厳重に法に抵触しない行動をとること、賤民にみられるカティリナ的な極端な行為に走らぬこと、決して民衆派的な《デモクラチック》〈実験〉をやらないこと、なによりも、土地問題には手をつけないこと、だけであった（オッピウスは、土地問題に手をつけると、アシアからの奴隷輸入の妨害になる、という見解に立っていた）。マケルは明らかにわかるほど深く息を吸った。彼は近日ちゅうに、必ず直接ルッケイウスのところにでかけてゆくだろう。マティウスは、元老院で、Cに特別認可を与えよという動議をだすだろう。これが出ればCは凱旋式の前に、立候補の届け出をするために町に足をふみいれることができるようになる。

われわれはアルバノ山地を非常に希望に胸をふくらませて立ち去った。

七月五日

うむことのないマティウスの、特別認可をとりつけよという請願もむなしく、動議は通過しなかった！　スピケルはただちにCのところに急行した。彼は明日、争奪の中心になっている証券束をプルケルに引き渡すことになるだろう。マティウスはキケロの家に行った。特別認可はどんなことがあっても戦いとらなければいけないのだ。

七月七日

午前中、不快な暑さだったが、新しいゴブラン織を図書室にかける仕事を監督していると、はあはあいいながらスピケルが入ってきた。「あの人はここに来たかい？」――「誰のことさ」――「もちろんCさ」――「ローマに」――「そうとも」――「馬鹿馬鹿しい。Cは凱旋式の前には、ローマには入れないはずじゃないか」――「入れないさ！　でも彼は昨夜はアルバノにはいなかったんだ。おれたちはすぐ出かけるからな」彼は途中で、いくらかのことをほのめかした。マティウスの妻のカミラが、突然ローマに帰ってきた。そして彼女の夫は、Cの言いつけでキケロの荘園に旅行中だった！　ぐあいのわるいのは、このあいだカミラが、「夫を迎えに」夜遅くアルバノにいっていたことだ。夫はもちろんとっくに旅立ったあとだった。そこで「ローマへ戻るには時間が遅すぎてしまった」

スピケルは、まず彼の住居にいって、一束の請求書をとってきた。彼はアルバノでCに、それに目を通してくれと無理強いした、しかし夕方ごろCは彼とわたしを追い返した。スピケルはもぞもぞと「明日の朝はなんとしても見ていただきます」と呟いていたが、Cは笑っていた。スピケルはおどろくほど強い性格の持ち主であることを示した。彼は顔色ひとつ変えずじっとCをみつめ、まったく単刀直入に言った。「凱旋式にはこれまでに四百万かかっています。ここでひとつスキャンダルがおこれば、もっと高くつきます、はっきり言うと、一切が損になるのです」――「そういうわけか」とCは氷のように冷ややかに答えた。「ところでわたしはちょっと眠くなったよ」スピケルは乱暴に身をひるがえすと、車にのりこんだ。第二地区の屠殺場で彼は下車した。ここは彼の住居からかなり離れたところなので、わたしも次の角で車を下り、彼のあとをつけた、彼はマティウスの家へいくに違いないと思ったのだ。ところが彼は、屠殺場裏の狭い路地のひとつに姿を消し、かなり長いこと、傾きかけた家々のなかの一軒に入ったままだった。彼には執達吏をしていた時代の知りあいがいたるところにいる、それに彼が今度はいっしょに連れだって出てきた相手の男は、落ちぶれた男にちがいない様子だった。かなりそそくさと立ち去り、スピケルは家に帰った。

もしCが、今このときにたかがふたつのかわいい乳房のためにローマにやってくるというような危険を冒したとしたら、こんな馬鹿げたことはないというものだ！

七月八日

事件はとてつもなく進展した。Cはアルバノで頭に包帯を巻いて寝ている。彼は昨夜アルバノからほど遠からぬ国道で、夜、馬に乗ってでかける途中、暴漢に襲われたのだ。暴漢は逃げおおせた。

わたしはその報告を聞いて、スピケルとアルバノへ出かけた。彼はわれわれには会ってくれなかった。スピケルはひどく心配そうにみえた。

医者たちは、砂袋《サンドバッグ》でなぐられただけで、二、三日もすれば全快すると言っている。

夜、わたしは屠殺場裏の例の路地にいってみた。例の男は、ひどい暮しをしている、以前は機織《はたおり》職人だった男で、付け加えるならば、手におえない乱暴者として有名なのだ。昨夜は彼は家を出かけて、暁方になってやっと帰ってきたそうだ。

七月十日

ピストゥス、ファエウラといっしょにドッグ・レースに行った。事情通のピストゥスの与えてくれたヒントのおかげで、われわれは、かなりいい金を儲けた。

わたしはファエウラに、彼が土地を分けてもらえる場合には、八千セステルチウスを貸す約束をした。彼は帰りにわたしを家まで送ってきてくれ、とても満足しているようだった。

わたしはこの金をスピケルから借りることにしよう。

Cはまた元気になった。

七月十一日

マティウスは、特別認可をかちとるために、絶体絶命のところに追いつめられた男のように戦った。彼はキケロの荘園から戻ってきた。キケロに対する下工作はすでにオッピウスがやっていた、キケロは拒否的ではなく、認可賛成の投票をしてもよいと言ったが、自分がそういう態度をとることの効果はあまりないのではないかと恐れていたという。マティウスは、キケロにいささか感動しているような報告ぶりだった。

キケロは今では重きをなしてはいない、そして彼もそれを知っている。元老院は彼を利用し、それからあとは彼の勢力が落ちても落ちるにまかせた。彼の手には、職人たちの血がこびりついているのだ。彼は「祖国の父たち」（元老貴族たちのこと）の金を受けとった、したがって彼は汚職をしたのだ。彼は元老たちの敵を裏切った、したがって彼は裏切者だ。ただ財界《シティ》だけが彼をまだ支持している。財界《シティ》は良心の呵責をもつ人間に対しては弱味をもつのだ。

面妖なことに、元老院ではもう特別認可賛成の多数が集まる手筈になっている。カトーは、事実、票決をぎりぎりの日まで延ばすことに成功しただけだった。その票決は明日行なわれる。そしてCが明日彼の立候補を申告しなければ、もう彼は立候補できなくなるのだ。

七月十二日

今日事態はまったく一変してしまった。

Cはアルバノで朝早くから、特別認可が得られたらすぐ議事堂《カピトール》に出頭するつもりで今か今かと待っていた。

元老院の議事は十一時に始まった。そしてカトーは、旧市内の水道管破裂があったために必要となった、建築工事の動議について発言をはじめた。彼はすこし赤い顔をしていた、それはたぶん彼が、いつも朝酒のファレルノぶどう酒を適量としているジョッキ一杯でなく、二杯のんできたからだろう。それでもまず彼はまったく事務的に語りだした。誰もそんな議題には耳を傾けず、ただ特別認可の票決のくるのを待っていた。カトーが旧市内への水の供給を確保する必要について、一時間以上しゃべりつづけたあと、彼は全市の水道管の状況を概観しはじめた。これが一時まで続いた、それからすべての支線のことをいちいち細々と報告した。演説を続ける彼が、数秒間天井をじっと見つめたあと、この町の創立以来の水道の歴史を、美文調の文体で始めだしたときには、廻廊に出ていた元老院議員たちはまた集まりだしていた。およそ午後の三時ごろに、彼はグラックス兄弟の話ぐらいまで進んだ。マティウスの報告によると、広間には、筆舌にはつくしがたい雰囲気が漂っていたそうだ。激怒の叫びがあげられるかと思うと、洒落をとばすものもいた。演説者の声は時には場内の騒ぎのためにまったく聞こえなくなったが、演説者は泰然自若として演説を続けた、それも毒にも薬にもならないことを、叩きつけるような調子で。

わたしは四時ごろ建物に入った。遊歩廻廊には、たいていはげんなりしたような顔の元老院議員がたくさん立っていた。二、三人の太った白髪の議員は、隅の円柱にもたれて坐り、眠っていた。広間には、ほんの数人の元老院議員が、完全に虚脱状態で坐っていた。肥り肉《ふとじし》の、頰のたるんだカトーは、生き生きとした目を屋根の梁に向けたまま、クラブを通じて市の仕事を与えたスラの法令のことを話していた。いちど、しゃべる材料が尽きたようにみえ、彼の声がすこし落ちてきたとき、聴衆のあいだに動揺が起こった。ひとりの議員が重々しく立ちあがると急いで外にでていった。すると広間は議員でいっぱいになった。しかしそれも数分のことだった。演説者の声はふたたび高くなっていた。

われわれは、ローマとアルバノのあいだに、飛脚の用意をしておいた。マティウスは三度ほど、もうCを呼べると判断した。そこでCは汗まみれのからだに長衣《トーガ》を着ることのないように、三度冷水浴をした。それから、二時ごろになると彼は我慢ができなくなり、午後には馬で町の境界まで近づいた。そこには、彼に挨拶するために、いろいろな人びとが集まっていた。午後の五時にCはついに馬で町の境界を越えた——特別認可を得ていないのに。彼は五時半に議事堂《カピトール》に出むいて、執政官立候補の申告をした。

その足で彼は、彼ということに気づいた大群衆を従えながら、元老院の会議の席にのりこんだが、カトーはまだしゃべっていた。彼はゆっくりと遊歩廻廊を横切り、彼に賛成投票するはずだった元老院議員たちは、熱心にしゃべりかけながら、彼のまわりに集まった。彼は先週襲撃をうけたときの青いあざがまだ目のまわりに残っていた。そして、習慣に従って候補者が買収の金を身につけることを防ぐためのかくしのない、白い長衣《トーガ》を身にまとっていた。カトーは、Cが元老院議員たちの先頭に立って入ってくるのを見ると、たった三言で演説を終えてしまった。

凱旋式はこういうわけで水泡に帰した。今日までに四百万セステルチウスもかかっているのだ。これはヒスパニア総督によって得た利得の全額にひとしい。これではもう政治は商売《ビジネス》にはならない。

七月十三日

哀れなピストゥスは絶望している。彼の運送会社の口はだめになってしまった。「ポンペイウスはおれのパンを奪い、凱旋式をやった」と彼は言う。「Cは凱旋式をやらないでおれのパンを奪う」ファエウラは人情の厚い男だ。彼はわたしに、わたしがスピケルから借りて、小さなオリーヴ農園を調達するために彼に用立てるといっていた八千セステルチウスを、ピストゥスにやって運送屋を開かせてやってくれ、と切り出すのだ。しかしピストゥスはそんなことに耳を貸そうとはしない。「そんなことをしたらその金が無駄になってしまうだけだ」と彼は言った。「おれたちみたいなやつらは今日びでは、運送屋なんかやっていけない。百人の奴隷を買えないかぎりはだめさ」彼はこれから先も、ドッグ・レースに賭けていくほうがましだと主張した。

得票の調査の結論が今日一応でた。Cはその結果を発表した。

クルップルス（羊毛）　政治なんか二の次だ、短期のことでも長期のことでも決着をつけるものは武器さ、最後の決定を下すのは政治家じゃなくて将軍さ。そこでわれわれはカエサルではなく、ポンペイウスを必要とするわけさ。

ケレル（皮革屋） 元老貴族でなきゃならんとしたらカトーさ。軍人だとしたらポンペイウスだ。われわれ（財界人）の仲間ならキケロさ。街頭（平民）から選ぶとすれば、クロディウスだな——それじゃカエサルは？ とわたしはたずねた。そうさな、Cは債権者にまとわりつかれているからな。

ある元老院議員 ポンペイウスを片付けるいちばんいい方法は、なにも邪魔をしないことさ——そうすれば賤民に落ちる。やつは民衆派としてふるまうことで、民衆派で鳴り物を演奏した。カエサルはそれで歌のひとつも歌えるだろうぜ。

別の元老院議員 アジアの戦争は財界《シティ》の責任だ。われわれの財産の価値は半減した。それなのに財界《シティ》は、われわれが新しい総督の地位に就いて手に入れることのできる収入の上前をまたはねようとしている。やつらにそんなうまいことをされたら、われわれは、イタリアの自分の財産ももうちゃんと管理していけなくなる。いちばん恐ろしい危険はこの点だ。

第三の元老院議員 カエサルは、いわば合法の線を守りながら政治をやっていくカティリナだ。

第四の元老院議員 われわれは奴隷を必要とはしない、小作人が必要なのだ。この点でわたしは民衆派のなかでましな連中と協力したい。キケロの役割はもう終った。

徴税請負業者 われわれがそれから儲けを引き出せないのなら、アジアがわれわれにとって何の役に立とう？　もうこれ以上冒険はごめんだし、冒険家ともつきあいたくない。わたしが何より恐れているのはあのカエサルだ。

銀行家　強力な人間が必要だ。カエサルは残念ながら狡猾というだけだ。われわれ自身が強者になるのだ。

別の銀行家　民衆派はこんなチャンスを二度とつかむことはあるまい。由緒ある家柄はみんな破産しており、彼らの荘園をぶどう山かオリーヴ園に変えていかぬかぎり切り抜けてはいけない。元老院は軍隊をもっていない。アシアは混沌としている。土地問題を解決できるのはローマの平民だけだ。Cが女とのいざこざにいい加減けりをつければ、彼も権力をもてるのだ。

ある焼き鳥屋　カエサルだって？　あの人はアフリカにいるんじゃないのかい？

肌着裁縫師　街頭クラブが潰れたのはそのカエサルのおかげだよ。

港湾労働者　彼はお偉方のなかでまだ民衆のことを考えてくれているたったひとりの男だ。しかし彼はもう押しのけられたよ。

ロープ職人（失職中）　あの人の催した見世物は悪くなかったなあ。

農夫　何でもいいが、戦争だけはごめんだね。うちのレウスが軍隊にとられたら、わしはぶどう山を一年ももちこたえられないからね。

別の農夫　都会《まち》の連中はもう何ひとつ買えねえ。これは奴隷をもちこんだポンペイウスのせいだ。今やつらが執政官に選ぼうとしているルッケウスも将校さ。

鍛冶屋　わしは剣をつくっていた。鋤をつくるように商売替えしようと思ってもできない。大きな農園では百姓たちは鋤を奴隷に修繕させている。

肉屋（屠殺屋）　わたしはむかしカティリナびいきでした。これははっきり言います。カエサルはやつらに買収されました。

左官職　わたしはまた仕事が入るようになった。ポンペイウスが劇場を建てていますからね。わたしは彼の乾分《こぶん》ルッケイウスに投票しますよ。

陶工組合の組合長　もちろんカエサルだけです。ローマをみわたして人気のあるただひとりの男です。

以前の街頭クラブの会員　われわれは上部の指令をうけたらそれに従います。

公共市場の倉庫管理係長　やつらのなかで最上の男はカティリナだった。

靴屋　わたしにはほかの心配ごとがあってね。子供が三人いるのに住宅はないんだ。

軍団兵　地所や土地なんて糞喰らえだ、もう一度や二度遠征をやれば、それからおれも自分で地所を買うさ。

騾馬《らば》の馬丁　カエサルでさ、これがてえした借金のあるとかいう男でしょう？

七月十四日

プルケルはポンペイウスに、Cが凱旋式をやるのをあきらめたのは、ポンペイウスのアシアからの凱旋式に及ぶことはとうてい不可能だと思ったからだということを分からせてやった。さらにこう教えた。Cはヒスパニアにおける事業が決して遠征と呼ばれるようなものではなく、また彼自身も将軍ではなくて政治家だということを知っている。Cは自分の平和政策を絶対に本気で考えているのだ、と。ポンペイウスはなにしろあのような大仰で尊大な間抜けなので、そんなことは信じないようなふりをしたが、しかし結局は、あの男（C）はカメレオンのようなやつで、もしローマの賤民が平和を欲すると言えば、すぐに軍の標識をみただけで嫌悪を感じるようになることもあるかもしれないな、と言ったそうである。

七月十五日

民衆派の選挙対策委員会は、元老院はパルティアに対する新しい戦争を計画中と書いた新しいポスターを貼らせている。

七月十七日

選挙委員会の地区選挙対策委員を前にして、Cのぶった大演説。

「ローマ人諸君よ、ローマ人のなかには、ローマにローマ人がいすぎると思うようなものも何人かおります。わたしは、ローマをイタリアと解し、ローマとはその繁茂する杜《もり》であり、それをとり囲む田野と解するものであります。ローマ人である諸君は、みじめな借家アパートに住んでおられ、小さな部屋ひとつに四人住まいという有様です。おそらく、部屋の数が少なすぎる、と言えるでしょう。ところが、何人かのローマ人（元老貴族階級をさす）は、ローマ人の数が多すぎると言うのです。この連中は、ローマには若干のローマ人がいれば十分だ、ローマは若干のローマ人で十分足りるのだ、残りのやつらは移民すればいいという意見をもっております。お前らは戦争をしろ、とその連中は言います。よその国々を征服し、お前らはそこに住め！　お前らは余計者なのだ、と言います。ローマには二百のローマ人がいると、この二百の連中は申します。それにあとローマ人の残りがいる、この余計な連中はローマを出ていけばいいし、ローマ人であることをやめさせるといい。シリア人にでもなれ！と連中は申します。ガリヤ人にでもなれ！と。ローマ人諸君、きみたちは、戦争はきみたちの必要とするすべてのことに役立つ、と保証されたはずです。さて今、われわれはちょうど大戦争、アシアの戦争を終えたところです。事実、商売はようやく活気をみせはじめました。注文もふえてきました。そこへやってきたのがアシアからの奴隷の輸入というやつです。注文は相変らず行なわれていますが、今では受注した仕事は奴隷がやっています。何人かのローマ人たちは抗議しています。戦争は彼らに利潤を与えてくれるには十分でした。軍需品の注文を製造していくには彼らだけで十分だったのです。余計者である諸君は餓えている。それに戦闘や勝利によって、きみたちローマの余計者のための住居はちっとも増えないけれども、しかし余計者のきみたちの数は減っていきます。ローマ人諸君、土地問題は東部や西部で解決されるものではありません。このイタリア半島で、ローマ内部で解決されるべきです。事実何人かの盗賊どもは、庭園つきの大宮殿に住み、残りの余計者たちは、借家アパートにすし詰めで暮しています。事実、何人かのローマ人はアシアのありとあらゆる山海の珍味をつめこんだ腹を叩き、そして残りの余計者は無償配給の穀物の行列に並んでいます。ビブルス（元老院派の候補）と元老院内のやつの徒党、これは戦争を意味します。これは公約ばかりです。わたしとわたしの民衆派の仲間たち、これは平和を意味します。これは土地を約束します。ローマ人よ、何人かのローマ人のほうにはビブルスを選挙させよう。しかし諸君、ローマの余計者である諸君は、カエサルを選挙したまえ！」

Cにローマの失業状況のおそろしい意味を注意したのはバルブスなのだ。ローマの半分は失業している。街角ではもう売る薪のない薪売りが、もう鳥肉を売らなくなった鳥屋のそばにいて、そしてもう魚を売っては暮せなくなった漁師の話をしている。パン貯蔵庫の前ではパン屋がパンをもらう行列に並んでいる。そして肌着裁縫師は床屋に、職のなくなった港湾労働者がもう肌着を買わないので、自分がもう床屋に行けなくなったと説明している。そして元老院では、「祖国の父たち」は、相変らずわが国の下層階級の連中は労働を嫌うようになったなどとほざいている！

七月十八日

元老院の勢力ある数人のお偉方が、新たな戦争（対パルティア）を起こそうと目論んでいることを指摘した民衆派のポスターは、全市にものすごい興奮を呼びさました。元老院は、この中傷をまったく根も葉もないことだと宣言した。床屋に集まる人びとは言っている。「やつらは牝牛の乳を絞ることができない。牝牛を屠殺することしかできない。やつらが年じゅう新しい乳牛を盗んでこようとするのも驚くに当らないことさ！　そしてその強奪の払いをするのがおれたちとくらあ！」

マケルが、二百の家柄を、戦争を欲する党派だと素っぱ抜いたのは、みごとな作戦だった（彼らが今まさに戦争を望んでいるいないはひとまずおいて）。このローマでは、戦争を欲する党は、いつかはその役割を終えてしまうものだ。

七月十九日

カエサルは街頭クラブの代表団に対して言った。「なぜわたしが凱旋式を挙行しなかったかって？　それはわたしが軍人の身で執政官職につきたくなかったからさ。凱旋式というものの許可は、一年間の戦争のためではなく一年間の平和のために与えられるべきものなのだがね」

　この言葉は目に見えるほどすばらしい印象を相手に与えたのである。

七月二十日

　このところ相当額の元老院の金が、選挙運動に流れこんでいる。元老院のお歴々も今回はふところの奥まで探って金を出しているようだ。これまでは、彼らがもともと持っている、いわゆる自然の影響力だけで十分だった。小作人はもちろん地主の旦那に投票しなければならなかったし、職人階級の多くの債務者は、元老貴族階級の債権者に投票しなければならなかった。今度は、もしビブルスが選挙されなければ、借家アパートの所有者は借家人をあっさり街頭にほうりだしてしまうだろうという話が、町じゅうのあらゆる地区に伝えられている。

　したがって、民衆派の選挙委員会にはかなりの混乱がみられる。不愉快なことだが、ふたりの候補者をふたりとも通すことはできないことが明らかになったのだ。金はルッケイウスから出ているから、どちらを落選させる必要が強くなるかは、ほとんど疑いを容れる余地がない。しかし一方、ルッケイウスは政治的にはゼロに等しい男だ。

　そしてCには会えないことになった。昨日彼は予告なしでさっとアルバノへ出かけてしまった。マティウスも彼のあとを追って山地にゆこうとした。そこでわれわれは彼をそうさせまいとして大骨折った。なぜならそこへ行けば彼が自分の妻に会うことはほとんど確実だったからだ。Cが、すべてが決断のいかんにかかっているこんな重要な状況のときに、まったく色事だけの動機で、一切の仕事を腹心にまかせていってしまうということになれば、これこそまさにスキャンダルだ。

七月二十三日

大宴会。ルッケイウス、マティウス、プルケル、元老院議員たちも数人きた。ルッケイウスは痩せこけた大男で、とりとめもない顔をし、落ち着きのない目をしている。彼はアシアにいったときにもらってきた、頻発性の熱病発作を起こすのだ。彼は欠席したマケルを、すばらしいスローガンを考えたという理由でおおいに讃めたたえたが、目下の危険な状況については一言もふれなかった。二百の名門家族がものすごく金を使っているからビブルスが選挙に勝つことは確実になり、われわれの状況は脅かされている。宴会中の雰囲気にも緊張した底流があった。しかしそれは、ルッケイウス—Cの関係からくるのではなく、昨夜Cとマティウスのあいだに恐ろしい破局がきたからだ。マティウスはとうとう自分の妻とCの火遊びを発見した。もちろん彼は選挙を目前にひかえた今、スキャンダルを起こすわけにはいかない。彼が何より怒っているのは、例のごとく破廉恥なCが彼のこういう板ばさみの状況を利用したことである。まったくCときたら、食事の間にも無神経なことを言うのだ。たとえば、自分が公的な活動に嫌気がさしてくるのは、なによりも役職をもつすべての人間の私生活に、公的なものが混ざりこんでくるためだ、などとぬけぬけと言うのである。マティウスは、たいした人物でもなく、影も薄い男だが、今日の彼の立派な振舞いを見てわたしは彼に百パーセントの共感を覚えた。

七月二十四日

財界《シティ》でオッピウスはまったく公然とこう発言したそうである。ビブルスとルッケイウスが選ばれれば、これはビブルスひとりが執政官を務めているようなものだ。ビブルスとカエサルが選ばれると、これはカエサルひとりが執政官という結果になる、と。

七月二十六日

たったいま、ムティウス・ゲルが帰ったところだ。彼は元老院ではルッケイウスの商売仲間のひとりで、民衆派のふたりの立候補者のうち、どちらかが辞退する必要が生じている現状で、Cがどんな態度をとっているかをさぐるためにやってきたのである。

もちろん彼は政治の話はせず、もっぱら商売の話をしていった。彼はCが財政的な困難に陥っていることについては、かなりよく当りをつけているし、場合によってはCが、財政の面で別の埋め合わせを望んでいるのではないか知ろうとして、誠意をもって努力しているようだった。絶えずルッケイウスは気前がいいことを強調していた。

Cは、商売の何たるかをまったく心得ていない人間のように彼の言葉に耳を傾けていた。とくに自分自身の商売のことが皆目わからず、しかし専門家側からの意見を何かきこうと思っている人間のようにみせていた。そして大分しばらくたってからようやくそれに関する意見の言葉をはさんだ。自分は政治と財政の問題を混同するのは好きでない、と。わたしがいつでも驚かされるのは、Cのごとき（ゲルもそうだが）人物が、それが正しくないことは誰の目にも明らかなような事柄を平気で口にする能力をもっていることである。

しかし本当にわれわれの立候補はどんな結果になるのだろう。

七月二十七日

ルッケイウスが突然立候補を辞退するという話は、いたるところで大変な驚きを生みだした。わたしだって、バルブスとオッピウスがいっしょにルッケイウスの邸にいったということを聞いただけだ。このふたりは驚いている立候補者ルッケイウスに、ある無分別な行為から、ポンペイウスのアシアの戦争商売についてのある種の資料が、すでにカトーの手に渡っているか、少なくとも選挙戦のためにそれをカトーに使わすこともためらわぬ連中に握られている、ということを伝えたそうだ。ただ、今日はローマでは、数時間のあいだに民衆派に不利なものすごいスキャンダルがまき起こりつつあることはまだ少数の人間しか知らなかった。ポンペイウス(それに若干の距離をもってだがルッケイウスおよびそのほかの連中)が、今度のアシア戦争を財政的におおいに利用したという暴露が行なわれたら、民衆派の平和というスローガンにはとんでもないひびが入るだろう！　今はこういうスキャンダルは何としても起こしてはいけない――そこでCは明後日からは、民衆派単独の候補者として、執政官選挙に臨むことになるだろう。

民衆派のスローガンは、とても効果がありそうにみえる。曰く、戦争によって加えられた傷痕を癒す、軍需生産を行なっていた商人や職人が、平和な建築事業や移民などに役立つ生産に転換できるように援助する、この勝利をもたらしてくれた軍団兵たちに報酬を与える、少なくとも今後一世代ぐらいのあいだは平和を維持する、等々。

そこらじゅうの壁や塀には今日、簡単なスローガン〈民衆派《デモクラシー》こそ平和だ！〉というビラが貼られていた。

〔未完〕

訳者解説

岩淵　達治

ブレヒトの小説『ユリウス・カエサル氏の商売《ビジネス》』は、本来はカエサルを扱った戯曲として計画された。ブレヒトは一九三二年に社会学者フリッツ・シュテルンベルクと対談した時、たまたまシェイクスピアの「シーザー」劇が話題になり、彼自身のシーザー劇を書くように薦められたことがある。デンマーク亡命中の三七、八年ごろにカエサルを素材として取りあげようとした時、このことがブレヒトの念頭にあったかどうかは明らかでないが、その際ブレヒトは、彼の思想形成に大いに影響を与えた社会科学者K・コルシュにあてて、この計画に関して次のような手紙を書いている。

「いま僕はカエサル劇にとりかかっています。つまり『ユリウス・カエサル氏の商売』です……僕は暗喩劇を書くつもりはありません。社会的な機構は古代においてはひどく異なっています。それにしてもカエサルはともかく偉大な先例であり、少なくともふたつの点を明らかにすることができると思います。第一はこの独裁者がどのように一階級のあいだを振子のように揺れ動いたか、それによってある階級（この場合は騎士階級《エクイーテス》）のビジネスを遂行したかという点、第二は諸戦争（この場合ガリア戦争）が自分自身の国民を搾取するために計画されたという点です。この場合の困難は、カエサルがともかくも一種の進歩を意味し、このカッコつきの進歩をドラマにすることがひどくむずかしいということです。この進歩が本来の道をはずれて新たな独裁者たちを生んでゆくということを明らかにさせるのがとても困難なのです！　もちろんこれは三文稗史劇《ヒストリー》というようなものにしなければなりません」

ブレヒト自身が予測した通り、こういう広汎な歴史的視角を戯曲の枠に収めることは困難であり、結局この計画から生まれたのが長編小説『ユリウス・カエサル氏の商売』であった。『三文オペラ』を発展させた『三文小説』も、小説形式をとったために戯曲よりも包括的な構想をもつことができたが、この経験からブレヒトは、カエサルを劇化するという計画を早い時期に変更し、長編小説として執筆を開始したのだと思われる。事実『ユリウス・カエサル氏の商売』の備えている多角的なパースペクティブは、長編小説の形式をとることによってはじめて達成されたと考えることができる。しかもこの作品が執筆されたといわれる一九三八、九年ごろは、ブレヒトの最も生産的な時期であり、『肝っ玉おっ母とその子供たち』『ガリレイの生涯』『セチュアンの善人』など、戯曲の代表作品がつぎつぎに生みだされていった。これらの仕事と並行して、『カエサル』のような綿密に史実をふまえた野心的な長編小説を書き進めてゆくブレヒトの精力的な仕事ぶりには驚嘆のほかはないが、第二次大戦の勃発によって、デンマークからさらにフィンランドに亡命するという外的な事情の重なったこともあって、以後は戯曲の制作に精力を集中するようになり、『カエサル』がついに未完に終ってしまったのはまことに残念なことである。ハンス・マイヤーによれば、戦後東ベルリンに帰って演劇の実践的な仕事に全力を傾けるようになってからも、自作の上演に対してあまりひどい批判を受けたような場合には、劇場を離れてこの小説のさきを続けるつもりであったという。もしブレヒトがあのあまりにも早すぎた死によって世を去らなかったら、劇場生活から引退したのちの悠々自適のうちにこの作品を完成させたかもしれない。

しかし未完に終ったとはいえ、現在残されている相当な分量の遺稿からも、およそこの小説の全貌を推測することはできるであろう。ブレヒトの構想の草案については、P・ヴィッツマンの詳しい紹介があるが、とくにそれを知る必要はなさそうである。また一九四二年ごろアメリカ亡命中に執筆したといわれる『カエサルとその軍団兵』(『暦物語』所収、河出書房新社版『ブレヒトの仕事』第5巻「ブレヒトの小説」に入っている)は、カエサルの最後の日を扱ったものであり、細かい異同はあるがこの長編小説の延長線上にある作品とみてよい。この作品の文献としては、最近ではクラウス-デートレフ・ミュラーの綿密な研究がある。

前に挙げたK・コルシュ宛の書簡のなかで、ブレヒトは〈三文稗史劇《ヒストリー》〉と言っているが、「三文歴史」とも読めるこの言葉のなかに、ブレヒトの史観が打ち出されている。ブレヒトがこの作品を書くに当って、夥しい文献（プルタルコス、ディオ、スエトン、サルスト、モムゼン、マックス・ウェーバー、ファウラーなど）を渉猟したことは、ブレヒト自身の発言によっても明らかだが、実はブレヒトの意図は大方の文献とはまったく異なった新たなシーザー像を描きだすことであった。多くの史実をそのまま用いながら、それに社会的経済的な視野から思いも及ばぬような新しい解釈を施す鮮かな手つきは、まさに異化の作家ブレヒトの本領であるが、それのみならず、この手続きが、常套的な歴史記述に対する批判にもなっているのである。ブレヒトのカエサル小説が、カエサルの伝記を〈常套的な歴史記述で〉執筆しようとする一人称の歴史学者（伝記作家）を主人公とする枠小説の形態をとっているのはもちろんそのためである。この主人公は、カエサルの伝記を書く過程で、経済史観をふまえぬ（商売《ビジネス》という視角をまったく忘却した）自分の立場の誤りを次第に思い知らされていくのである。ところで主人公にこの誤りを気付かせる人間たちは誰だろうか。それはローマ帝国成立の経済的な基盤を築いたビジネスマンたち（騎士階級《エクイーテス》↓新興ブルジョア階級）なのだ。カエサルの死によって始まるローマの帝政を、ブレヒトは一種のブルジョア革命と見ているのだ。独裁者（皇帝）の登場による元老院身分（貴族階級）の権力の失墜は、実は財界（新興ブルジョア、騎士階級）の勝利なのである。ローマ帝国は、ビジネスマンにとってはビジネスの勝利に他ならなかった。そういう意味で、徹底したブルジョア経済史観に立つブルジョア連（スピケル、カルボ等）は、主人公の歴史学者よりは「進歩的」といえる。しかしこの進歩性はもちろんカッコつきである。作家ブレヒトはこの連中をさらに批判する立場に立つ。その立場はブレヒトの口を藉《か》りていわせると次のようなことになるだろう。「ブルジョア階級は彼らの革命をとりあつかうときは真正の歴史的文体で書くんだな。しかし、それ以外のかれらの政治——かれらの戦争をもふくめて——をとりあつかうときは、そうはしない。かれらの政治はかれらの商売の手段をかえての継続だし、かれらの商売を公然ととりあつかうことは、かれらは好まない」（『亡命者の対話』野村修訳）

スピケルやカルボの語り口には、ビジネスライクな合理主義が通っているが、注意してみると彼らの論理を通しながら、都合の悪い部分にはヴェールをかけてしまうという常套的な手口も認められる。たとえばグラックス兄弟を民衆派（＝新興ブルジョア）の運動の先駆者とするスピケルの発言は、グラックスの土地問題における賤民（プロレタリア）の立場に立った姿勢にはまったくふれていない。グラックスのこういう立場はのちにラールスの日記に引用されるから、読者はここでブルジョア史観の虚偽を認めることになろう。

さてこの小説におけるカエサルの役割について、もう少し詳しく検討してみよう。まず『ユリウス・カエサル氏の商売《ビジネス》』Die Geschäfte des Herrn Julius Caesar という題名は、本来はもう少し砕いて『ジュリアス・シーザーさんの商売』と訳したほうがよさそうである。この側面から語られたカエサル伝がなにゆえ商売という名を与えられているかはもはや多言を要しないが、カエサル氏 Herr Caesar という言い方にはいろいろなニュアンスがある。たとえば第三章の題名「われらのC氏」も「おれたちのCさん」と訳すべきかもしれない。ユリウス・カエサル（ジュリアス・シーザー）に「さん《ミスター》」(Herr) という呼び掛けをつけると、歴史的な偉人としてのカエサル像は微妙な屈折をうけることになる。ブレヒトはある作品で次のような言葉を登場人物に言わせている。「（あなたの名前には）誰もミスターなんてつけないわ。ちょうどローズベルト（アメリカ大統領）という時みたいなものよ。ミスター・ローズベルトがきたとは誰も言わないわ。ただローズベルトがきた、といって脱帽するのよ。そうでしょ」（『ハッピー・エンド』第二幕）カエサルさんと言う日常的な呼びかけによって、歴史的英雄は日常性を獲得する。もちろんこの手続きのなかには、後のブレヒト作品にしばしば試みられる英雄の矮小化という意図もあるが、もう一面ではカエサルがローマでも指折りの名家の出でありながら（あるいはそれゆえに生まれる知名度を利用しつつ）、元老派と対立し、民衆派の名のもとに下層賤民の人気とりを試み、「おれたちのCさん」といわれるような偽りの庶民性を獲得していたことも示している。この庶民性の本質が暴露され、人民がもはや彼に欺されなくなった時期のカエサルを扱ったブレヒトの小説が前述の『カエサルとその軍団兵』という、さん抜きの題名を与えられているのは偶然ではない。

カエサルは、さらに、財界のボスたちからはCという略称でしか呼ばれない。彼の秘書である奴隷のラールスも手記のなかではカエサルをただCと記述しているが、これはカエサルを歴史的な人物としてではなく、自分の仕える私的な主人という視角から見ているからである。ブレヒトは、「本を読んで労働者の抱く疑問」という詩のなかで、これまでの歴史書が、歴史が巨大な性格をもつ個性によって動かされてきたという書き方をしていることに素朴な疑問を投げかけているが、このカエサル小説は、歴史にとって個性は副次的な意味しかもたぬことをひとつの視角としている。カエサルでなく、ただの「Cさん」はそういう意味でも巨人カエサルというイメージを引き下げる役割を示すのである。とくにこの小説のポイントは、カエサルという人間を内側から、つまりカエサル自身の立場からではなく、何人もの情報提供者によって外側から客観的に描写させようとしていることであろう。Cという個性がなにを考え、なにを欲したかは一切描かれていない。「客観的」を建前とする歴史記述でさえ、カエサルの運命的な決意の瞬間、たとえば凱旋式の断念とか、ルビコン渡河（本書には扱われていない）の場面などでは、カエサルの内面に立ちいった推測を行ないがちであり、この無意識な感情移入が英雄的なカエサル像をつくりあげる危険にも結びつくのである。さきに『カエサル』が小説形式によって成功したと言ったが、戯曲では生身のカエサルが登場せざるを得ないのだから、カエサルをよほど否定的に、あるいは滑稽化して描かぬかぎり、徹底した外部からの描写は不可能である。しかも単に否定的に描くことのみでは、カエサルは単なる悪玉となり、複雑なモンタージュ像としての興味は失なわれてしまうのである。「カエサル小説」では、読者は何人から提供される観察を綜合しながら、カエサル像を自分でモンタージュしなければならず、主人公への感情移入は完全にシャット・アウトされるのである。

枠物語の主人公である歴史学者（わたし）は、カエサルの死後二十年（つまり西暦前二四年ごろ）に今日の偉大なローマ帝国の建設者、カエサルの偉業を記述しようと考える。その資料を渉猟するうちに、彼はかつてカエサルの金融面を担当していた銀行家スピケルが、カエサルの秘書をしていた奴隷ラールスの手記を所有していることを知り、遠路もいとわずスピケルの隠棲地を尋ねる。しかしスピケル、および法曹人でトラストの高級職員であり、したがって既存体制（帝国＝財界《シティ》）のイデオローグであるカルボによって、彼の偶像であるカエサル像を完全に破壊される。このショックはずっとのちになって「わたし」の歴史に対する目を開かせるのである。第三部で「わたし」ははじめて次のように記すのだ。「当時わたしはまだ未熟で、政治的な大事件や世界史的な意義をもつ出来事を扱うとき、それを純粋にビジネスという立場からみると、非常に多くの点を明らかにしてくれるような見通しが得られるということをまるで知らなかったのだ」こういう意味で、「わたし」のカエサル像の追跡は、必然的に経済史観に対する「わたし」（読者）の目を開かせる認識行為となる。そういう意味でこの小説はまさにブレヒト的なのである。

ブレヒトはまずカエサルが政界に登場するころまでのローマの状況をスピケルとカルボの口を通じて語らせる。共和政ローマは初期の貴族《パトリキ》と平民《プレブス》の対立を解消し、元老院と民会という機構によって運営されてきたが、実質的には貴族階級が政治的な実権を握っていた。国家の重要な官職（執政官、法務官、按察官、財務官）は、終身的な元老院議員の資格をもつ、元老身分とよばれる三百ほどの貴族階級の家庭のあいだでたらいまわしされていた。貴族以外で執政官を出した家系は新人と呼ばれ、この身分に編入されるのだが、これは例外的に少なかった。護民官のみは平民から選ばれるのを建前とするが、貴族が平民の身分になる手段はもっと容易だったのである。もともとこれらの官職は無給の名誉職であり、貴族たちが金を手に入れることができるまたとない機会は、時折りまわってくる属州（植民地）の総督のポストであった。元老貴族の出であるカエサルは多額の借金を重ねながら、按察官、財務官、法務官の地位をつとめあげ、ヒスパニアの属州の総督の地位を得てはじめて巨額の借財を返却し、最高の地位である執政官に就任したのだが、これは政界に進出する貴族の典型的なエリートコースなのであった（六四ページ）。

ローマではすでに前二一八年の法律で、元老院議員身分のものは、商業にたずさわることを禁じられていた。この措置が元老貴族と平民のあいだに第二の階級の成立を促進することになる。騎士階級である。騎士階級はもともとは平民身分のなかの最も裕福な層である。国民皆兵のローマでは、市民の財産によってそれに見合う兵役が課せられていた。最も裕福な層は、自分がそれに乗って戦う馬を調達できたので、騎兵という最高級のクラスを形成した。これに続くのが重装備を調達できる歩兵の各階層である。民会の選挙は百人を単位（一票）とし、最上層の騎士クラスから投票を始め、過半数に達すれば投票を打ちきることになっていたから、最も貧しい軽装歩兵クラス（真の賤民）の意志はあまり反映しなかった。さて元老身分のものが商売を禁止されると、商売は平民のなかの持てるものである騎士身分の人びとの手に移った。なかでも商売として最もうまみがあったのは徴税請負事業である。ローマは徴税機構が完備しておらず、属州の徴税は業者に請負わせたから、業者は実際の搾取額と請負額の差額で利潤をあげることができた。つまり騎士身分が商業、取引、金融の実力を備え、持たざる平民（賤民）層とは完全にちがった階級を形成するようになったのだ。図式的にいえば、封建貴族階級にかわって経済的実権を獲得するようになった近世のブルジョアジーに似た階級である。ブレヒトは、このアナロジーを明瞭にするために、あえてアナクロニズムも辞せずに現代的なシティという言葉で騎士階級を表現してしまう。シティは本来は商業区（とくにロンドンの）のことであるが、こういう近代資本家階級の意味を含ませているので、財界、実業界、商業界などと訳せばよいであろう。ブレヒトがカッコつきの「進歩」と言ったのは、中世的な封建時代の貴族を批判的にみる新興ブルジョアジーの目の進歩性という意味なのである。ローマの財界《シティ》の連中からみると、経済観念のまるでない元老院の政策はまったく狂気の沙汰である（たとえばポエニ戦役の処理の愚かさ）。経済的な実力をもった財界は、元老院の政策に干渉を始める。マリウスとスラの抗争において最初の頂点に達した民衆派《ポプラーレス》と閥族派《オプティマーテス》の抗争を陰で操っているのはどうやらこの財界らしい。ブレヒトは閥族派を元老派《セナートパルタイ》（元老党）、民衆派を民主派《デモクラーティシュ・パルタイ》（民主党）と訳している。ここにいう民衆派（民主派）の運動とは、もちろん民主主義的なものではない。権力闘争の過程で民会と民衆をバックにするポーズをとるだけで平民の持たざる階級（プロレタリア）は「民衆的」な運動の看板に利用されるだけなのである。そしてブレヒトはこの民衆派の黒幕に財界（騎士階級）をおくのである。財界人カルボがグラックス兄弟を民衆派運動の祖と呼ぶのも必ずしも理由のないわけではない。グラックスは古い貴族の出身であったが、ローマの土地を失った貧民のために、土地改革に乗りだした。この運動は当然大地主である元老院階級の反撃にあった。兄ティベリウス・グラックスが元老院過激派に撲殺されたあと、弟のガイウス・グラックスは、さらに同盟市問題や穀物法案を上程した。この際、元老院派に対抗する必要上、騎士階級を抱きこむという策をとった。騎士階級が経済的、政治的に力を得るようになったのは、このガイウス・グラックスの抱きこみ政策によるところが多い。グラックスの改革案によって、騎士階級は属州の租税関税請負、鉱山採掘権などを手に入れ、大資本家層を形成し、また政治的にも属州総督の圧制を訴える不当取得法廷の陪審裁判官を、騎士身分のもので構成させることによって騎士の勢力を拡大したのである。財界人（騎士身分）は、この点のみをとりあげて、グラックスをブルジョア革命である民衆派運動の開祖とするのだが、その場合に彼らが、グラックスの原始共産的な色彩をもつ土地法案（農地分配法）にふれたがらないのは当然である。

やがてマリウス（民衆派）とスラ（閥族派）の血で血を洗う対決の時代が来る。これは背後に財界の利害のからんだ上流階級内の対立、ブレヒトによれば元老院と財界の対立なのであり、下層平民（プロレタリア）はその道具に使われただけであった。スラの勝利は元老貴族の捲き返しの成功である。マリウスがローマを追われた時期に、マリウス派のキンナの娘コルネリアを妻としたカエサルが、スラにコルネリアとの離婚を迫られながら断乎これを拒否したという話は、民衆派カエサルの豪胆さの例としてよくカエサルの伝記に引用されるが、ブレヒトはこの行動はそれほど危険をともなうものとは見ていない。マリウスの権力の絶頂時でも、経済力をもつ財界は隠然たる勢力をもっており、民衆派の捲き返しを策し、民衆派的なデモンストレーションを行なわせることはできた。カエサルは財界の依頼で、たいした危険のないビジネスを行なったにすぎない。そもそもカエサルが政界に登場した、属州総督の圧制の告訴事件も、金で動かされた八百長裁判であった。カエサルはオポチュニストであり、最初の結婚によって民衆派の烙印をおされたため、民衆派に乗ったわけだが、財界からみるとビジネスとあれば唯々諾々と仕事を引き受けるイエスマンであって、民衆派の理念によって行動した信念の人ではないのである。カエサルは、財界が元老院に対抗する必要上、持たざるものとなった平民、つまり賤民階級を動員する場合に備えて、街頭クラブなるものを設立したり、職種別職人組合に勢力を扶植したりしていた。また大量の奴隷の輸入の結果大地主と太刀打ちができなくなり、田畑を手放して遊民となったもとの小作農に対しては、土地分配法案の提唱者となって人気とりに努めた。しかし一方では土地分配法案が批准されたら土地が値上がりすることをあてこんで、カンパニア地方に大量の土地を買いこむというビジネスも忘れてはいないのである。

ローマの植民地拡大にともなう奴隷の輸入は、安い労働力の増加という形で農民の畑を奪っただけでなく、大都会の職人たちをも失職させることになった。奴隷によってルンペン・プロレタリアートに貶められた賤民は、本来ならば手を握って共闘すべき奴隷を敵視する。これは近代風にいえば、帝国主義国家内の最下等の労働者が、自国の植民地の原住民を軽蔑し、共闘を拒むという意識の低さになぞらえることができるだろう。すでにこの時期には、剣技奴隷スパルタクスの叛乱が起こっていたが、これは奴隷のみによる反乱であり、クラッススおよび民衆派的な色彩の強いポンペイウスによって鎮圧されたのである。のちのカティリナの反乱のときには、カティリナは叛乱軍に奴隷を採用し、奴隷解放を目的のひとつにあげたために賤民の支持を失うことになる。賤民たちは、最低の生活状態に追いこまれているがゆえに、目を開くに至らず、元老院と財界の権力闘争の道具に使われる。しかしその賤民が、自然発生的に真の革命に転じうるようなエネルギーを示したことがある（両替所襲撃やデモ）。さすがにカエサルの炯眼は、この力を見抜き、一時は「我を忘れそうに」すらなる（民衆とだけ手を組んで財界にも敵対しようかと思う――一六一ページ以降）。しかし結局は財界と敵対することは不利だと思いなおし、この民衆のエネルギーも自己の利益だけに利用するのである。

カエサルの有名な逸話としてしばしば引用されるのは、海賊事件である。この挿話は、まずプルタルコスなどに記されている史実とほとんど変らぬような形で提起され、そのあとでブレヒトの施した解釈が加えられる。同じく史実で有名なポンペイウスの海賊征伐は次のような「真相」を与えられる。ポンペイウスもカエサルと同じく財界の紐つきであった。元老院議員はたいていは大地主なので安い労働力である奴隷を必要とする。奴隷はこれまでアシアの奴隷輸入会社から輸入されていた。ところが財界は奴隷輸入の専売権を手にいれたい。そのために、小アジアの奴隷輸入船を海賊とみなして地中海から駆逐し、ローマの会社に奴隷輸入を請負わすことを目論んだのである。かつてカエサルを捕えたのも実は海賊ではなく、カエサルが非合法に奴隷輸入のビジネスに手を出したことに抗議する小アジアの商人たちだったのだ。民衆がポンペイウスの海賊討伐案に賛成したのは、自分たちの生活を脅かす奴隷の輸入がとまると考えたからであったが、結果的にはアジア遠征の指揮権を得たポンペイウスが直接に大量の奴隷を運びこむことになり、貧民の困窮はますます増大するようになる。ポンペイウスのアジア遠征が当初はあまり成果があがらなかったのは、財界が金融的な援助をストップしていたからである。それは財界が要求しているアジアの徴税関税請負権の大幅な利権を、ポンペイウスが認めなかったからであるが、ようやく彼が譲歩すると、はじめて経済援助が始まり、アジアの征服が進められるようになったのである。財界はさらにポンペイウスを利用し、彼に独裁官の権限を与えて元老院を掣肘《せいちゅう》しようとする。その状況を生むために仕組まれたのがカティリナの反乱である。

財界はもともと根本的な変革を望んではいず、現在の体制はそれほど変えないで、修正主義的・合法的に変革を進め、自分の行動の自由を大きくしようと策しているだけである。カルボもいうように、新興ブルジョアジーである財界は、従来元老院の行なっていた戦争や政治の遂行まで自分たちの手に収めるつもりはない。しかしそれを合理的に行なわせるためには、元老院よりも、自分たちの操作できる独裁者のもとに大権を集中するほうが具合がよい。ポンペイウスの軍事独裁はその目的のための布石であるが、まだ彼をその独裁者に選ぶかどうかは決定されていない。財界はポンペイウスにむかって、彼以外にも独裁者の候補者には事欠かぬことを暗示して彼の抵抗を抑える。カエサルやカティリナもこの状況のなかで担ぎだされるのである。

カティリナの叛乱は、不穏な情勢という印象を生みだすために組織されたものであって、実際に起こすことは計画に入っていなかった。カエサルが育成している職種別職人組合やクロディウスの息のかかった街頭クラブなどで民衆の気分をあおり、借金棒引きと土地分配法を公約するカティリナを執政官の選挙に立候補させるという限り、これは合法的な改革運動である。しかしカティリナの落選という状況から、かえって危機は増大する。財界の道具として使われたカティリナは、この情況から生じた本物の民衆運動、民衆の利害と結びつき、ラディカルな内戦の危険を生んでくる。もちろん民衆は、執政官選挙においては自分の票を売るという無自覚を示すし、明確な方向性をもった指導者を欠いている。しかし両替店襲撃という無計画な暴動の際にみられた分け前の分配法、乾魚売りの老婆が騎馬警官に踏み殺されたことから行なわれた民衆のデモは、自然発生的な暴動が真の意識的な民衆運動に発展する端緒が認められる。カエサルもこのエネルギーに気づくが、この危険はまた元老院の打った穀物無償配給という手によって、回避される(一八二ページ)。

ポンペイウスの乾分《こぶん》である護民官メテルス・ネポスが、ポンペイウス帰還の請願を行なったとき、元老院は恐慌に陥る。「われわれの救い手（ポンペイウス）の手からわれわれを救ってくれるものは誰だ？」（一八一ページ）元老院は穀物無償配給を開始し、カティリナ一味に民衆がひきこまれることを防ぐ。これによって人員の減少した軍団の穴を埋めるために、カティリナは奴隷を採用せざるをえなくなるが、その結果奴隷との共闘を嫌う賤民はますますカティリナから離反する。財界もまた奴隷の叛乱に恐怖を抱く。この恐怖がローマ内部の統一をうながすことになる。元老院はこの機会をとらえてカティリナ征討をきめ、カティリナ一派の処刑も強行してしまう（二一八ページ）。カエサルの助命嘆願演説も無効であった。結局は財界の躊躇が、キケロの恣意を許す。カティリナ事件は、こうしてひとまず元老院側の決定的勝利に終る。状況にうながされて奴隷を編入できず弱体化したカティリナ軍団は、簡単に鎮圧される。皮肉にもカティリナ軍潰滅戦で実際に血を流しあったのは、ローマの下層平民どうしであった。

財界は自らの操作したカティリナ事件によって敗北を喫し、アシアのビジネスの利潤さえ削られることになった。賤民はカティリナ一味が鎮圧されてのちはじめて、叛乱によらない限り自分たちが貧困から逃れる道はないことを思い知る。財界の操作に気づき、ポンペイウスも人気を失なう。強い男（独裁者）を待望する財界の望みも水泡に帰した。ポンペイウスは私兵の軍団を連れて帰還することができず、凱旋式の挙行で満足しなければならなかった。

しかし元老院の勝利は見かけだけのものであった。ブレヒトはカティリナ事件を元老院と財界の衝突ととらえたが、最後にはカッコつきにせよ進歩的な財界が勝利を占めるのである。財界をシャット・アウトした元老院は、無能な政策を推進してついにローマを経済的な破滅に追いこむ。「財界の活動が不可欠であったのに、その活動は行なわれませんでした」（二九一ページ）経済的な破産状態が、財界の新たな活動の基盤をつくる。「民衆派運動《デモクラシー》にはふたたびチャンスが到来」（二九一ページ）したのである。デモクラシーが財界に都合のよい国家体制を意味することは、「アジアの徴税請負権が認められなければ、ローマの民主主義《デモクラシー》もない」（七四ページ）という言葉からも明らかである。財界のブルジョア民主主義が、旧時代的な元老院の貴族制的共和政をのりこえるのは、ブレヒトの史観からみれば歴史的に必然な過程なのであった。財界はふたたび独裁者の登場を画策する。自らの意のままになる人間の独裁下で、もはや実権を失なっている閉鎖的な元老院に、商人（実業家）を議員として送りこむこともできたからだ。（カエサル死後二〇年経ったローマ帝国では、六〇ページでカルボが言うように、「平民であることなど問題にならない」ほど「民主化」＝元老院身分の失墜が進んでいる）

元老院の圧倒的な勝利の直後には、カエサルは辛うじてカティリナの仲間だという嫌疑を免れた。

カティリナ事件では彼は、平民の失業問題は土地分配法で解決されると読み、土地分配法以前にちゃっかりと土地の先物買いをやっておいた。カティリナが失脚後も、土地分配法案が通らないと、自分の投機が失敗するので、今度は自分の手で平民の不穏な情勢を保つ必要が生じてきた。街頭クラブ再建案はその線から行なわれている。彼は賤民のなかにある本物の革命エネルギーを読みとり、「場合によっては財界の中心地である商業区《シティ》に進撃すること」（一六五ページ）さえ考える。しかし元老院の絶対優位を嫌う財界は、本来財界を攻撃の目標とするはずの街頭クラブを、元老院に対する牽制として用いる。カエサルは街頭クラブの再建運動を、財界の委託によって続けることになる。カエサルがカティリナ一味の助命嘆願演説をやったのも、元老院派の完全勝利を恐れる財界の指し金なのである。カエサルは、財界とカティリナ陰謀の関係をもみけすために、財界の援助によって法務官となり、自分への嫌疑も晴らすことができた。法務官をつとめあげ、これまでの借財を一気に返せるだけの儲けのあるヒスパニア総督の地位にありつくチャンスが到来したとき、カエサルは、膨大な借金を整理しないと任地に赴けないという窮境に追いこまれる。彼の手腕はこのときに発揮される。彼は自分が就けてもらった法務官の地位を利用し、クラッスス（財界と深い関係をもつ富裕な貴族というところか）がカティリナ陰謀の加担者である証拠を握っていると脅迫して、クラッススに借財の肩代りをさせるのである。財界に操られているカエサルは、ここでは逆にその立場を逆用して財界を恐喝する。こうして手に入れたヒスパニア総督の役職が、カエサルの輝かしい経歴の始まりになるのである。以って範とするに足る（原文では「古典的《クラシック》」）彼の行政とは、まさに財界の期待したような植民地行政であった。彼は、頭の古い元老院貴族のように、植民地（属州）が不毛の地になってしまうような掠奪や、植民地の経済が破滅してしまうような苛斂誅求《かれんちゅうきゅう》を行なわず、むしろ原地の財界人を温存し、ローマの財界とも手を結びながら、原地の賤民を最も有利に搾取できるような組織をつくりあげた。カエサルの政策は、愛国的、国民主義的なものではなく、国際的・経済的な立場に立脚するものであった。ローマ人とヒスパニア人やルシタニア人の対立は問題とはならず、ローマと属州の支配階級が手を組んで、ローマと属州の人民を搾取するという近代性を備えたものだったのだ。ブレヒトが『カエサル』執筆直前に完成した戯曲『まる頭ととんがり頭』の副題は「同じ階級どうしは手を組む」であるが、カエサルの属州行政にも、そのような「進歩的」な政策が認められる。同じ財界の息のかかったポンペイウスも、これまでの元老貴族とはちがったこの「進歩性」をもっている。彼は占領地の国王のローマに対する賠償金を、ローマの銀行から高利をとって融資する（七四ページ）。このストーリーは、ブレヒトがのちに戯曲『コミューンの日々』にも用いているものである。ここでは普仏戦争の勝者ビスマルクが、フランスの賠償金を、プロシアの銀行から融資するのである。

財界はカエサルのヒスパニア行政で見せた手腕を高く評価し、ヒスパニアからの帰国後彼の執政官立候補を援助する。ただし、どうやら土地分配法には手をふれないように、財界から釘をさされているようだ。

カエサルは本来政治家というよりも自己の利益を追う男である。政治的信念はもたない。しかし単純な財界のロボットではない。与えられた役をいいなりに演ずるのではなく、享楽人としての自己の生活様式を維持するために、自己の利益のためには財界をも手玉にとって戦う。「事業のスケールの大きさによって偉人のようにみえる」（『アルトゥロ・ウイ』の注）男と呼んでもいいだろう。ローマでも屈指の由緒ある家柄に生まれ（この毛並のよさは民衆の人気獲得に重要な要素である）、土地分配法やラテン同盟市（ポー以北）の市民のローマ市民権獲得という公的な民衆派的政策を、私的な利潤追求という目的から主張し、民衆の人気とりにも成功しているこの男、しかも近代的なビジネスの観点で行政の行なえる男、このカエサルは、ある時期において、財界の求める、体制を破壊しない体制変革の要求にぴったりと合った人間であった。しかしやがては彼は財界から見捨てられるであろう。カエサル小説の続編というべき『カエサルとその軍団兵』では、権力の絶頂をきわめたカエサルが、すでに財界からは見捨てられ（ここでは財界は、戦争を欲してはいるが、カエサルぬきで「つまりカエサル以上に使いいい独裁者→のちの皇帝」戦争をしたいと思っている）、それればかりかこれまで何度も彼に欺された民衆からも見放されている。

ブレヒトは偉人カエサルの経歴の始まりだけを（そして『カエサルとその軍団兵』では終りを）書き、その絶頂期の部分は描かなかったが、彼のテーマのポイントは、なにゆえにカエサルが、あるいはカエサル以後にローマ帝国《インペリウム》が登場しなければならなかったかを示すことであり、その意味でこの小説の構想はすでに明らかなのである。

カエサル小説は、『まる頭ととんがり頭』や、この後に執筆された『おさえればとまるアルトゥロ・ウイの栄達』（河出書房新社版『ブレヒトの仕事』第4巻「ブレヒトの戯曲」所収）のようにヒットラーを直接的に寓意したものではないが、この両作品と密接な関連をもつことは明らかである。『カエサル』においてブレヒトは、性格的にも外見的にもヒットラーとは似通っていないカエサルを主人公にしながら、資本主義的な体制が独裁主義（ファシズム）を必要とする過程をある歴史状況のなかに示そうとしたのであり、その点ではカエサルは『まる頭ととんがり頭』で地主階級に事態収拾のために一時的にかつぎだされるアンヒェロ・イーベリンや『アルトゥロ・ウイ』で巨大なトラストの雛型である青果トラストに自分を受けいれさせるアルトゥロ・ウイと同じ機能を果している。『カエサル』を執筆したデンマーク亡命期には、ブレヒトは反ファシズムの国際的なキャンペーン運動に参加していたが、その際、ヒットラーの個性に攻撃を集中するような傾向は不毛なものと考えていた。ヒットラーを巨大な犯罪者だと非難することは、英雄と崇めることの逆ではあっても、歴史は個性によって作られるという偏見からは解放されていないということになるのだ。『アルトゥロ・ウイ』の注でも言うように、ヒットラーは「偉大な政治犯罪人ではなく、偉大な政治犯罪の下手人であるにすぎない」

のだ。「搾取者たちは政治的な業務《ビジネス》は彼ら自身よりしばしばはるかに愚かな連中にやらせる」ブレヒトはヒットラーを、財閥や実業家連にかつがれた代行者とみていた。ヒットラーの悪を示すことよりも、資本主義がファシズムと独裁者を要求するという過程を説きあかそうとした。ブレヒトは、彼から見ればブルジョア的と思われる亡命作家たちのファシズム攻撃が、階級的対立の意識を曇らせることを恐れていたのだ。カエサルはヒットラーの寓意ではなく、ナチズム成立の政治的経済的条件の寓意であり、ファシズムが資本主義体制の一帰結であることを明確にしようとしているのである。『まる頭ととんがり頭』では、独裁者にしたてあげられたイーベリン（ヒットラー）が結局は旧支配階級の意のままになり、一時的に階級闘争の高揚をそらす効果をもった人種憎悪政策（ユダヤ人迫害、民族間の憎しみ）をひっこめるように勧告され、それをひっこめる。ヒットラーが結局は財閥の走狗になり、ユダヤ人迫害をやめるだろうというこの見通しは、ヒットラー治下に関しては的中しなかったが、『アルトゥロ・ウイ』劇ではブレヒトはユダヤ人問題のテーマは一切取除いて、資本主義とファシズムの関係に照射を加えることに努めている。カエサルは狂的なまでの信念の人であったヒットラーとは違って、ビジネスライクなオポチュニストだから、資本主義が独裁制（皇帝、ブルジョア君主主義といえるだろうか）と結びつくパタンを示す人物としては、適していたと思われる。第二次大戦勃発の前夜に、ブレヒトがこの作品の執筆にとりくんでいたのは、反ファシズム共同戦線的な立場をとることより、資本主義を諸悪の根元として追求することを重視していた姿勢に対応するものであろう。

カエサルも黒幕になっているカティリナ事件の指導者カティリナについては、どのような人物であるかは一切伏せられたままであるが、史書のいうように、カティリナが貴族出身のならずものであったか、イプセンの戯曲『カティリナの陰謀』の主人公のような矛盾に満ちた人物であったかは、ブレヒトにとっては大して意味のないことであった。カエサルの場合には（ポンペイウスについても多少は）私生活や性格的な特色の側面が、微視的な視覚からもとらえられているが、カティリナに関しては、個人的なものは一切捨象され、ある政治情勢において彼が機能として果たした役割、現象として及ぼした影響の描写に限られている。カティリナの戦闘隊や、キケロの市民防衛隊なるおかかえ集団は、何となくナチス登場のころの突撃隊を連想させる。また職種別組合には、二〇年代の社民党系の組合のような感じがある。

枠小説以外の部分はカエサルの秘書をつとめているインテリの奴隷ラールスの手記の体裁をとっているが、このラールスは、話の内容からいって、『カエサルとその軍団兵』に登場する秘書のラールスとはまったく別人である。後者のラールスは、巨大な機構をもつカエサル邸の末端につらなる秘書であり、主人のカエサルにはほとんど会ったこともない男である。前者のラールスは、その手記のなかでカエサルの私生活を描くほかに、彼自身の重要な問題、零落した自由民の青年カエビオに対する同性愛のこともかなり詳しく述べている。ビジネスマン・カエサルの秘書としてビジネスライクな冷静な考え方をしているラールスが、ことカエビオのこととなると精神的な、無償の愛を示すのは、同性愛のほうが物質的な関心が入りこめぬほど純粋だからであろうか。（しかもこの同性愛者ラールスは、カエビオに精神的な純愛を捧げながら、グラウコスと肉体的な関係をもつ。こういう設定をブレヒトは『家庭教師』にも使っている）。ところでカエビオとの恋愛も私的な事件には止まらない。カエビオは、のちの三頭政治の一角をなす巨頭クラッススの経営しているマンモス長屋の住人である。しかも奴隷によって職を奪われたあまたの自由民（賤民）のひとりとして、自暴自棄におちいり、ついにはカティリナ軍団に身を投じて姿を消す。ラールスはまた、乏しい小金を株に投資しているが、彼が一喜一憂する株式市場の値上がり値下がりには、財界の思惑が反映し、政治情勢の変化のバロメーターとなるのである（これらの手法は『屠殺場の聖女ヨハナ』にも用いられた）。読者はもちろん、ラールスに感情移入して手記を読むことはできない。ラールスの視野は狭く、彼の考え方は彼なりの偏見に満ちたものである。読者はこの手記をも距離化して読まざるをえない。それにもかかわらず、この小説全体は、権力闘争の第一歩をふみだすカエサルを、庶民の目と庶民の生活からとらえているのである。しかし庶民の生活だけで、政治を動かす最上層部の動きを間接に反映させることはむずかしい。カエサルはそれを直接に反映させる窓口なのであり、それによってこの小説は微視と巨視をたくみにまぜあわせた独特な構成をとりえたのである。帝政前のローマに、財界や株式市場が存在するというアナクロニズムもそれほど気になるものではないし、一見奇異にみえる多くの史実は、実は史書に記載されているものが多い（たとえばクラッススの消防隊の話さえプルタルコスに出ている）。なによりも興味があるのは、ブレヒトがこれに加えた解釈と関連づけである。

最後にこの小説に扱われている事件と関係のある史実の年譜を抜きだしておく。

（底本のまま掲載）

前二六四　第一次ポエニ戦役

前二一八　元老院議員およびその息子は商業に従事することを禁止する法律が制定される（騎士階級の登場の原因）

前二一八―二〇一　第二次ポエニ戦役

前一四九―一四六　第三次ポエニ戦役、カルタゴの滅亡

前一三四　ティベリウス・グラックス護民官となり（一三三）、土地問題解決をはかる

前一三二（ローマ暦六二〇）　ティベリウス・グラックスと同志が元老院過激派に虐殺される（五七ページ）

前一二三　ガイウス・グラックス護民官となる。土地分配法、イタリア同盟市市民の市

民権付与案などによる改革案を遂行しようとする。しかし騎士をだきこむため、徴税請負の制度を許し、騎士階級の資本家への発展の契機をつくる（五八ページ）

前一二二　ガイウス・グラックス護民官を落選、元老院派に殺害される（五八ページ）

前一一一　マリウスの兵制改革

前一〇〇　マリウス、私兵の退役者に植民地の土地を与える
七月十三日　カエサル生まれる

前九一―八八　イタリア同盟市戦争

前八八　イタリア諸市の自由民にローマの市民権が与えられる。マリウス（民衆派）とスラ（元老院派）の争い激化

前八七（ローマ暦六六七）　カエサル、ユピテル神官職につく。キンナ執政官となる

前八六（六六八）　マリウス死去

前八四（六七〇）　カエサル、民衆派の領袖キンナの娘コルネリアと結婚、キンナ殺害される

前八二（六七二）　十一月一日スラ、ローマ市コリナ門前で、マリウス派に決定的な勝利を得る（五九ページ）

前八一（六七三）　民衆派とみなされているカエサルは、元老院派の独裁官スラに迫害され、妻

を離別するように脅迫されるが拒む。娘ユリア生まる

前八〇（六七四）カエサル属州アシアで軍務に服し戦功により槲葉冠を得る。セルトリウス、ヒスパニア属州で勢力を伸長

前七八（六七六）スラ、奇病に襲われて死去、カエサルはキリキアで従軍していたがスラの死後ローマに帰還

前七七（六七七）カエサル、ドラベラの属州行政の不当を告発、政界に登場（二一、二六ページ）

前七五（六七九）雄弁術を学ぶためロドス島にむかい「海賊」の捕虜となる（三三―三九ページ）

前七四（六八〇）ルクルス執政官となる。カエサル、ポントス王ミトリダテスとの戦いに参加

前七三―七一　スパルタクスの乱

前七三（六八一）カエサル神（祇）官となる

前七二（六八二）セルトリウス殺さる（五九ページ）

前七一（六八三）カエサル軍団副官となる。クラッスス、スパルタクスの乱を鎮圧、ポンペイウス、ヒスパニアより凱旋

前六九（六八五）カエサル、ヒスパニア属州財務官となる。伯母ユリア（マリウスの妻）と妻コルネリア死去、二人の追悼演説を行なう（三二、三五ページ）

前六八（六八六）カエサル、ポー河北部のラテン植民市の市民のローマ市民権要求の騒動の黒幕となる（八〇ページの記述と関連）

前六七（六八七）ガビニウス法（ポンペイウスに海賊掃討の大権を与える法）通過（四〇ページ）

カエサル、スラの孫娘ポンペイアと結婚

前六六（六八八）カエサル、ポンペイウスにミトリダテス戦争の命令権を与える法案を支持

前六五（六八九）カエサル按察官となる。剣闘士競技などを催して人心を収攬する

前六三（六九一）カエサル大神官となる。ラールスの手記はこの年の八月から記載されている。キケロが執政官だったこの年の大事件は、カティリナの執政官立候補と落選、十二月五日の元老院におけるカティリナ一派の助命嘆願演説である。この年ミトリダテスが死んでいる

前六二（六九二）カエサル法務官となる。ユビテル神殿建築の問題でカトゥルスを弾劾し、護民官メテルス・ネポスのポンペイウスに有利な法案を支持（二四〇―五一ページ）

アントニウス、カティリナの軍団を潰滅させる（二五一―五七ページ）

ポンペイウス、イタリア帰還

十二月、クロディウスの姦通事件（二七四ページ）

前六一（六九三）カエサル、総督（コンスル代行）としてヒスパニアに赴く（第3部）

前六〇（六九四）六月ヒスパニアから帰還、凱旋式を放棄して翌年のコンスルに立候補（第4部）、九月、ポンペイウス凱旋式挙行
十二月ポンペイウス、クラッススと密約し第一回三頭政治結成

以上が本書で扱われている主な史実の年譜である。カエサルの輝かしい経歴は実はここから始まるのであって、カエサルの失意の時代に焦点を絞った手口は『アルトゥロ・ウイ』の前半と同じである。冒頭にあげたブレヒトの書簡からも見られるように、カエサルのガリア遠征と、ガリア属州の行政は、ブレヒトのプランには入っていたが、ついに執筆されなかった。しかし、カエサルのさまざまな伝記でカエサルのその後の経歴をたどりながら、それをブレヒト流に読み解いていくことも一興であろう。

この仕事では、ローマ史およびカエサルに関するさまざまの著作や翻訳の恩恵を受けることが多かった。本来ならば、すべて列挙すべきだろうが、紙幅の関係から感謝の念をのべることだけでご寛恕を乞いたい。歴史学の教養の浅い私の疑義に答えて下さった学習院大学教授清永昭次氏、本書の出版に力を惜しまれなかった河出書房新社編集部の竹内正年氏に、末尾をかりて心からお礼申しあげたい。

昭和四八年一月

『ユリウス・カエサル氏の商売』のアクチュアリティ

平田　栄一朗

ブレヒトの未刊の小説『ユリウス・カエサル氏の商売』（一九三八・三九年頃執筆）は、二一世紀も四半世紀が経つ現在、私たち読者にどのような示唆をもたらすだろうか。本書を手に取られた方は、この問いを立てずして本格的に読み進めることはないだろう。というのも、小説に描かれる政治と経済の混迷は、執筆時から八〇年以上経った現在、形を変えて再び勢いを増しているからである。私たちは現在、この小説から知恵を授かりたいと思うほどに政治と経済が――本来ならばどちらも多くの人々に豊かな生活を保証するべきなのに――世界中の人々の生活を不安定にし、それがいつ安定に変わるのかが見通せない「暗い時代」に生きている。

以下にこの小説が参考になると思われる解釈の一例を提示するつもりだが、その前に基本的な前提事項を二つほど確認しておきたい。

第一に、ブレヒトが描く古代ローマは一時的な独裁期を経た後の帝政時代ではなく、共和政時代であったことである。ブレヒトは、非常に限定的ではあるが民主主義的な制度を取り入れていたローマ共和政の時代、カエサルが共和主義を独裁主義に変えようとした過程を――未完ゆえ結末までに至らなかったが――描こうとした。ブレヒトの見立てでは、この移行過程が、民主主義と共和政を取り入れたワイマール共和国がナチスの独裁制へと移行した時期に通ずるものであった。

二つ目の前提事項として、『ユリウス・カエサル氏の商売』は虚実綯《な》い交ぜの特徴を生かそうとした歴史小説である点が挙げられる。この小説は伝記物のような体裁を取る一方、厳密な歴史研究を踏まえてカエサルと共和政ローマの時代を描写しているわけではない。むしろブレヒトがカエサルという史実上の人物とその時代を題材にした寓話と考えたほうがよい。本書には、政界を裏で操る、現在のロンドンの金融地区を彷彿させる財界「シティ」や株式市場、労働組合が登場するが、これらが古代ローマの時代に実在したのかという疑問は、古代ローマ史に必ずしも精通しない読者にもすぐに浮かんでくるはずだ。この点からしてもこの小説が虚実綯い交ぜから成る寓話であると考えられる。

歴史上の人物がその実像を反映しているようで、実像と異なる架空の存在でもあるようにして描かれることで、時代状況を浮き彫りにする虚実混合は、カエサルを描いたシェイクスピアの『ジュリアス・シーザー』などの史劇をはじめとして演劇ではしばしば用いられる手法である。演劇人として活躍したブレヒトがナチスドイツを追われてデンマークやスウェーデンに亡命中、この小説を手がけた際、歴史をある程度踏まえつつ、現代の状況を見通せる譬《たと》え話を描こうとしたのは想像に難くない。

それでは果たしてこの小説は二〇二五年の現在、示唆に富んだアクチュアル性を帯びているのだろうか。小異を捨てて拡大解釈すれば――虚構を交えた歴史小説である以上、自由な解釈は許容されるだろう――十分にアクチュアルと言える。例えば、ブレヒトのカエサル像は民衆寄りの民主主義者のように見えるが、実はそうではないという点において、現代で言えばポピュリストと解釈できるだろう。カエサルは、作品の前半に描かれる急進派の政治家カティリナと同様、ローマ政治を表と裏で牛耳る貴族階級から成る元老院に対抗し、貧困に苦しむ民衆を味方につけようとする姿勢が見られる。またその姿勢が中途半端だったがゆえに、その半端さを見抜いて不満に思った急進派の民衆からカエサルは暴力すら受けたが、それでも彼の民衆寄りの姿勢は崩れないようにも見える。また当時のローマは対外戦争を積極的に仕掛け、征服した地域の住民を奴隷にして強制労働をさせた――それには元老院も財界も、そして奴隷を買って働かせることができた民衆すら「共犯者」のようにして加担していた――が、カエサルは民衆が戦争を望まないのであれば、戦争はしないと考えて民衆の意向を理解しようとする姿勢において、真っ当な民主主義者に見える。

しかし他方で彼は執政官としてローマ統治に乗り出す際、財界から選挙資金を取り付けるために民主主義的な政治は行わないと約束して執政官の選挙に出ようとする。未完のため、選挙後の様子は小説から読み取ることができないが、カエサルは資金援助のため財界の言いなりになり、対外戦争にも積極的に乗り出す好戦的な姿勢も描かれており、民衆寄りの政治家に見えながら、実際にはそのような政治を行わなかった点で、現代のポピュリストに近いと言えるだろう。

この小説が進歩的と思えるのは、作者ブレヒトが、カエサルと当時の社会状況を語る語り部の役割を（元）奴隷という人物像に委ねて、社会階層の底辺から古代ローマの共和政治を浮き彫りにしたことである。小説の大部を成す日記は、カエサルに仕えたとされる奴隷の秘書ラールスによるものであり、その日記を保管していたのはカエサルの資金管理を行なっていた富裕な金融業者スピケルだが、彼も解放奴隷である。ローマを統治する政治家や財界といった上層部の様子は、それと対極に置かれていた奴隷出身の二人によって語られるのである。またその他の、実に多種多様な奴隷の様子は、ラールスが見聞きした出来事や、カエサルの死後二十年経って伝記を書こうとする「わたし」とスピケルとの対話などを通じて具体的に描かれる。戯曲『三文オペラ』（一九二八年）で都会の片隅に生きるホームレスの叛乱を描いたブレヒトが、古代ローマ社会の底辺に位置する人々の視点を加味してカエサルの生きた古代の共和政社会と二〇世紀前半の世界を浮かび上がらせようとしたのは確かであろう。

古代ローマ研究の解釈と異なるかもしれないが、『ユリウス・カエサル氏の商売』では政界や財界という支配層と、貧困にあえぐ一般大衆という被支配層の緊張関係だけでなく、被支配階者どうしの「分断」も巧みに描かれている。ローマの多くの民衆は働いても日々の生活が成り立たない貧困と直面しているが、彼らの仕事や収入を奪うと思われているのが、属州からローマに連れて来られて黙々と働かされる奴隷である。ローマ市民は数名の奴隷を買い取り、自分の商売や農業に従事させることができたのだが、それでも日々の生活は成り立たない。すると民衆のなかには、批判の矛先を政治家など支配層ではなく、自分よりも格下とされる奴隷に向ける者たちが現れ、被支配者層の内部に対立が生じてしまう。支配される無辜《むこ》の民が支配層に抗うには、小異を超えて連帯するのが効果的であるが、被支配層は分断されて不毛な対立関係に置かれるのである。

小説には「ローマの市民（〃民衆）は今も飢えているが、奴隷がぜんぜん働かなくなってしまったら、簡単に飢え死にしてしまうだろう」と記されており、貧困の民衆と奴隷は依存関係にある。またローマ住民の多数を占める両者が連帯すれば、少数であるが金と権力を牛耳る元老院（貴族）や財界の支配を覆せるかもしれない可能性も小説にはわずかながら示唆されている。

分断状態に置かれている民衆と奴隷が連帯できる可能性と困難は、奴隷ラールスの私的な関係からも読み取れる。彼は――これもまたアクチュアルなテーマであるが――性的少数派に属し、彼が心を寄せて逢瀬を重ねる相手は、カエビオという男性である。カエビオは奴隷ではなく、ローマ自由市民の身分であるが、仕事が安定せず貧困に苦しんでいる。ラールスはカエサルに仕えるかたわら、カエビオの境遇を案じ続け、自分で稼いだ金で、彼が店を持てるように画策するが、首尾よくいかない。そうこうするうちにカエビオは失業し、民兵軍に入隊してしまう。その軍を指揮するのは、カエサルと同様、民衆寄りの政治家に見える一方、武装蜂起によってローマ政界の中心に上り詰めようとする急進派のカティリナである。カティリナは財界から資金を受けて武装蜂起を起こして――真意ははっきりしないが――奴隷解放を目指すような大変革の機会を伺っているところ、事態は急変して金融界から見放され、謀反の首謀者として政界を追われ、彼の軍は、政敵であるアントニウスの民兵軍と戦闘状態に巻き込まれる。そのさなかカエビオは消息不明となる。未完ゆえ彼の安否は分からないが、カエビオは戦闘中に命を落とした可能性も十分に考えられる。ラールスは、カエビオの消息が不明ゆえ絶望するのが手記に読み取れるが、それを最後にして、カエビオについての記述も立ち消えとなる。

このように密やかな私的な関係においてではあるが、民衆側と奴隷が「分断」を乗り越えて、共に生き延びられる可能性は奴隷のラールスによって画策され、その可能性が潰えるところまでが描かれる。この私的な関係は奴隷と貧困市民とのあいだの同性愛のつながりである。この秘められた関係から、奴隷、貧困市民、性的少数派といった社会的に不利に置かれた人々どうしの連帯の可能性が垣間見える。

ラールスとカエビオの関係に見られるように、『ユリウス・カエサル氏の商売』はカエサルなど歴史的人物以外の名もなき人々が断片的に描かれる。彼らは労働者、娼婦、貧困や不当支配をきっかけとして氾濫を起こす暴徒や奴隷など、歴史資料にほとんど記録されることのなかった民衆か、小説ゆえの架空の人物であるが、彼らは政治経済的には無力の状態に置かれながら、それでも解放を目指して行う政治的な発言や行動には何らかの意味があるように小説では示唆されている。彼らの言動は、カエサルを中心とした大きな物語の傍に入り込むようにして描かれるが、そのような語りや行動は小説のところどころに断片のようにして散りばめられている。『ユリウス・カエサル氏の商売』は、歴史に基づく大きな物語展開に小さな出来事が散りばめられることで、物語全体としては統一感を欠いており、小説としての完成度が高いとは言えないだろう。しかし一方で、断片的な出来事を数多く含むがゆえ、読者がみずから紡ぎ出させる解釈の幅は広い。この広い幅のなかに、政治と経済が多くの人々にとって重荷となっている現在の状況を真っ当な方向へと変える糸口が見つかるはずだ。筆者が述べた解釈は僅かな例に過ぎず、読者の多様な関心に合うモチーフやテーマがこの小説から数多く引き出させるだろう。ブレヒトの『ユリウス・カエサル氏の商売』を読んで現代の状況と照らし合わせる読者の試みには、政治経済的には微力かもしれないが、それでも解放の糸口を模索する意味があるように思えるのである。

慶應義塾大学文学部　主な研究分野は演劇学、ドイツ演劇本書は『ユリウス・カエサル氏の商売』（一九七三年二月河出書房新社発行 初版）を底本に、復刻したものです。あきらかに誤りと思われる箇所、一部の表記の統一を除き、底本に忠実に製作しております。また現在では不適切と思われる語句を含んでおりますが、作品発表当時の時代背景を鑑み、また訳者が故人であり、改変は困難なため、底本のまま掲載しております。

原題　Die Geschäfte des Herrn Julius Caesar（Suhrkamp Verlag 版より翻訳）

著者紹介

ベルトルト・ブレヒト Bertolt Brecht

ドイツを代表する劇作家、演出家、詩人。1898年ドイツ・アウグスブルク生まれ。1917年にミュンヘン大学入学、1918年に第一次世界大戦に召集され野戦病院で勤務、同年に最初の戯曲『バール』を執筆。1922年にはミュンヘンで初演された『夜打つ太鼓』で脚光を浴び、1928年に代表作となる『三文オペラ』で成功をおさめる。1933年よりナチスの迫害を逃れるために北欧など各国で亡命生活をおくる。1948年に東ドイツに移り、翌年劇団ベルリーナ・アンサンブル結成、1956年に死去するまで演劇活動を続ける。上記以外の代表作に『肝っ玉おっ母とその子どもたち』『ガリレイの生涯』『セチュアンの善人』

訳者紹介

岩淵達治（いわぶちたつじ）

ドイツ文学者、演出家。1927年生まれ。東京大学文学部独文科卒業、学習院大学名誉教授。日本に最初に『三文オペラ』を翻案紹介した千田是也に師事し、ドイツ演劇の研究と評論で国際的に名を馳せた。ブレヒト研究の第一人者で、1999年『ブレヒト戯曲全集』の翻訳で日本翻訳文化賞、レッシング翻訳賞などを受賞。2012年に瑞宝中綬章を受章。著書に『ブレヒトと戦後演劇 私の60年』（みすず書房）など多数。2013年に死去。

ユリウス・カエサル氏の商売《ビジネス》
2025年3月10日　初版第1刷発行

著　者　ベルトルト・ブレヒト
訳　者　岩淵 達治
発行者　竹内 正明
発行所　合同会社あいんしゅりっと
〒270-1152 千葉県我孫子市寿2丁目17番28号
電話 04-7183-8159
https://einschritt.com

装　　幀　燕游舎　奥田亮
印刷製本　モリモト印刷株式会社

ISBN 978-4-911290-04-0 C0097